A confusão ~~nunca~~ nunca termina ~~~~

Stephanie Tromly

A confusão nunca termina

Tradução de Flora Pinheiro

Rocco

Título original
TROUBLE NEVER SLEEPS

Copyright © 2018 *by* Stephanie Tromly

Todos os direitos reservados.

Edição brasileira publicada mediante acordo com
Lennart Sane Agency AB

Direitos para a língua portuguesa reservados
com exclusividade para o Brasil à
EDITORA ROCCO LTDA.
Rua Evaristo da Veiga, 65 – 11º andar
Passeio Corporate – Torre 1
20031-040 – Rio de Janeiro – RJ
Tel.: (21) 3525-2000 – Fax: (21) 3525-2001
rocco@rocco.com.br
www.rocco.com.br

Printed in Brazil/Impresso no Brasil

CIP-BRASIL. CATALOGAÇÃO NA PUBLICAÇÃO
SINDICATO NACIONAL DOS EDITORES DE LIVROS, RJ

T766c

Tromly, Stephanie
 A confusão nunca termina / Stephanie Tromly ; tradução Flora Pinheiro. - 1. ed. - Rio de Janeiro : Rocco, 2023.

 Tradução de: Trouble never sleeps
 ISBN 978-65-5532-378-8
 ISBN 978-65-5595-220-9 (recurso eletrônico)

 1. Ficção. 2. Literatura infantojuvenil filipina. I. Pinheiro, Flora. II. Título.

23-85240
CDD: 808.899282
CDU: 82-93(599)

Meri Gleice Rodrigues de Souza - Bibliotecária - CRB-7/6439

O texto deste livro obedece às normas do
Acordo Ortográfico da Língua Portuguesa.

⁛⁛

— Então é assim que a gente se sente quando resolve um assunto inacabado — diz Digby. Estamos parados no gramado onde sua irmã mais nova, Sally, foi enterrada nove anos atrás.

— Resolver assuntos inacabados é uma droga — completa ele. — E agora?

Ele não está pedindo sugestões; está me dizendo algo que já sei. A busca pela verdade sobre o que aconteceu com sua irmã depois do sequestro foi o motivo por trás de tantas de nossas discussões, de tanto sofrimento que causamos a outras pessoas, de todas as vezes que infringimos a lei, de cada vez que acabamos feridos. Eu tinha embarcado nessa por... Digby. Ele precisava encontrar Sally. Mas agora, pela primeira vez em muito tempo, Digby não tem uma estratégia. Não tem o próximo passo planejado.

— O que eu esperava, não é mesmo? É como dizem. A verdade é quase sempre decepcionante. — Digby se vira para mim.

— Mas... E agora, o que fazer? Além de ficar falando clichês.

Vejo-o tentar resistir à paralisia e penso em como minhas prioridades mudaram desde que conheci Digby, oito meses atrás. Cheguei em River Heights querendo apenas fazer amigos e me divertir como uma aluna comum do ensino médio.

E consegui. Fiz amigos. Até arrumei um namorado. Mas joguei tudo fora por... *Digby*. E agora, depois de deixar um rastro de inimizades e acusações criminais evitadas por muito pouco, sinto um medo perverso do fim da loucura.

Porque parece mesmo que acabou. Sally Digby está morta.

Sei que é egoísta me fazer essa pergunta, mas o que isso significa para nós dois? Como uma mulher sábia disse certa vez, relacionamentos que começam em circunstâncias intensas nunca duram.

— Não é hora de pensar no que fazer a seguir — digo, entregando a pá de volta para ele. — Agora nós continuamos a cavar.

Estamos prestes a recomeçar quando dois fachos de lanterna surgem da porta dos fundos da casa e vêm na nossa direção.

— É melhor fugir? — pergunto.

A angústia no rosto de Digby me deixa na dúvida se ele conseguiria sobreviver a uma reviravolta nos quarenta e cinco do segundo tempo.

Mas, como sempre, estou começando pelo fim.

Então lá vai. Uma última vez, do início. Ou seja, temos que voltar à noite da festa na casa do lago de Kyle Mesmer.

CAPÍTULO UM

Eu só percebi que Digby e eu estávamos nos beijando fazia um bom tempo no caminho de cascalho da casa de Kyle porque meus pés foram se transformando em bolas ardentes de agonia. Eu não estava acostumada a passar tanto tempo nos saltos de treze centímetros das botas emprestadas de Sloane. Tentei mudar o peso de pé, mas o cascalho e as pedrinhas debaixo dos meus pés se mexeram e, de repente, eu estava caindo para trás.

Só que não caí. Sem parar de me beijar, Digby me levantou e me carregou até o gramado do lado do caminho de cascalho. Quando ele me pôs no chão, eu me deitei e o puxei para cima de mim. Odiava fazer comparações, mas pensei nas vezes em que tive que parar e pedir a Austin, meu ex muito recente, para se mexer para que eu conseguisse respirar. Digby sabia exatamente como descansar o peso do corpo nos joelhos e cotovelos para me deixar sem fôlego na medida certa.

— Pronta para delirar de prazer? — disse Digby. Em um movimento suave, ele se sentou, abriu o zíper da bota e a tirou do meu pé.

Quase ri, mas a sensação dos meus dedos dos pés se libertando foi tão sublime que soltei um gemido. Até me contorci um pouco. Depois que Digby tirou a outra bota, puxei-o de volta para cima de mim.

Senti sua mão subir devagar pelo meu quadril, demorando-se na pele nua da barriga. Levei um minuto para perceber que ele não poderia fazer muito mais do que isso, já que as roupas de couro que tinha pegado emprestadas com Sloane estavam apertadas demais.

— Ensinar abstinência para os jovens não está com nada. Era só fazerem as pessoas usarem essas roupas de robô sexual. Os índices de gravidez na adolescência iriam despencar. Nada seria mais eficaz que isto aqui. — Digby deu um peteleco na minha segunda pele de couro. — E por que nenhum dos zíperes e botões estão onde se esperaria...?

Independentemente das minhas roupas nada práticas, era o nosso momento de celebrar. Mais cedo naquele dia havíamos ajudado Henry a prender seu treinador por distribuir esteroides a alguns dos jogadores do time de futebol americano. Austin tinha acabado de me largar para ficar com Allie, minha (suposta) amiga, e, embora isso pareça horrível, na verdade foi um final bem-vindo às duas semanas que passei em agonia por no fundo querer ficar com outra pessoa quando ainda estava namorando Austin. Agora que eu estava beijando Digby, parecia uma loucura eu sequer ter considerado ficar com mais alguém.

E, o mais importante, ele tinha acabado de conseguir fazer Hans de Groot, nosso oligarca local e paródia de vilão malvado, admitir que havia sequestrado Sally. Melhor ainda, Digby tinha feito o velhote prometer revelar o que havia acontecido com sua irmã — em troca do material que havia motivado Groot a sequestrá-la nove anos atrás: a pesquisa de bionanotecnologia da mãe deles.

E com esse pensamento veio a lembrança de algo que Digby tinha dito a De Groot. Afastei Digby de mim.

— Espera.

— O quê? Foi demais? — disse ele. — Desculpa...

— Você disse que trocaria a pesquisa da sua mãe pela verdade sobre o que aconteceu com sua irmã — falei. — Você está planejando roubar o material do antigo laboratório da sua mãe na Perses?

— Isso.

— Mas como? — perguntei. — Não vai ser difícil você...?

— Invadir uma instalação de alta segurança que tem autorização federal para fabricar materiais secretos para o Departamento de Defesa? — interrompeu ele. — Sim. Com certeza.

Fiquei confusa com aquela calma toda dele.

— Então, como...?

— Eu deveria estar preocupado por você estar distraída neste momento? — Digby apontou para nossas pernas entrelaçadas.

— Porque estou dando o meu melhor aqui.

Tentei relaxar, mas quando começamos a nos beijar outra vez, a conversa dele com De Groot não parava de se repetir na minha cabeça. Não consegui me forçar a parecer mais entusiasmada. Digby gemeu e se afastou de novo.

— É sério? — perguntou ele.

— Desculpa — falei.

— Depois de oito meses de frustração, finalmente estamos em sintonia e você quer conversar sobre isso? — perguntou ele.

— Você disse "operação interna". Que operação interna? — perguntei. — Quem você conhece dentro da Perses? — Eu só conseguia pensar em uma pessoa. — Além do pai de Felix.

Digby se sentou.

— Ah, não. — Eu me sentei também. — Ele não acabaria sendo preso? E condenado por traição? Assim como você temia que os *seus* pais seriam?

— Quer dizer, não é parte do plano que ninguém seja pego — argumentou ele.

— Digby. Você não pode...

— Espera. Shh — fez Digby. — Você ouviu isso?

— Não mude de assunto.

— Não, é sério — insistiu ele. — Você não ouviu nada?

Apurei os ouvidos e então também ouvi. Parecia que tinha alguém nos arbustos.

Digby se levantou de um pulo e me ajudou a ficar de pé. Ele esperou que eu calçasse as botas e então fomos em direção às árvores. Aí nos separamos e examinamos a área.

Quando Digby e eu nos encontramos de novo, eu disse:

— Não tem ninguém aqui.

A verdade é que poderia haver vinte pessoas paradas a meio metro de mim e eu não teria visto. Estávamos mergulhados na mais completa escuridão, longe das luzes da festa e a pelo menos cem metros de distância do ponto onde a equipe de paisagismo de Mesmer tinha encerrado seu trabalho.

— Mas eu com certeza ouvi alguém. — Digby apontou para o chão e comentou: — E olha só essas pegadas.

— Tem certeza de que não são nossas? — perguntei.

Ele andou um pouco mais.

— Não andamos por aqui.

Eu o segui pela trilha das pegadas.

— Quem você acha que foi?

— Se eu tivesse que chutar? Os seguranças do De Groot.

Meu telefone tocou. Não consegui identificar a imagem na mensagem até aumentar o brilho da tela.

— O que é isso?

— Bem típico dessa escória maligna... — disse Digby. — Faz um acordo comigo e imediatamente tenta roubar minhas informações sem me dar as dele.

Quando meus olhos conseguiram distinguir a imagem, eu disse:

— Pode não ter sido De Groot.

— Não, com certeza foi De Groot — insistiu ele. — O *modus operandi* dessa gente é assim mesmo.

— Então o *modus operandi* dessa gente agora inclui bombardear nossa escola com fotos nossas? — Mostrei a ele uma foto pixelada de Digby e eu deitados na grama.

— Eita. — Digby olhou para a foto, deu um tapinha na barriga e a encolheu. — É melhor eu começar a andar meus dez mil passos. Quem te mandou isso?

— Charlotte me encaminhou.
Peguei o telefone de volta e digitei: *Onde você conseguiu isso?*
Uma segunda foto apareceu. Era de nós dois em um beijo bem feio. Ou, para ser mais exata, era uma foto minha, bem feia, dando um beijo em Digby.
— Ai, meu Deus. Quem tirou a foto me pegou enfiando a língua toda na boca dele.
Digby riu.
— É, eu sei. Tenho uma língua estranhamente grande. — falei. Meu telefone vibrou. — Charlotte acabou de dizer que todo mundo está recebendo as fotos. Ela não sabe quem está mandando. Vamos voltar para a festa. Preciso descobrir o que está acontecendo.
Nossos dedos se encostaram algumas vezes enquanto caminhávamos até que por fim, de alguma forma, acabamos de mãos dadas. Mas, toda vez que eu relaxava e curtia o fato de estar andando sob o luar com Digby, meu telefone me alertava sobre outra foto vergonhosa de nós dois que havia entrado em circulação.
Quando a casa de Mesmer estava à vista, Digby agarrou meu braço e me puxou para detrás de alguns arbustos.
— Escuta, Princeton. Sabe, estamos tendo uma noite tão boa. — Ele me beijou de novo. — Nós poderíamos só dar no pé. E lidar com isso amanhã.
Eu estava prestes a concordar quando Digby começou a rir e disse:
— Jabba, o Hutt. Você saiu *igualzinha* a ele na foto. — Digby fingiu se estrangular com as próprias mãos, balançou a língua estendida de um lado para o outro e imitou os barulhos agonizantes de Jabba.
— Já chega. — Comecei a andar de volta para a festa o mais rápido que meus saltos permitiam.
— Ei, Princeton, espera — disse Digby.

— Encontro você mais tarde. Preciso falar com Charlotte.

Atravessei o gramado, me perguntando o que Charlotte queria dizer quando me informou que "todo mundo" estava recebendo as fotos. Comecei a temer o pior no momento em que um grupo de pessoas fumando na varanda caiu na risada quando passei para entrar na casa.

Quando cheguei à sala, notei que a atmosfera da festa estava mais descontrolada. Havia lixo por toda parte e pelo menos algumas das paredes precisariam ser repintadas. Uma garota tropeçou bem na minha frente e não conseguiu estender as mãos a tempo de evitar que caísse de cara no chão. As pessoas estavam ficando bem loucas.

Eu ajudei a garota que caiu a sentar no sofá e então esbarrei em um dos colegas de time de Austin a caminho da cozinha.

— Oi, Pete...

— Oláááá, Zoe... — Pete fez questão de mostrar o quanto estava tentando, sem sucesso, não rir de mim. O grupo com o qual ele estava conversando também estava me zoando.

Finalmente encontrei Charlotte perto do barril de cerveja no quintal.

— O que está acontecendo?

— Cara. — Charlotte me levou para longe da multidão. — Esta aqui vai virar meme... — Ela me mostrou a foto do Jabba.

— Pelo visto as fotos foram postadas no grupo do anuário? — perguntei. — E então foram compartilhadas?

Quando Charlotte assentiu, eu disse:

— Então foi a Bill. Tem que ser.

— Bem, tipo assim, elas vieram de um usuário desconhecido — disse Charlotte. — E tem um montão de gente no grupo do anuário. Incluindo eu e você.

Mas eu sabia que tinha sido Bill.

Os nossos telefones apitaram.

— Ah, chegou mais — disse Charlotte.

Olhei para o meu telefone e vi uma foto do meu rosto, franzido e irreconhecível numa expressão de êxtase que nunca tinha me visto fazer antes.

— Ai, meu Deus... — Isso, somado ao ângulo infeliz da câmera, com Digby entre minhas pernas tirando as botas, fez a cena parecer muito mais sórdida do que de fato era.

— Cadê a Bill? — perguntei.

— Lá dentro — disse Charlotte. — Chorando como se você tivesse feito Digby abandoná-la no altar.

— Sabe, eu também levei um fora hoje — falei enquanto olhava as fotos. — Não é justo.

Ninguém ficou com peninha de mim por ter sido largada por Austin, que agora estava com minha suposta amiga que, na verdade, agora que eu estava pensando melhor, provavelmente só tinha feito amizade comigo para se aproximar do meu namorado para começo de conversa. Mas o mais injusto foi meu final feliz durar um total de meia hora. Meia hora deitada na grama em troca de uma morte horrível nas redes sociais.

— Olha. Allie roubou Austin de você. E aí você roubou Digby de Bill, e se a Bill tivesse roubado o namorado de outra garota, então *ela* seria a vagabunda destruidora de lares de que estamos todos falando, mas... — Charlotte apontou para mim. — No momento, é você.

— Destruidora de lares? — perguntei. — Espera. Você acabou de me chamar de vagabunda destruidora de lares?

— *Eu* não — disse Charlotte. — É só o que os comentários dizem.

Voltei para dentro da casa para tentar achar Bill.

CAPÍTULO DOIS

Bill estava na sala de estar de Kyle, soprando fumaça de cigarro por uma janela aberta e chorando sem ficar feia. Três garotas a consolavam. Eu estava prestes a me meter na festinha da coitadice quando ela se afastou do grupo e foi até o banheiro.

Corri e cheguei a tempo de impedi-la de fechar a porta. Usei a força bruta para entrar, sem perceber o quão agressiva eu estava sendo até ver sua expressão assustada.

— Bill.

— Zoe? — Ela deu um grande passo para trás e teria caído na banheira se eu não a tivesse segurado.

— Calma. Eu não vou te machucar — falei. — Acho.

— O que você quer? — perguntou ela.

— Você está de brincadeira? — perguntei. — Quero que você pare de mandar aquelas fotos.

Bill tentou me enganar:

— Que fotos?

Tomei o telefone dela e encontrei dezenas de fotos no álbum. Comecei a apagar tudo.

— Ei — disse Bill, tentando tirar o telefone de mim.

— Posso apagar as fotos ou posso jogar o telefone inteiro na privada. A escolha é sua.

— Por que você disse que eu podia sair com ele se ia roubá-lo de volta? — reclamou Bill. — Foi só pra ter um desafio a mais?

— Bill, eu não planejei o que aconteceu hoje.
— Ah, então foi por isso que você apareceu usando *isso*? — Ela apontou para as roupas que eu pegara emprestadas. — É que nem no ano passado com você, Henry e Sloane... Você e seus triângulos amorosos — disse Bill. — Você é tão *ensino médio*.

O comentário em si não teria me incomodado, mas saber que, ao me chamar de "tão *ensino médio*", Bill estava usando o que considerava ser seu pior insulto me deu vontade de quebrar a cara dela. Por sorte, alguém começou a bater na porta do banheiro antes que eu pudesse fazer qualquer coisa.

Eu gritei:
— Ocupado!
— Zoe? Você tem que vir aqui. *Agora*.
— Felix? — Abri a porta e ele estava dando pulinhos do lado de fora. — Qual é o problema?
— Digby me disse para vir buscar você. — E então saiu correndo pelo corredor e subiu as escadas.

— A nossa conversa ainda não acabou — falei para Bill e segui Felix, dobrando o corredor até o patamar do segundo andar, onde nos deparamos com um aglomerado de pessoas do lado de fora de um dos quartos.

Estavam todos rindo e, pela linguagem corporal dos presentes, pareciam estar falando sobre o que acontecia atrás da porta fechada.

— Com licença, pessoal, vamos abrir um espacinho, com licença. — Felix abriu caminho na multidão para nós dois. Então bateu na porta do quarto. — Digby! Ei, é o Felix.

Colada junto à porta, eu conseguia ouvir conversas raivosas e os sons de briga. E então ouvi uma voz masculina choramingar:
— Ai, ai, ai, tá doendo.

Perguntei a Felix:
— O que está acontecendo aí dentro?

Alguém na parte de trás da multidão gritou:
— É! O que está acontecendo lá dentro?

Outra pessoa disse:

— As garotas estão brigando!

E foi aí que as pessoas começaram a me empurrar para tentar ouvir melhor o que estava acontecendo. Bati na porta e gritei:

— Digby! Abre a porta. — A essa altura, a multidão estava me esmagando. Vi que a porta abria para dentro e que a fechadura parecia promissoramente velha. — Felix, você tem um passe de ônibus? Ou algum tipo de cartão de crédito?

Felix me entregou um cartão de sócio do museu.

— Você sabe fazer isso?

— Não pode ser muito difícil, né? — Parecia fácil quando eu via Digby fazer, então o som do cartão de Felix se partindo ao meio me pegou de surpresa. — Hum, tem outro?

Felix fez uma careta, mas me entregou seu cartão da biblioteca mesmo assim.

Empurrei a pessoa atrás de mim para ter espaço para mexer o cartão com mais cuidado. Clique.

— Você conseguiu — disse Felix.

Quando a porta se abriu, meu cérebro não conseguiu decifrar o caos que vimos de primeira, mas depois de um tempo os corpos se desvencilharam para revelar Digby e Henry de costas um para o outro, tentando impedir Sloane de matar Maisie, a estudante do segundo ano que eu tinha encontrado acomodada em uma poltrona com Henry mais cedo naquela noite.

A multidão atrás de mim gritou e aplaudiu ao ver Sloane enlouquecida. Vi pessoas levantando os celulares para gravar a cena, então puxei Felix para dentro e fechei a porta. O pessoal do lado de fora começou a vaiar e reclamar.

— Sloane, *ai* — disse Henry.

Ela estava tentando passar por cima dele, girando os braços para atingir Maisie, que tentava contornar Digby para alcançar Sloane.

— Princeton. Uma ajudinha? — pediu ele.

Nem Henry nem Digby estavam dispostos a colocar as mãos nas garotas, então agarrei Sloane, derrubei-a na cama e me sentei em cima dela.

— Tirem a Maisie daqui — falei.

Depois de uma estranha dança evitando ao máximo contato físico, Digby finalmente conseguiu fazer a garota sair do quarto. Quando nós cinco ficamos sozinhos, saí de cima de Sloane e me sentei ao lado dela na cama.

— Caramba, Sloane, qual é o seu problema?

— Fui eu... Culpa minha. — Henry se jogou na cama ao meu lado e disse: — Acho que Maisie pensou...

Sloane saltou por cima de mim e começou a bater em Henry.

— Espera, Sloane! Não aconteceu nada — disse Henry. — Para de me bater.

— Eu sei que nada aconteceu. Claro que nada aconteceu — disse Sloane. — Você acha que ainda estaria *vivo* se eu pensasse que algo aconteceu?

— Então por que você está brava? — perguntou Henry.

Sloane pegou um travesseiro e bateu na cara dele.

— Porque você deixou aquela garota pensar que algo *poderia* acontecer.

— Ela que veio para cima de *mim*. Eu só estava tirando um cochilo na cadeira... — Henry apontou para a poltrona reclinável. — Quando acordei, ela estava no meu colo, me beijando.

— Bem, quem mandou beber tanto em primeiro lugar? — disse Sloane.

Digby perdeu o fôlego.

— Você está culpando a vítima?

— Não tem graça. Claro que não — falei.

— Sabe, Sloane, as meninas também precisam obter consentimento — disse Digby.

Sloane continuou brigando com Henry.

— Qual é o seu problema? Os treinos de primavera começam na semana que vem...

— Oi? — interrompeu Henry. — Eu fiz o treinador ser preso... o que basicamente significa que fui responsável por *não ter* treino de primavera nenhum. Na verdade, na prática eu cancelei a próxima temporada também, porque vão fazer exames de antidoping em todos os jogadores e não sei *quantos* caras estão usando. — Henry caiu de volta na cama. — E, de qualquer maneira, o treinador vai dar a posição de quarterback para Austin, então toda a minha vida vai ser cancelada, porque se os olheiros da faculdade não me virem jogar... nada de faculdade para Henry.

— Em primeiro lugar — começou Sloane —, não importa se ele *tinha* decidido substituir você por Austin, porque, desde hoje de manhã, o treinador Fogle é um criminoso. Em segundo lugar: a temporada não está cancelada até dizerem que está, e aí ligamos para meus advogados. — Henry pegou um copo aleatório da mesinha de cabeceira, mas Sloane continuou falando: — E em terceiro lugar... — Henry levou o copo aos lábios, mas Sloane deu um tapa na mão dele antes que tomasse um gole. — Para de beber.

Felix apontou para a parede agora encharcada de cerveja.

— A gente deveria limpar?

— Esta casa está difícil de salvar — disse Digby. — A gente devia simplesmente ir embora.

— Sim. Com certeza — falei. — A festa acabou.

— Eu tenho que ir ao banheiro — disse Sloane, e saiu do quarto.

— Então, é verdade? Vocês dois agora? Maya me mandou isto.

Felix me passou seu celular, no qual aquela foto horrenda de mim dando um beijo em Digby tinha recebido a legenda: *Ela não é sua amiga?*

— Maya. A capitã do time de futebol? — perguntei. — Então agora todos os esportistas receberam?

— Ah, a foto do Jabba? — disse Digby.

Felix bateu palmas.

— Está igualzinha mesmo! — Ele e Digby fizeram os barulhos agonizantes com a língua para fora. — Na barcaça à vela dele.

— Rá, rá. Sim, sim, clássico — falei. E então percebi o que estava me incomodando. — Espera. Cadê a Sloane? Tem um banheiro bem aqui. — Apontei para a porta da suíte. — Droga.

Saí do quarto enquanto Digby compreendia a situação, dizendo:

— Iiih...

Saí apressada pelos corredores, alternando as perguntas "Você viu Maisie?" e "Sloane passou por aqui?". Depois de um tempo, encontrei Sloane em pé no meio na sala, segurando uma cerveja e parecendo estranhamente calma.

— Ah, oi, Zoe — disse ela.

— "Ah, oi, Zoe"? — perguntei. — Você falou que precisava ir ao banheiro? O que está fazendo?

— Ela está falando de mim — disse Sloane.

Olhei para Maisie num grupinho com as amigas do outro lado da sala, nos zoando de forma agressivamente óbvia.

— Deve ser porque você está aqui olhando para ela feito uma psicopata. Vamos embora, Sloane, você está pirando.

— Está bem — disse Sloane.

Eu tinha avançado em direção à porta quando percebi que Sloane não estava me seguindo. Voltei para o meio da festa atrás dela.

— Que isso, Sloane? Vamos.

E então — eu juro —, vi a mão dela segurando o copo de cerveja se mover para cima, o que me fez disparar para tentar impedi-la de jogar a bebida em Maisie. Cheguei mais perto no instante em que Sloane gritava o nome de Maisie e ela se virava para olhar. Quase consegui segurar o braço de Sloane, mas meu pé esquerdo ficou preso nas borlas do tapete e meu pé direito continuou em movimento. Tropecei para a frente e estendi a mão para amortecer a queda, mas tudo o que consegui foi puxar o cabelo de Sloane, que caiu junto comigo, gritando, e seu copo de cerveja voou e acertou em cheio o rosto de Maisie.

Ainda caída no chão ao meu lado, Sloane disse:
— Por que você fez isso?
— Para você não jogar sua cerveja nela.
— Tipo, do jeito que você acabou de fazer? Eu só ia falar uns palavrões pra ela — disse Sloane.

O coro de *Ai meu Deus* e rostos com expressões de pena ao redor de Maisie se transformaram em escárnios de raiva quando as pessoas nos olharam.

— A multidão está se voltando contra nós, Sloane — falei. Sloane e eu ficamos de pé nos apoiando uma na outra. — Vai pedir desculpas.
— Por quê? — questionou ela. — Foi culpa sua.

Maisie apontou para nós, o delineador preto escorrendo pelo rosto.
— Suas *escrotas*.

Ela pegou um copo aleatório e jogou o conteúdo na minha direção, mas Sloane me puxou para trás e acabou se molhando em vez de mim.

A sala explodiu em gritos de comemoração. Maisie estava vindo para cima de mim com outro copo, então peguei a mão de Sloane e saímos correndo direto para o carro dela.

Hince, o motorista de Sloane, ligou o motor antes mesmo de fecharmos a porta.

— Vou mandar uma mensagem para Digby e os meninos encontrarem a gente aqui — falei.

Maisie saiu pisando duro pela porta, um grupo vindo logo atrás.

— Hã, Srta. Bloom? — disse Hince.
— Os aldeões furiosos — comentou Sloane, trancando a porta. — Não podemos esperar por eles. Anda, Hince. *Vai logo.*

O carro saiu com um solavanco, e Hince de vez em quando pisava no freio para não matar os idiotas que achavam engraçado pular na frente do automóvel ou subir no capô enquanto estávamos em movimento. Quando finalmente nos livramos do último rebelde sem causa e nos afastamos, entreguei para Sloane a caixa de lenços de papel que ela guardava no carro e ajudei a limpar um pouco da cerveja.

— Obrigada por me salvar, Sloane. Eu não precisava levar um banho de cerveja na frente de todo mundo depois da noite de derrota que tive. — Então vi que seus olhos se voltaram para minhas pernas e percebi o que tinha acontecido. — Foi por causa da sua calça de couro, não foi? Você não queria que ficasse suja de cerveja.

— É novinha. E por falar nisso... — Sloane se abaixou e esticou minhas pernas. — Joelhos.

CAPÍTULO TRÊS

Eu não estava com paciência para um dos discursos de Sloane sobre sua vida de pobre menina rica que cresceu sozinha em um castelo na colina, então falei que ela poderia dormir lá em casa. Deixei Sloane acomodada no quarto de hóspedes, desejei boa--noite e fui escovar os dentes. Mas, quando voltei para o meu quarto, encontrei Sloane sentada na minha cama, lendo um dos meus livros.

— Algum problema com o quarto de hóspedes?
— Os lençóis não parecem limpos — disse Sloane.
— Estão limpos. Ninguém dormiu lá — retruquei. — Eu mesma troquei a roupa de cama depois que Digby se mudou.
— Digby dormia naquela cama? — perguntou Sloane. — Espera, você já... com ele naquela cama?

Fiz que não com a cabeça.

— E em outros lugares? Tipo, no matagal atrás da casa de veraneio de Kyle Mesmer? — perguntou Sloane.
— Já percebi que aquelas fotos vão me irritar até o fim da vida — falei. — Não, nós nunca fizemos isso. — Entrei no meu closet. — Tem um saco de dormir aqui que você pode usar.
— Está limpo?
— Não, Sloane, vou enfiar você em um saco de dormir sujo e fazer você passar a noite que nem um Hot Pocket de proletária imunda — falei. — *Está limpo.*
— Rá, rá. Aliás, obrigada por me emprestar suas roupas, mas...

Joguei um pijama para Sloane.
Ela pegou a roupa no ar e disse:
— Está...?
— *Sim*, Sloane, o pijama está limpo.
— Ah, e estou com sede — disse ela.

Depois de um tempo, percebi que ela estava olhando para mim porque esperava que eu tomasse uma atitude em relação a isso.

— Então vai beber água no banheiro — falei.
— Feito um cachorro? — perguntou ela.
— Eu te falei para beber da privada? — perguntei. — Não sei como é na sua casa, mas temos uma pia no banheiro.
— A água é filtrada? — perguntou ela.
— Então pega uma garrafa na geladeira, tá bom? — perguntei. — Meu Deus, como você me cansa.

Finalmente sozinha, troquei algumas mensagens sem jeito com Digby, nas quais evitei dizer o que no fundo queria de verdade — *por favor, venha para cá* — até descobrir que ele achava que Henry não estava em condições de ser deixado sozinho.

— O que é isto? — Sloane voltou para o quarto segurando um envelope branco.
— Uma carta? Sei lá.

À primeira vista não reconheci o brasão no envelope, mas quando me dei conta do que se tratava, todo o meu ser foi inundado de pavor.

— A Prentiss Academy? É a...? — perguntou Sloane.
— A carta com a decisão. Demorou tanto — falei. — Eu achei que...

Sloane passou o dedo pela aba do envelope.
— Abra.
— Argh. Além de tudo que aconteceu hoje à noite... — falei. — Quem me dera não ter deixado você me convencer a ir àquela festa.

— Não olha para mim como se eu tivesse te *obrigado* a ir.

— Foi literalmente isso que você fez — retruquei.

— Espera aí. Você contou para o Austin que ia se candidatar? — perguntou Sloane. — Tipo, quando mandou a ficha?

— Eu não contei para ninguém que me candidatei — falei.

— Nem mesmo para os meus pais.

— Então, além do comitê de admissões e você mesma...

— Você é a única outra pessoa que sabe — falei. — Isso mesmo.

Sloane riu.

— Você está com raiva de Austin e Allie por "esfaquearem você pelas costas" — Sloane gesticulou fazendo aspas no ar —, mas, *na verdade*, você estava fazendo planos para deixar a cidade pelas *costas dele* o tempo todo?

— Para ser sincera, só me inscrevi de pirraça, porque meu pai disse que eu não conseguiria entrar. Não parei para pensar no que faria se entrasse. E, olha só, eu *não* entrei.

— Você não tem certeza disso.

— É o envelope fino, Sloane.

— Mas não vai saber *de verdade* até abrir — insistiu ela.

— Você só quer que eu abra a carta para me ver sendo rejeitada.

— Nossa. Fico feliz que você tenha uma opinião tão positiva sobre mim — disse Sloane.

Mesmo para nós duas, aquele foi um golpe baixo. Eu me resignei a ter a autoestima derrubada e rasguei o envelope.

— Feliz?

Levei mais um minuto para registrar o que a carta dizia.

— O quê? — perguntei. — Como assim?

— O que foi? — perguntou Sloane.

Eu não conseguia pensar em mais nada para dizer, então apenas cuspi todas as combinações de palavrões que meu cérebro exausto foi capaz de conjurar.

— Eu preciso ver isso. — Sloane pegou a carta de mim. — Espera... você entrou. Zoe? Você entrou...
Peguei a carta de volta das mãos de Sloane e reli. Algumas vezes.
— *Prezada Srta. Webster, estamos felizes em informar que temos uma vaga na Prentiss Academy a partir do semestre do outono...*
— Você entrou — repetiu Sloane.
Finalmente a ficha caiu.
— Entrei mesmo.
Sloane ficou em silêncio. Algo estranho começou a acontecer com o rosto dela.
Depois de um tempo, tive que perguntar.
— Qual é o problema? Está tentando segurar um espirro?
Sloane levantou um dedo para ganhar tempo e então, quando estava mais equilibrada, disse:
— Estou fazendo meus exercícios.
— Exercícios? — perguntei. — Que exercícios?
— Eles funcionam assim... — Ela respirou fundo e disse: — Zoe tem mais. — Ela soltou o ar. — Mas eu não tenho menos. Eu não sou menos do que ela. — Sloane apontou para mim e disse: — Você. — E desenhou um perímetro invisível ao seu redor. — Eu.
— Hum — falei. — Isso é estranho. Por que você seria menos do que eu?
— O quê? Você não se sente mal quando outras pessoas conseguem algo que você queria? — perguntou ela.
— Mas, Sloane, você poderia entrar em qualquer escola que quisesse — falei. — Na Prentiss ou... sei lá, qualquer outra. Por que você se sentiria mal?
— Não posso estudar em escola particular nenhuma — disse Sloane. — Minha família é democrata e meu pai quer ser presidente dos Estados Unidos.
— Então por que se sentir mal? — perguntei. — Não faz o menor sentido.

— Claro que não faz o menor sentido. Sou competitiva. Não precisa fazer sentido. Ah, me poupe. Nem venha me dizer que você também não é competitiva do mesmo jeito.

Quando não pude negar, Sloane continuou:

— Exatamente. Comigo começou a virar um troço do TOC, então procurei ajuda. O que *você* faz com a sua competitividade?

— Bem, eu não tenho onze mil dólares para gastar cuidando dos meus sentimentos... — falei. — Então só me consolo com comida feito uma pessoa normal.

— Bem, isto é muito melhor. — Sloane redesenhou o perímetro invisível ao seu redor várias vezes.

— E tem outra vantagem: não pareço uma maluca — falei.

— Ai, meu Deus, até que eu estou me sentindo bem. Acho que preciso dançar. — E foi o que comecei a fazer. — Viu só, pai?

— Como se *isso aí* que você está fazendo não parecesse maluquice... Então, para quem você vai contar primeiro? Seu pai? Você vai contar pro Digby? Como ele vai reagir? — Ela fez uma pausa. — Então isso quer dizer que você vai aceitar a vaga?

Cada pergunta só me fez sentir pior do que a anterior.

— Não sei. Ainda não decidi se vou.

— Claro que vai.

Olhei para o meu celular e vi que mais fotos minhas tinham sido postadas. A realidade nua e crua me tirou daquela onda de felicidade.

— Ótimo. — Sloane havia voltado para minha cama, então me sentei no chão. — Você acha que muita gente já viu? As minhas fotos com Digby?

— Claro. Espalharam para todo mundo.

Quando eu gemi, Sloane completou:

— Foi mal.

— Ai, meu Deus — falei. — É muita humilhação. Eu pareço tão...

— Você e Digby estão juntos agora? — perguntou Sloane.
— Não faço ideia — falei. — Tudo aconteceu tão rápido.
— Se bem que... o que "estar juntos" significaria para um cara como ele? — perguntou ela.
— Eu seria a pessoa que paga a fiança? — perguntei. — Ou então vou ser o álibi constante dele? Encontrei o saco de dormir debaixo de uma pilha de sapatos no fundo do closet e o tirei de lá.
— Acho que, antes de me preocupar com quem deve saber primeiro, preciso descobrir o que quero fazer. Mas é melhor eu resolver isso logo. Aqui diz que preciso pagar a matrícula — falei. — Sei lá. Quer dizer, vale a pena ir só por um ano? O que vou ter tempo de aprender em um ano?
— "Aprender"? Como o mundo real funciona, por exemplo — retrucou Sloane. — As pessoas não vão a lugares como a Prentiss para *aprender*. Fique em casa lendo um livro se o que quer é aprender. As pessoas vão estudar na Prentiss para obter acesso. As faculdades reservam vagas para quem estuda lá.
— Isso é mesmo verdade? — perguntei. — Quer dizer, parece um conto de fadas elitista.
— Olha. Em média, dois terços dos graduandos de Harvard vêm de trinta mil escolas públicas, *mas* cinco por cento de cada turma de Harvard vem de apenas *sete* escolas particulares — disse Sloane. — Entendeu?
— São quatro da manhã e você está misturando porcentagens e frações. Não tenho ideia do que você está dizendo — falei. — E eu nem quero estudar em Harvard.
— Argh. Harvard foi só um exemplo. O que estou dizendo é... algumas escolas como a Prentiss mandaram cerca de quinze formandos para Harvard no ano passado, enquanto as escolas públicas tiveram em média meio aluno indo estudar lá. Você é muito ingênua se acha que é só por uma questão de mérito e notas — insistiu Sloane. — Vai por mim, eles reservam vagas para os alunos desses lugares.

— Não. Isso é matemática demais para a noite que tive — falei. — Meu Deus, só de pensar em contar para a minha mãe já me dá vontade de deixar tudo para lá. Isso é tosco?

— Muito — disse Sloane.

— Além disso, a sensação é que, se eu fosse estudar lá, meu pai estaria vencendo de alguma forma.

— Tosca demais. — Sloane se jogou na minha cama e completou: — Seus problemas me cansam.

— Você não entende, está bem? — Eu me joguei no chão e apoiei a cabeça no saco de dormir enrolado. — Meus pais são *divorciados*. Cada escolha que eu faço é um drama. Alguém sempre se ofende. Nova York quer dizer que escolhi meu pai. River Heights quer dizer que escolhi minha mãe. — Eu já tinha começado a falar das minhas angústias, então decidi continuar. — E como vou aguentar as provocações de Digby? Sério. Ser chamada de "Princeton" já é irritante o suficiente. Não consigo nem imaginar que apelido ele vai inventar quando eu contar *isto*. — Mas quando comecei a pensar no assunto, fui ficando com raiva. — Quer dizer, será que eu deveria ter vergonha de querer estudar em uma boa escola? Ele acha... o quê? Que pode invadir minha vida do nada e de repente se tornar a coisa mais importante? E o que eu faço quando ele decidir fugir da cidade de novo? Levei uma semana para colocar minha vida de volta nos trilhos da última vez que ele sumiu. E foi *péssimo*. Do nível ficar sem tomar banho nem comer por uma semana. — Talvez essa última parte fosse informação demais. — Então dane-se. Você que se dane, Philip Digby. Eu me saí bem, caramba. Vou comemorar. Quero sorvete. Você quer um pouco de sorvete?

Sloane continuou em silêncio.

— Ei, Sloane. Quer sorvete?

Tudo o que recebi dela em resposta foi um ronco. Sentei e a vi esparramada no meu edredom, os olhos fechados e a respiração profunda. Eu não estava com vontade de lidar com o drama que aconteceria se eu tentasse tirá-la da cama, então abri o zíper do saco de dormir e me acomodei.

Eu tinha começado o dia no ápice de um triângulo amoroso e agora estava terminando no chão do meu próprio quarto, enrolada num saco de dormir imundo porque cedi minha cama para a menina malvada que um dia passou por mim e Austin no corredor e perguntou para ele: "Ela?"

As coisas com certeza tinham mudado.

CAPÍTULO QUATRO

Acordei ainda segurando a carta da Prentiss. Quando me virei, a primeira coisa que vi foi Sloane me encarando com um olhar intenso que me assustou.

— O que foi?

— Nunca conheci ninguém que fosse tão boa em ser quem é, não importa o que aconteça — disse Sloane. — Você simplesmente não liga para o que as outras pessoas pensam. Eu gostaria de ter essa força mental.

— Hã... sei...

Eu reconheci o início da estrutura dos elogios insultantes que eram a marca registrada de Sloane Bloom. Ela fazia um elogio... e então o usava para estraçalhar a sua alma.

— E agora que todo mundo na escola te odeia e acha que você é uma vagabunda... — continuou ela —, essa habilidade vai ser uma grande vantagem. Eu realmente admiro isso em você.

— Uau. Para com isso. Acho que não aguento nem mais um pingo da sua admiração — falei. — Acordei não faz nem cinco minutos e já quero me matar.

Eu me levantei.

— Aonde você está indo? — perguntou Sloane.

— Chorar no chuveiro até a água quente acabar.

— Por quê? — perguntou Sloane. — O que foi que eu falei?

Mais tarde, encontrei Sloane sentada em dos bancos em frente ao balcão da cozinha.

— Então — começou Sloane. — Eu estava pensando.

— Ótimo. Mais pensamentos. — Vi o café da manhã completo servido no prato dela. — Ah, minha mãe está aqui?

— Não vi mais ninguém hoje de manhã — respondeu Sloane.

Que estranho. Eu tinha entrado no quarto da minha mãe e visto sua cama desfeita. Ela só a teria deixado assim se estivesse com muita pressa.

— Você está me dizendo que preparou o café sozinha? — Apontei para o prato de comida. — Nossa, incrível. Parece bom de verdade.

— Que grosseria.

— Verdade. Desculpa. Vamos começar de novo — falei. — No que você estava pensando?

— Você sabe... — começou Sloane. — Considerando que você é a nova vagabunda da escola...

— Sim, já sei. O que tem isso? — Ouvir seu comentário me encheu de pavor mais uma vez. — Vamos escolher melhor as palavras, aliás.

— Como você quer lidar com isso?

— Você é a rainha da escola. Não pode fazer essa fofoca sumir? Me conceder o perdão real? — Eu estava meio que falando por brincadeira, mas a parte de mim que estava falando sério torcia para que ela concordasse.

— Talvez algumas semanas atrás. Agora... socialmente, as coisas comigo têm estado... — Ela fez um movimento de "mais ou menos" com a mão.

— Você está bem? — perguntei. Fiquei surpresa por ela ter sido capaz de se avaliar negativamente com tamanha facilidade.

— Claro. Eu precisava de uma pausa, de qualquer maneira — disse Sloane. — É muito difícil ser eu.

— Essa é uma declaração ousada... — falei. — E uma *mentira*. — Quando ela tentou negar, eu insisti: — E, pelo visto, você está acreditando. Sloane, você adora ser popular assim.

— Eu só preciso de um tempo longe dessas cobras — disse Sloane. — Ei. Eu também preciso comprar tênis de academia. Você quer ir ao shopping comigo?

— Ao shopping? Juntas? — perguntei. — Hum, o que está acontecendo aqui de verdade?

— Ué, por quê? — perguntou ela.

— Sloane... O que está acontecendo?

— Tá. Mas você não pode rir. — Sloane pegou o telefone. — Tem um vídeo que eu assisti e me deixou uma semana sem dormir.

Ela então me mostrou o vídeo de um enorme chimpanzé espancando outro chimpanzé menor. O narrador dizia:

— *Desde o início, estava claro que Frodo governaria pela força bruta...*

— Por que você está me fazendo assistir a um clube da luta de macacos? — perguntei.

— O grandão é Frodo. O irmão do Frodo, Freud, era o alfa até que Frodo o expulsou do bando. Como Freud não maltratava os outros quando era o líder, o grupo aceitou Freud de volta. Mas Frodo era um valentão que fazia bullying com os outros macacos...

Estava óbvio que o vídeo significava muito para ela, mas eu não entendia por quê. Comecei a rir.

Sloane avançou o vídeo.

— Então, quando Frodo ficou doente, o bando o assassinou... — Ela virou o celular para me mostrar a tela. — Encontraram marcas de mordida nas bolas dele, Zoe. Mordidas. Nas *bolas*. Pense nisso.

— Não quero pensar nisso — falei. — Espera. Você está sendo legal comigo para as pessoas não acharem que você faz

bullying com os outros? Você não deveria ser legal com uma pessoa menos odiada do que eu?
— Talvez. Mas é o que eu tenho pra hoje — respondeu Sloane. — Acho que a gente devia fazer um *brainstorming* sobre a sua situação. Nossa amiga Bill passou a noite toda postando. A maioria das pessoas está te chamando de destruidora de lares e... você vai gostar disso... — Sloane fez uma pausa dramática.
— Zoe Rameira.
Era previsível vindo de Bill, mas ainda fiquei incomodada.
— Você precisa fazer alguma coisa — disse Sloane. — Mudar a narrativa.
— Mudar a narrativa? São um monte de adolescentes. Não tem o que eu possa fazer sobre isso — falei. — Além do mais... Você não tem que se preocupar com Henry?
— Henry? — perguntou Sloane.
— É — falei. — Henry.
— Hum. — Sloane soltou um muxoxo e então ficou com um olhar melancólico de quem queria conversar. — Bem, quer dizer, *claro* que não vou terminar com ele. Mas preciso ensinar uma lição para ele. Henry precisa aprender a não atrair uma horda de biscates toda vez que estiver em uma festa sem mim...
— Não, Sloane. Eu não estava perguntando sobre drama do seu relacionamento. Estava falando da polícia. E os esteroides?
— perguntei. — Precisamos combinar nossa história direitinho. Ver se Henry está disposto a combinar uma mentira.
— Ele que se dane — disse Sloane. — Acho que não quero mais ficar mentindo por ele.

Mas a gente precisava que Sloane fizesse isso. Pegamos sem querer a bolsa de academia cheia de esteroides de Silkstrom, um ex-aluno que vendia as drogas perto da escola. Para evitar ter que contar aos policiais sobre todas as coisas ilegais que Digby, Felix, Sloane, Henry e eu tínhamos feito para descobrir que o treinador do nosso time de futebol americano estava por trás de toda a operação de tráfico, Digby e eu entregamos tudo para Harlan Musgrave. O ex-policial, que tinha perdido tudo e agora era o inspetor da nossa escola, concordou em não mencionar nossos nomes quando Digby lhe disse que ele poderia ficar com o crédito pela prisão do treinador e assim voltar para a força policial de River Heights. Era um grande emaranhado de mentiras, e todos precisavam contar a mesma história, inclusive Sloane, por mais irritada que estivesse com Henry.

Dava para ver que ela não estava disposta a ser razoável.

— Está bem, talvez você precise de um tempo para esfriar a...

A campainha tocou, mas ouvi a porta se abrir antes mesmo de chegar ao corredor.

— Oi? — chamei. — Mãe?

— Oi, Zoe. — Felix passou por mim e entrou na cozinha.

Henry veio logo atrás, todo envergonhado e com os ombros caídos.

— Oi, Zoe — cumprimentou.

Digby veio por último.

— Eu deixei a porta aberta? — perguntei.

— Ainda tenho a chave que Cooper me deu quando fiquei hospedado aqui — disse Digby.

— Você ainda tem a chave? — perguntei. — Não é melhor devolver agora que se mudou? — Estendi a mão.

— Vou fazer isso — disse ele. — Da próxima vez que vir Cooper.

— Bem... a quem estou tentando enganar, afinal? Você vai dar um jeito de entrar de qualquer forma — falei. — Mas, vou repetir, por que a *minha* casa é a sede da reunião?

— A casa do Henry está cheia de crianças, não podemos ir para a minha casa, e o Sr. "alérgico a tudo" aqui tentou me alimentar com salada de semolina da última vez que fui para a casa dele — respondeu Digby.

Eu baixei a voz.

— Ei, você falou com Felix sobre De Groot?

— Não tive tempo. Henry me fez passar a noite toda acordado. Tanto choro — disse Digby. — Por favor, nunca mais use as palavras *futebol americano* na minha frente. Ou *futuro*... ou *bolsas de estudos*...

— Você não pode fazer isso com Felix, Digby — falei. — Toda a família dele... De repente, uma caneca de café veio voando da cozinha e se espatifou na parede.

— Ei, ei, ei... — falei.

Digby e eu corremos para a cozinha no momento em que Sloane jogava outra caneca em Henry. Digby a pegou no ar antes que atingisse os armários.

— Sloane, você pode ensinar esta lição para o seu namorado lá na sua casa? — perguntei, depois apontei para Henry. — E você, tire esse olhar de cachorro abandonado da cara. Isso só vai deixar a Sloane mais furiosa. Nada aconteceu com a Maisie. Você não tem nada pelo que se desculpar...

Sloane deu um tapa no balcão da cozinha.

— Oi? Como assim, *nada*?

— Sim, porque... vou repetir... *nada aconteceu*. — Quando ela começou a falar de novo, eu continuei: — Não vai ficar melhor do que isso, Sloane, então é melhor aceitar. — Ela começou a protestar outra vez, então interrompi: — Não quero mais saber se ele deixou Maisie pensar que algo poderia ter acontecido, blá-blá-blá...

Digby riu.

— Nossa, a mamãe está botando ordem na casa...

— E *você*. — Eu me virei para Digby. — Você não pode sair entrando aqui quando quiser.

Digby disse:

— Mas eu toquei a campainha.

— Se tivesse ligado, eu poderia ter avisado que não era uma boa hora para vocês virem — falei.

— Mas precisamos combinar nossa história antes que alguém comece a fazer perguntas — disse Felix.

— Que se dane. Não vou mentir por ele. — Sloane olhou feio para Henry e disse: — Espero que você morra. Ou vá para a prisão e morra lá.

— Sloane, você poderia...? — Fiz um gesto para ela calar a boca. — E aí, Digby? Precisamos ser proativos? — perguntei.

— Ir à polícia antes que o treinador diga alguma coisa? E se ele contar que fomos nós que levamos a bolsa com drogas para a escola?

— Duvido que o treinador vá fazer isso. Como falei antes, o advogado do treinador provavelmente vai lhe dizer para não piorar as coisas mencionando que, além de tudo, ele tentou assassinar quatro alunos — disse Digby. — Ele não vai contar nada.

— E Silkstrom? — questionou Henry.

— O que tem ele?

— Preciso dizer à minha família para tomar cuidado com Silkstrom? — disse Henry. — Caso ele decida se vingar de mim?

— Silkstrom vendeu drogas para o treinador, o treinador está na prisão, então, tecnicamente, Silkstrom está desempregado — disse Digby.

— Então você não acha que preciso me preocupar?

— Duvido muito. Não estamos lidando com a máfia nem nada assim.

— E Musgrave? — perguntei.

— Musgrave sabe que estamos envolvidos? — Sloane apontou para Henry, Felix e para si mesma. — O que você disse quando falou com ele ontem?

— Cara, isso foi ontem? — disse Digby. — Parece que faz semanas.

Eu entendia o que ele queria dizer. Foram vinte e quatro horas alucinantes. Aguentei semanas de estresse com os SATs só para as provas serem canceladas quando o treinador quase botou fogo na escola enquanto tentava nos matar depois que descobrimos que ele estava vendendo esteroides para os jogadores. E então a busca de nove anos de Digby para encontrar sua irmã chegou a um ponto crítico mais tarde naquela noite durante sua conversa com De Groot.

— Eu não mencionei vocês. Até onde ele sabe, éramos só eu e Princeton — disse Digby. — Acho.

— Então, você acha que podemos ter salvado a temporada? — perguntou Henry.

Digby deu de ombros.

— Talvez?

— Precisamos falar com a polícia? — perguntou Felix.

— Acho que não — disse Digby. — Musgrave vai dizer que resolveu o caso sozinho.

Felix colocou a mão no peito e suspirou.

— Minha mãe ainda está com raiva de mim pelo que aconteceu no semestre passado... Não acho que possa me dar ao luxo de arrumar problemas de novo.

Eu lancei a Digby um olhar duro, mas ele não entendeu a mensagem.

— Digby? Não tem nada que você precise contar pro Felix?

Quando Digby desviou o olhar e ficou quieto, eu insisti:

— Ei, pessoal. Digby fez um avanço importante, sabe? No caso de Sally.

— O quê? — disse Henry. — Que avanço?

— Isso é incrível — comentou Felix.

Fiz um gesto para ele.

— Mas agora ele precisa da sua ajuda.

Eu queria que fosse Digby a dizer as palavras.

— Minha ajuda? Como? — Quando nenhum de nós respondeu, Felix continuou: — Fala logo.

— Tudo bem — disse Digby. — Eu finalmente descobri quem sequestrou Sally, Felix.

— Você contou à polícia? — perguntou ele.

— Contar à polícia? Não. Não ajudaria em nada. Esse cara... vamos dizer apenas que ele é intocável — explicou Digby. —

Felix, ele diz que vai me contar o que aconteceu com minha irmã. Mas, em troca...

— O quê?

— Tenho que entregar o que ele queria nove anos atrás — disse Digby. — Ele quer todo o material em que minha mãe estava trabalhando no laboratório na Perses.

Digby esperou que Felix absorvesse o que isso significava.

— Espera. O antigo laboratório da sua mãe é o laboratório onde meu pai trabalha agora. — Felix se sentou. — Ah. Você está planejando roubar a pesquisa do laboratório dele. — Ele olhou para Digby. — Já sabe como vai fazer isso?

— Com uma falsa atualização de software que instalaria um rootkit no computador do seu pai. Percebi que você e seu pai compartilham vídeos de cachorros agindo como pessoas, então eu pretendia mandar para você um vídeo de um cachorro comendo à mesa com mãos humanas. Eu tinha quase certeza de que você encaminharia para ele — explicou Digby.

— Quem poderia resistir?

— E aí, quando ele clicasse no link, eu passaria a ser administrador do computador dele e de todos os outros na rede.

Felix pareceu atordoado.

— Você nem ia me contar?

— Mas eu só ia copiar os arquivos da minha mãe, Felix. Não ia nem tocar no resto. — Mas então Digby murmurou: — Bem, talvez eu desse uma olhada...

Felix saiu do seu transe e questionou:

— Um rootkit?

Digby tirou um pendrive do bolso do blazer.

— Você já até escreveu — disse Felix.

Digby pelo menos teve o bom senso de parecer envergonhado.

— Você sequer se deu ao trabalho de criar um script para limpar todos os logs? — perguntou Felix.

— Claro.

— Inclusive os logs do roteador? Os registros do IDS? — Quando Digby não respondeu, Felix disse: — Então, da próxima vez que fizerem uma auditoria de segurança, a empresa vai saber que o computador do meu pai foi usado para hackear o sistema?

— Eu poderia entrar e executar um bash-history — sugeriu Digby.

Sloane olhou para mim, mas eu estava tão perdida quanto ela.

— Você não acha que um milhão de arquivos apagados pareceria suspeito? — Felix estendeu a mão. — Me dá isso aqui.

No início, Digby resistiu quando Felix tentou tirar o pendrive de suas mãos, mas acabou obedecendo. E então Felix imediatamente jogou o pendrive no chão e o esmagou com o pé.

— Tem um motivo para eu escrever todos os seus programas.

Odiei ver a expressão arrasada no rosto de Digby.

— Não tem um jeito de Digby entrar no sistema da Perses e conseguir os arquivos sozinho, sem envolver você ou seu pai? — perguntei.

— Mesmo os melhores hackers deixam um rastro. O máximo que você pode fazer é destruir todos os logs, mas, como eu disse, isso também é suspeito. Eles vão investigar e, um dia... vão descobrir que eu e meu pai estávamos envolvidos. — Felix deu de ombros. — São dados. Não é um objeto físico que você pode pegar e depois sumir com ele.

— A não ser quando é... — disse Digby — ... um objeto físico.

Um longo momento se passou antes que Felix finalmente entendesse.

— Porque se torna um objeto físico...

— ... sempre que eles fazem um backup — completou Digby.

— Com que frequência eles fazem backups? — perguntou Henry.

— Para cumprir as leis federais, as empresas precisam fazer backup de seus dados regularmente para poderem recuperar as informações em casos de desastres — disse Digby. — Assim, se houvesse um terremoto ou uma inundação ou sei lá o quê, eles poderiam restaurar e voltar a trabalhar rapidinho. A Perses ainda guarda as fitas em um arquivo, certo? Não tem nada na nuvem, certo?

— Acho que não. Meus pais não comentaram nada — disse Felix. — Eles teriam mencionado uma mudança para a nuvem... acho...

— Espera. Teríamos que roubar milhares de fitas, não é? — perguntou Digby. — O Google usa umas cinquenta mil fitas por trimestre.

— Bem, em primeiro lugar, a Perses não é o Google, eles não teriam nem um por cento dessa quantidade de informação — disse Felix.

Digby argumentou:

— Mas mesmo um por cento ainda são, sei lá, centenas de fitas...

— E, em segundo lugar, eu sei que a Perses guarda seus backups em silos. Eles fazem isso de departamento em departamento, e o backup do meu pai vai ser em breve, porque ele reclamou disso faz pouco tempo — disse Felix. — Cento e oitenta e cinco terabytes por fita... não deve ser um número absurdo de fitas.

— Vai ser daqui a quanto tempo? — perguntou Digby.

— Não sei. Eu poderia perguntar...

— Não, não. Ele vai saber que tem algo estranho.

— Eu poderia entrar no e-mail do meu pai, então. Procurar algum alerta.

— Seria melhor — disse Digby.

— *Como* isso seria melhor? — perguntei. — E se ele for pego lendo os e-mails do pai?

Percebi que Digby estava evitando fazer contato visual comigo.

— Felix.

— Sim, Digby? — perguntou Felix.

— Não seja pego.

— Tá bom.
— Espera. Você vai invadir o e-mail dele? — perguntei. — Por que não pode simplesmente invadir o trabalho dele...
— Não preciso invadir e-mail nenhum. Eu sei o código do telefone dele. É só eu esperar ele colocar o telefone para carregar e abrir o aplicativo de e-mail — disse Felix. — Estou animado. Realizar um grande roubo está na quinta posição na minha lista de coisas para fazer pelo menos uma vez na vida.
— Espera aí — disse Sloane. — Essas fitas não vão ser difíceis de roubar?
— Os servidores fazem backup seguindo um cronograma e, acredite se quiser, as fitas são enviadas para o depósito por correios normais. Os dados de quase quatro milhões de clientes do Citibank foram vazados porque as fitas de dados foram mandadas via UPS, e a UPS perdeu o malote. — Para Felix, Digby disse: — É nisso que você está pensando, certo? Em roubar o material durante o transporte?
Felix assentiu.
— E você tem certeza de que não mudaram o processo? — perguntei. — Já que agora as empresas sabem como é fácil roubar dados?
— Felix, você pode tentar descobrir? — Digby continuava sem olhar para mim.
— Vou tentar.
— Bem, está sendo um domingo e tanto. Em resumo, deixamos de falar sobre um crime... — Sloane apontou para Henry — ... para planejar outro crime totalmente diferente.
— E algum desses crimes envolve dirigir embriagado depois de uma noite bebendo com outros menores de idade em uma festa à beira do lago? — perguntou Cooper.
Todos nós pulamos de susto. Ninguém tinha sequer ouvido a porta se abrir. Cooper entrou na cozinha vestido com sua farda da polícia. Meu coração ainda disparava instintivamente quando eu via o pequeno escudo brilhante preso em seu peito.

Ele namorava minha mãe desde o fim do ano passado e morava com a gente já fazia meses, mas Mike Cooper sempre seria, antes de tudo, um policial. E, mais especificamente, o policial que tinha me detido.

— Foram três chamadas diferentes para aquela festa ontem à noite — continuou ele.

— Não, não se preocupe. Ninguém dirigiu bêbado — falei.

— O motorista de Sloane nos trouxe para casa ontem à noite.

— Ah, então é o *seu* carro lá fora?

— O quê? Hince já está aqui? — Sloane olhou pela janela e balançou a cabeça. — Cadê? Eu não estou vendo...

— Lá. — Cooper apontou para a janela. — Estou supondo que aqueles sujeitos com jeito de segurança particular vigiando a casa estão aqui por sua causa.

— Hã, Zoe — disse Sloane.

Aproximei-me deles na janela e vi os dois seguranças do De Groot — aqueles que eu apelidei de o Alto e o Baixo — sentados em um SUV preto do outro lado da rua, praticamente em frente à minha casa.

— A maioria das pessoas só contrata uns fortões de academia que mal conseguem se mover, que dirá lutar. Mas aquele carinha — Cooper apontou pela janela para o Baixo — parece ser coisa séria. Eles não vieram com você? — Ele se virou para mim. Tentei não desabar sob seu olhar, mas Sloane pareceu inquieta. — Algo que eu deveria saber?

Esvaziei minha cabeça de todos os pensamentos incriminadores que poderiam aparecer na minha expressão.

— Porque também tem a questão de seu treinador de futebol americano ter sido preso com uma bolsa cheia de drogas. Preso por Musgrave — disse Cooper. — *Harlan Musgrave*. Precisamos conversar sobre isso?

— Quem, eu? Estou chocado. Chocado. — Digby pegou o prato e encheu a boca com uma garfada dos ovos de Sloane. — Drogas na escola? Que chocante.

— Porque eu *conheço* Harlan Musgrave. — Cooper riu. — Ele não é esperto o suficiente para derrubar uma operação de tráfico de drogas. — E com isso Cooper apontou para Digby. — Mas *você* é.

Digby apenas sorriu e continuou comendo os ovos de Sloane.

— Quando você teve tempo de fazer isso? Com a escola, o trabalho, o estágio... — questionou Cooper.

— Eu não fiz nada. E, mesmo que tivesse, você acha que eu perderia meu tempo ajudando aquele cretino do Musgrave?

— Estágio? — perguntei.

Mas Digby ainda estava me ignorando.

— Hum. Acho que estão perdidos — comentou Cooper, olhando pela janela.

Os homens do De Groot pegaram alguns mapas e fingiram estar procurando alguma coisa neles. Imagino que nós três parados na janela olhando para o carro deles não tenha sido exatamente sutil.

Cooper foi até a cafeteira, serviu-se de uma caneca de café e suspirou.

— Se eu não estivesse tão exausto, interrogaria vocês um pouco mais sobre essa história dos esteroides. — Cooper apontou para Henry e completou: — Acho que não daria muito trabalho fazer esse aí falar.

E então ele subiu as escadas.

Quando ouvimos a porta do quarto se fechar no andar de cima, Henry confessou:

— Ele está certo. Não sei mentir. Estou ferrado.

— Calma, Henry — disse Digby. — Você não vai ter que mentir. Eles nem vão te perguntar nada sobre isso. — Ele deu uma mordida na torrada de Sloane e murmurou: — Espero.

Sloane se afastou da janela e perguntou:

— Mas e aqueles caras?

— Não se preocupe com eles — respondeu Digby. — Eles estão aqui atrás de mim. — Ele levou o prato de comida até a janela, bateu no vidro com o garfo e acenou quando o Baixo ergueu os olhos.

— O quê? — Para mim, Sloane disse: — E você não está preocupada? Eles estão na frente da *sua* casa.

Eu pensei um pouco.

— Não. Eu acho que estão só olhando.

— "Só olhando"? — perguntou Sloane. — É sério, gente?

Digby deu de ombros e assentiu.

— Deixa para lá. Não quero saber — disse Sloane. — Vocês dois levam vidas estranhas. — Ela recebeu uma mensagem no celular e olhou pela janela. — Ah, agora Hince chegou. Alguém precisa de uma carona?

Felix ergueu a mão e começou a sair da cozinha atrás de Sloane e Henry. Antes de ir embora, porém, Felix disse:

— Digby, nunca vou esquecer que você mudou minha vida. Faziam tanto bullying comigo que eu estava prestes a desistir da escola. Mas se você colocar minha família em risco com outro plano de merda desses, eu vou *acabar com você*. — E saiu.

Digby enfim olhou para mim e disse:

— Eu aposto que ele conseguiria.

Agarrei o braço de Digby quando ele começou a se afastar.

— Você não vai ficar?

— Eu deveria ir.

— Você está com raiva. Porque eu contei pro Felix. — Digby apenas olhou para o chão. — Você quer que eu peça desculpas.

— Mas você não vai fazer isso.

— Porque não fiz nada de errado! Ele tinha o direito de saber. E se suas prioridades não fossem tão equivocadas...

— Espera. Você está falando como se eu fosse um delinquente sem coração — interrompeu Digby. — Eu só estava usando todas as ferramentas ao meu dispor.

— Isso é tudo o que somos? Ferramentas? — perguntei. — É isso que você diz a si mesmo para facilitar sua vida quando precisa ferrar um de nós?

— Ah, não me venha com essa — disse Digby. — Você entendeu o que eu quis dizer. E se estamos falando de ferrar as pessoas...

— Você está falando sobre eu contar pro Felix? Me poupe. Era a coisa decente a fazer — insisti. Por um segundo, eu me perguntei se ele tinha razão. Eu não tinha tanta moral para lhe dar um sermão sobre lealdade quando eu mesma estava guardando alguns segredos. — E, de qualquer maneira, este não é um plano muito melhor do que o que você bolou sozinho? Como você disse, é bom usar todas as ferramentas ao seu dispor.

— Então você quer que eu agradeça — disse Digby.

— Mas você não vai fazer isso.

E então ele saiu.

CAPÍTULO CINCO

Acordei depois de uma noite péssima, ainda obcecada por Digby ter me dado um fora. Considerei começar uma briga com ele por mensagem, assim pelo menos estaríamos nos falando. E ainda havia o problema da reação pós-festa que eu sabia que enfrentaria na escola. Mas, depois de um tempo, me acostumei com o turbilhão de pavor se revirando no estômago, me forcei a sair da cama e me arrumei.

Eu estava prestes a sair quando Cooper chegou do trabalho.

— Ei, Mike, você sabe cadê a minha mãe? — perguntei. — Ela saiu ontem de manhã antes de a gente acordar e acho que não voltou para casa ontem à noite.

A série de expressões estranhas com as quais Cooper lutou antes de enfim ficar sério me lembrou de como ele disse certa vez que nunca o deixaram trabalhar infiltrado.

— Ela tinha uma coisa de trabalho para fazer — disse ele.

— Foi de repente.

— No domingo? E durou a noite toda? — perguntei. — Que tipo de emergência noturna surge em pleno domingo quando você é uma professora de inglês de faculdade comunitária?

— Ela disse que era complicado. E que explicaria mais tarde.

Pelo comportamento de Cooper, não dava para saber se ele de fato sabia onde minha mãe estava e estava acobertando a saída dela ou se o próprio Cooper não sabia para onde ela tinha ido e estava tentando encobrir o próprio constrangimento. De qualquer forma, fiquei feliz quando ele subiu as escadas correndo e nos poupou de continuar aquela conversa estranha.

※※

Eu não sabia como deveria me vestir para enfrentar minha condenação em praça pública. Depois de experimentar basicamente todas as peças do meu armário, escolhi uma combinação de roupas bege folgadas que eu esperava que fosse ajudar a me camuflar nas paredes. Não funcionou.

Os olhares e as risadinhas começaram enquanto eu andava até a entrada principal. Nem todo mundo por quem passei já sabia da piada, mas tanta gente olhou para mim que tive a certeza de que os alunos que ainda não sabiam seriam informados em breve. Eu estaria entre os assuntos mais falados antes da hora do almoço.

Coloquei fones de ouvido e fiquei escutando uma das minhas músicas favoritas enquanto fixava o olhar diante dos pés e ia de cabeça baixa até o armário. Foi um alívio não ouvir o que as pessoas estavam dizendo. Com o restante do mundo no mudo, a letra da música do The Doors parecia ainda mais verdadeira: *faces look ugly when you're alone* — os rostos ficam feios quando você está sozinho.

※※

Depois de quatro meses aquecida pela companhia de Austin, Charlotte e Allie, ser largada no frio da solidão de novo foi brutal. Eu me senti profundamente sozinha enquanto ia de uma aula para outra.

Passei a manhã vendo todo mundo falar de mim. Algumas pequenas experiências mesquinhas — como um idiota que balançou a língua para mim enquanto eu passava por ele e uma garota que riu na minha cara quando lhe entreguei uma folha do material da aula — foram sentidas como humilhações que me fizeram querer enfiar a cabeça num buraco. Mas eu sabia que o pior ainda estava por vir.

O horário do almoço. Seria aí que os mais criativos iriam brilhar.

Segui minha nova rotina de colocar os fones de ouvido assim que a aula terminava. Quando o intervalo chegou, cerrei os dentes e acrescentei um livro à minha armadura. Entrei na fila do refeitório e li o mesmo parágrafo várias vezes até ele virar um borrão sem sentido na página.

Consegui abafar o mundo até ter que tirar meus fones de ouvido para pedir a comida. Foi então que ouvi alguém à minha frente dizer:

— Eu vou pedir peixe hoje. Mas tomara que não seja *piranha*.

E então ele e os amigos olharam para mim e caíram na gargalhada.

Coloquei os fones de ouvido de volta.

— Pizza — murmurei às pressas, embora pudesse ver que estava cheia de pimentão viscoso que me daria ânsia de vômito. — Droga.

Saí de perto do balcão, determinada a me controlar.

A Velha Eu teria fugido de fininho e ido comer entre as estantes da biblioteca. Mas a Velha Eu já tinha partido fazia muito tempo. Então, por mais doloroso que fosse ser alvo de tantos olhares, a Nova Eu sentou a bunda na cadeira de uma mesa com algumas pessoas aleatórias e começou a comer a pizza nojenta.

Eu estava tão absorta em tentar parecer à vontade que não percebi que alguém estava ao meu lado, falando comigo, até que a pessoa puxou um lado dos meus fones de ouvido e gritou:

— Acorda, Srta. Webster. — Era Musgrave, parecendo afobado como sempre. — Precisamos conversar sobre o nosso problema.

— Problema?

Eu tinha tantos problemas que precisei de um tempo para descobrir de qual ele estava falando.

— Seu caderno ainda está com as outras provas lá na delegacia — disse Musgrave. — Você entende o nível da merda que vai ser quando encontrarem aquele caderno e nós dois acabarmos contando histórias diferentes sobre como ele foi parar na bolsa de esteroides do treinador Fogle?

Eu não estava com vontade de conversar, mas tive que corrigi-lo.

— Na verdade, a bolsa tecnicamente pertencia a um cara chamado Silkstrom. O ex-aluno que de fato fazia as vendas... — falei. — Embora ele estivesse trabalhando para o treinador Fogle.

— O quê? — perguntou ele. — A bolsa nem é do Fogle? O quê?

Sua voz tinha um tom histérico que se elevou acima do burburinho da hora do almoço.

— Será que a gente não devia...?

Gesticulei para o refeitório, os alunos ao redor começando a se virar e olhar.

Musgrave disse:

— Sala de música. Dez minutos.

::::

Embora não tivesse recebido resposta quando mandei uma mensagem pedindo para Digby me encontrar, ainda assim fiquei decepcionada quando entrei e vi a sala vazia. Mas não tive muito tempo para pensar nisso, porque Musgrave logo chegou e foi direto ao assunto.

— Ainda não acredito que você deixou seu caderno na bolsa — disse Musgrave. — Que burrice.

— "Burrice"? Tipo passar cinco dias por semana trabalhando ao lado de Fogle sem perceber que ele estava traficando drogas?

— Acho que nós dois ficamos surpresos com a agressividade do comentário. — Tinha muita coisa acontecendo na hora. Meu caderno acabou lá dentro por acaso.

— Por acaso? — Os olhos de Musgrave se estreitaram. — Ou talvez vocês dois tenham plantado as drogas nas coisas do treinador Fogle?

— Não foi isso que aconteceu.

— Então por que você não me conta o que de fato aconteceu? Do início. — Quando eu não disse nada, Musgrave insistiu: — Você vai me contar a história se quiser que eu venda isso como um flagrante meu.

Por onde começar? Será que eu devia lhe dizer que roubamos a bolsa de Silkstrom por acidente durante uma falsa negociação de drogas que armamos para descobrir quem estava vendendo para o time de futebol americano? Ou será que eu devia optar pelo mais simples e me ater à nossa história de termos encontrado a bolsa e a usado para carregar meus pertences e então eu ter me esquecido de pegar o caderno antes de entregá-la? Eu queria que Digby estivesse ali. Mas ele não estava, então tomei uma decisão.

— Olha, a gente percebeu que o treinador Fogle estava vendendo quando encontramos a bolsa que ele deixou no vestiário. Nós a pegamos para denunciá-lo. Mas eu estava segurando um monte de livros na hora e um deles deve ter caído lá dentro quando o treinador nos perseguiu — falei. — É isso. Essa é a história.

— "Ele deixou no vestiário"? — Musgrave fez uma careta enquanto seu cérebro de lesma processava a informação. — Outros professores estão envolvidos? Outros alunos estavam envolvidos?

— Como eu disse, nós só encontramos a bolsa — repeti. — Não sei de mais nada.

— Bem, até o defensor público mais inexperiente seria capaz de usar o caderno para atrapalhar o caso e tirar Fogle da reta — disse ele. — E se o seu nome — ele apontou para mim — estiver em algum lugar daquele caderno...

Pensei muito se meu nome estaria escrito em algum lugar do caderno e, embora tivesse certeza de que não, também não podia afirmar com cem por cento de certeza que as pessoas não conseguiriam descobrir que eu era a dona caso lessem com atenção. Essa ideia me deu calafrios.

Musgrave notou minha expressão ficar desanimada e continuou:

— Então você precisa dar um sumiço naquele caderno.

— *Não* tem meu nome nele — falei. — E, de qualquer maneira, por que *você* não pode pegar?

— Eu já falei. Eu me recuso a ser pego adulterando provas — disse Musgrave. —*Você* vai pegar o caderno. — Ele apontou para mim de novo. — Sua mãe está namorando Cooper...

— Vamos deixar Cooper fora disso.

Musgrave disse:

— Bem, então como?

— Eu cuido disso.

Nada cala a boca de um valentão como lhe dar o que ele diz querer.

— Você vai dar conta?

Eu não sabia bem o que estava prometendo, mas assenti de qualquer maneira.

— Eu preciso ir. A hora de almoço está quase acabando — falei.

— Certo. Mas é melhor esse caderno sumir antes de eu dar minha declaração oficial, senão vou inventar uma história para a água não bater na minha bunda — disse Musgrave.

— Quando você vai dar sua declaração? — perguntei.

— Meu advogado e eu iremos ao escritório do promotor na quinta-feira.

Por algum motivo, pensei que não precisaria de muita água para bater naquela bunda caída dele. E isso me fez rir.

— O problema dos jovens de hoje em dia é que vocês acham que tudo é piada — reclamou ele. — Mal posso esperar até dar o fora daqui e ir para muito, muito longe de vocês idiotas.

Idem, Musgrave.

::::

Tudo o que eu queria quando chegasse em casa depois da escola era assar algumas asinhas de frango e colocar um *reality show* para poder ver pessoas sobreviverem a coisas piores do que a minha situação atual e sentir que talvez as coisas não estivessem tão ruins assim. Tentei me consolar com o pensamento de que havia sobrevivido à jornada pelo deserto que é não ter amigos na escola antes, mas a ideia de que nenhuma das supostas novas amizades que consegui fazer tinha dado certo me deixou ainda mais triste. Sim, ainda tinha Digby, Sloane, Henry, Felix... Mas amigos para fazer besteira eram diferentes de amigas para falar de maquiagem e fofocar na hora do almoço. Uma garota precisa de ambos.

Eu estava começando a me sentir melhor com a minha farra de comer carne assistindo lixo televisivo, mas então me ocorreu o pensamento horrível de que eu teria que acordar de manhã e passar pelo mesmo dia ruim de novo. E de novo e de novo até que as pessoas na escola encontrassem alguma outra pessoa com quem implicar. E então percebi que, se me acalmasse daquela maneira no final de cada dia, acabaria tendo um ataque cardíaco antes do verão.

Os restos da minha sessão de coitadice encheram a lata de lixo da cozinha e, quando saí para jogar o saco na caçamba lá fora, reconheci um logotipo familiar em um guardanapo sujo de batom no nosso lixo. Era de um café no nosso antigo bairro no Brooklyn. Minha mãe ainda falava do quanto sentia falta do café deles.

— Ela esteve na cidade? — perguntei-me em voz alta. Só para ter certeza de que não era um guardanapo velho que ela havia encontrado e jogado fora recentemente, esfreguei a marca do batom. O pigmento estava fresco o suficiente para sujar meu dedo. — Ela esteve na cidade.

++++

Durante o jantar, só me comuniquei com grunhidos. Minha mãe não pareceu notar quando coloquei um pouco de mostarda a mais no meu cachorro-quente da hostilidade habitual e, claro, isso me irritou ainda mais. Fiquei olhando sua boca se mover enquanto ela contava alguma anedota estranha do seu dia de trabalho sem de fato ouvir o que sua voz monótona estava tentando me dizer.

Eu estava lendo na cama quando ela bateu, abriu minha porta e disse:

— Tudo bem? — Havia um sorriso enorme estampado no seu rosto, o que me irritou ainda mais.

— Estou bem.

— Tem certeza? — Ela ignorou minha tentativa de dispensá-la e veio até a cama para tocar minha testa. — Acho que você não está com febre.

— Não, não estou com febre — respondi. — Mas... talvez eu fique mesmo doente amanhã de manhã.

Eu estava meio brincando quando disse isso, mas um dia de folga parecia bom.

— Ah, é? — perguntou ela. — Eu preciso me preocupar? Você está mesmo doente?

— Não, só estou cansada — respondi. — Na pior das hipóteses, vou pegar um resfriado leve que pode durar até quarta-feira. — Ela me fez abrir espaço para poder se sentar ao meu lado na cama.

— Parece sério.

— Não, não. Eu estou bem.

— Eu sei o que está acontecendo. Você está cansada da escola, certo? Mentalmente, quer dizer — disse ela. — Aposto que está morrendo de vontade de sair daqui. — Ela me abraçou. — Ah, Zoe. Obrigada por aceitar tão bem ter que se mudar para cá comigo. Vou sentir saudade. Mas é a coisa certa a fazer. Seu lugar é na cidade.

— Mãe. — Eu a afastei. — Isso é sobre as férias? Só vou passar duas semanas longe.

— Zoe... — Minha mãe balançou a cabeça de um lado para o outro naquele jeito de piada interna. — Eu sei. *Eu sei.*

— Você sabe o quê?

— Eu sei — repetiu ela. — Sobre a Prentiss...

— Você sabe? Como?

— Depois da festa, eu acordei e vim ver como você estava, e te encontrei desmaiada no saco de dormir, segurando aquela carta assim... — Ela imitou minha pose dormindo, o punho fechado no peito. — Estou tão orgulhosa de você. Parabéns, querida. — Ela me abraçou. — Viu só? Você nem precisou da ajuda do seu pai.

— Você já contou para ele?

— Pro seu pai? Não. Achei que você mesma gostaria de contar para ele. — Ela pareceu confusa. — Por quê? Algum problema?

— Eu só preciso de tempo para decidir se vou estudar lá mesmo — falei.

— Tempo para decidir? Como assim, você precisa de tempo para decidir? — Seu sorriso sumiu. — Zoe. Claro que você vai estudar lá.

— Não sei, mãe — insisti.

— Você está se fazendo de difícil agora? — perguntou ela.

— Depois de toda aquela chantagem emocional idiota que você fez por eu tirá-la de Nova York? *Agora você precisa de tempo para decidir?*

— "Chantagem emocional idiota"? Então, quando você disse que eu tinha aceitado bem me mudar para cá, só estava sendo legal porque achou que eu estava indo embora? — perguntei.

— Zoe, estou confusa — disse ela. — Isso tem a ver com aquele garoto?

— Imagino que esteja falando de Digby.

— Quantas vezes eu já falei para você? Nunca diminua sua vida para caber na de um garoto. — Ela pulou da cama e disse: — A coisa mais próxima de um arrependimento que tenho é ter largado a pós-graduação...

— Aham, tá bem, obrigada. É um ótimo conselho, mãe. Superútil. Nem um pouco condescendente — interrompi. — E, por falar nisso, você não largou a escola porque engravidou de mim?

— Zoe. — Ela usou sua voz tranquilizadora de mãe aprovada pela terapia. — Só estou dizendo que... não quero ver você tomando grandes decisões com base em hormônios e no que é bom no momento...

— Hormônios? E "o que é bom no momento"? — perguntei. — Você quer dizer, tipo, trair seu namorado atual com o ex-marido?

Foi bom ver a expressão chocada no rosto dela.

— Você está falando sobre as mensagens do seu pai nos convidando para uma viagem em família? Eu já expliquei. Só estava tentando ser mais amigável com ele... para minha própria sanidade. Estava cansada de nosso divórcio ser tão previsivelmente mesquinho — disse ela. — Como eu poderia saber que iria reconquistá-lo só sendo educada?

— Ahhh, entendi. Não foi sua intenção provocar. — Mesmo antes de falar, eu sabia que o que estava prestes a dizer era errado. Mas estava com raiva demais para conseguir me controlar. — Não existe uma pequena parte sua que queria estragar o novo casamento dele? Talvez para provar àquela piranha da *Shereene* — eu enfatizei o nome da nova esposa do meu pai e curti a emoção barata de ver a expressão de minha mãe desabar — que quem trai uma vez, trai de novo? Até onde você foi para ensinar uma lição para ela? Aliás, o que você falou pro Cooper que ia fazer ontem?

— *Zoe*.

Dava para ver minha mãe lutando para reprimir o comentário maldoso que tinha engatilhado para jogar de volta na minha cara.

— Não acredito que você está fazendo isso de novo — falei.
— Você não aprende mesmo.

— E o que eu não aprendo, exatamente? — perguntou ela.

Eu não queria ir ainda mais longe, mas ela já estava irritada, então não vi que tinha escolha. Suspirei.

— Se você vai atacar meu histórico de relacionamentos, vai ter que fazer mais do que soltar um suspiro de julgamento.

— É tão irritante ver você fazer com Cooper as mesmas coisas que fazia com papai — falei. — Você se distancia, aí depois fica *indignada* quando eles desistem e perdem o interesse.

— Espera aí. Eu me distancio? Você acha que seu pai perdeu o interesse no nosso casamento porque eu estava me distanciando dele? — perguntou ela. — Você está *me* culpando? Por *ele* ter me traído?

De repente, tive medo de que talvez fosse exatamente isso que eu estava sugerindo.

— Cuidado, Zoe. Você está cutucando a onça com vara curta. E o que eu estou escondendo de Mike, supostamente? Como estou me *distanciando*?

Abri a gaveta da cômoda, peguei o guardanapo sujo que encontrei no lixo e joguei na cama.

Então, encorajada pelo silêncio da minha mãe, questionei:

— Você pelo menos fez ele pagar sua passagem de avião? Ou as mulheres modernas dividem as contas quando viajam para trepar?

Eu pensei que tinha vencido a briga quando ela simplesmente se virou e saiu do meu quarto. Na verdade, já estava começando a ficar culpada por ter sido maldosa demais quando minha mãe voltou e jogou um envelope grosso na minha cama.

— Abre.

— O que é? — Quando ela não respondeu, abri e vi que tinha dinheiro no envelope. Muito dinheiro. Dinheiro organizado em grossos maços recém-saídos do banco.

— Isso é dinheiro do meu pai?

— O dinheiro é *meu* — disse ela. — Fui à joalheria perto do nosso antigo apartamento e vendi meu anel de noivado. Eu queria ter certeza de que poderíamos pagar pelo alojamento na Prentiss.

— O quê? Por quê? — perguntei.

— Por quê? — perguntou ela. — Como assim, "por quê"? Seu pai com certeza vai pagar a mensalidade, mas a menos que você queira morar com ele e com a Shereene... — Ela apontou para o dinheiro em cima da cama.

— Ainda nem sei se vou.

— Quer dizer, talvez eu tenha interpretado mal a situação. Mas o que mais eu deveria pensar? Imaginei que você queria ir. Você foi lá e se inscreveu... *em segredo*... — Minha mãe fez uma pausa. — Como foi que você conseguiu fazer tudo isso, aliás? A escola não pede nenhuma documentação dos responsáveis?

— Uma prova da situação financeira da família? Pediram, sim — falei. — Eu usei as cópias que você tinha arquivado da hipoteca da casa.

— Uau. Foi bem engenhoso — disse ela. — Mas entende o que quero dizer? Isso requer um verdadeiro esforço. Como eu poderia saber que, no fundo, você não tinha certeza de que queria estudar lá?

— Eu preciso pensar no assunto, mãe.

— Quer pensar nisso juntas?

— Não, obrigada. Você sabe que gosto de pensar sozinha. — Devolvi o envelope com o dinheiro para ela. — Sinto muito por você ter tido tanto trabalho.

— Você e eu precisamos melhorar nossa comunicação. E é claro que Mike sabia o que eu fui fazer lá em Nova York. Nós dois temos nossos altos e baixos, mas estamos na mesma página quando importa. — Minha mãe pegou o guardanapo sujo da cama. — Você tem um lindo cérebro, Zoe. Não o use para se deixar infeliz.

CAPÍTULO SEIS

Passei a manhã seguinte rolando na cama, tentando me convencer de que o bilhete para justificar minha ausência que minha mãe escreveu não era uma completa mentira, porque eu estava mesmo me sentindo mal o suficiente para justificar a falta. Mas então comecei a me lembrar da última vez que perdi vários dias de aula seguidos, antes do divórcio dos meus pais, e me lembrei de como, depois de dois dias em casa, basicamente senti que não *conseguia* voltar para a escola. Gastei muito mais energia saindo daquele buraco do que se não tivesse começado a matar aula em primeiro lugar. Resolvi correr o risco e fui me vestir.

Eu estava distraída com meus fones de ouvido, mexendo no armário, quando Sloane me cutucou nas costelas.

— Credo, Sloane — reclamei. — O que foi?

— O que é isso? — Ela acenou com a mão para indicar minhas roupas.

— O que você acha que é?

— Parece alguém prestes a atirar nos alunos — disse ela. — O que você está usando?

— Eu só achei que poderia me ajudar a suportar hoje. — Apontei para o meu look todo preto. — Eu já fiz muitas coisas incríveis usando essas roupas.

— Então por que não veio com o vestido do baile, aquele com as penas? Você *explodiu uma casa* usando aquela roupa — disse Sloane. — Ou você já o devolveu para a natureza?

— Podemos mudar de assunto para a conversa que você veio ter comigo? Ou veio aqui só pra me insultar rapidinho? — perguntei. — Por que você não veio ontem?

— Tirei um dia de descanso — disse Sloane. — Na verdade, estou surpresa que você tenha vindo para a escola... Você viu...? Ou não está olhando as redes sociais agora? Porque espere até ver o que aquela...

— Cuidado com o palavreado — falei. Mas então olhei para o celular dela e vi a hashtag abaixo da minha foto. — "Biscate Baranga"?

— Ah, é isso mesmo que ela é — disse Sloane. — Sabe, às vezes essa é a expressão certa.

— Não, estou lendo as hashtags nessas postagens sobre mim. — Peguei o telefone dela. — Agora estão me chamando de baranga também? O que aconteceu? Parece que está piorando.

— É isso que estou tentando contar. Ficou pior quando alguém postou que você curte dar em cima de caras comprometidos, e que você fez com Henry a mesma coisa que fez com Digby.

— "Alguém"? — perguntei. — Não foi *você*, foi?

— Rá, rá.

Mas nós duas sabíamos quem tinha sido.

Sloane revirou os olhos para mim e nós duas dissemos juntas:

— Bill.

— Ela é um site de fofocas humano.

— Ela é, tipo, meu pior pesadelo — concordou Sloane.

Sem conseguir me controlar, continuei rolando as postagens.

— Sloane... — Mostrei a ela a tela do celular. Era uma foto minha e de Henry conversando bem perto um do outro. — Esse post é seu.

— É antigo, compartilharam de novo hoje — explicou Sloane.

— Hashtag olha-a-fura-olho, hashtag oferecida, hashtag SirigaitaSuspeita? — perguntei. — Essas hashtags são suas.

— São antigas — insistiu ela. — Da época em que você...

— Eu sei, eu sei. Da época em que eu estava dando em cima do seu namorado — completei. — Por falar nisso... — Apontei para o corredor, onde Henry estava parado, olhando em volta com uma expressão perdida no rosto. — Ele está bem?

— Argh. Ele está muito grudento. Não sabe em quem confiar... não quer ficar perto dos colegas de time — disse Sloane.

— Ele me segue o tempo todo. Literalmente tentou entrar no banheiro atrás de mim hoje de manhã. — Ela pegou o telefone que devolvi. — Mas achei que você deveria saber.

— É. — Eu suspirei. — Agora eu sei.

⁓⁓⁓

Fui para a biblioteca no final do dia. Minha intenção era evitar o corredor polonês verbal de alunos soltando seus últimos comentários venenosos antes de voltarem para casa, para seus jantares de comida caseira e beijos de boa-noite. Eu estava quase no balcão da bibliotecária quando vi a própria Bill sentada em um dos computadores próximos.

Eu nem diminuí a velocidade. Só dei meia-volta e saí porta afora. Segui a passos rápidos caso ela tivesse me visto. Meu estômago se revirou quando a ouvi gritar meu nome. Apertei ainda mais o passo e comecei a fazer curvas aleatórias até acabar encurralada num corredor sem saída. Eu me virei para correr, mas *bum*, lá estava ela.

Bill ergueu as mãos e se encolheu.

— Eu venho em paz.

— O que você quer?

— A gente pode conversar? — perguntou Bill.

— O que você quer? — repeti.

— As coisas estão ficando meio loucas — disse ela. — Por um tempo, você e eu estávamos nos assuntos mais falados das redes sociais...

— Para com essa surpresa fingida. Foi você que criou esse monstro — falei.
— Na verdade, só passou a ser mais comentado depois que os posts antigos da Sloane foram compartilhados...
— O que você quer, Bill? — interrompi. — Ou você veio atrás de mim só para me fazer um relatório sobre meu ano horrível?
— Tive uma ideia de como a gente poderia colocar um ponto final nisso — disse Bill. — Acabar com esse ódio nas redes sociais.
Ela fez uma pausa para aplausos.
— É? E aí? — Eu estava interessada o suficiente para não ir embora.
— Acho que a gente devia escrever alguma coisa. Juntas — disse Bill. — Com os dois pontos de vista.
— "Por que é uma garota contra a outra? Por que o garoto nunca é criticado quando foi ele quem traiu?" Foi em algo assim que você pensou?
— E um pouco sobre triângulos amorosos — completou ela. — Por que eles acontecem...
— Triângulos amorosos acontecem porque as pessoas ficam confusas sobre seus sentimentos pelo parceiro atual — interrompi. — O ensino médio consiste em centenas de adolescentes com os hormônios fervilhando trancados oito horas por dia juntos enquanto as pessoas dizem que de jeito nenhum ninguém pode transar. Não tem como não dar confusão.
— Bem, agora estou preocupada que sua parte vá ser melhor que a minha — disse Bill.
— Em primeiro lugar, *se* eu escrevesse isso, sem dúvida minha parte seria melhor que a sua — falei. — Mas, em segundo lugar, eu jamais escreveria, porque é um clichê.
— É um clichê? *Você* é um clichê — retrucou Bill. — Primeiro Henry, depois Digby...

— Não vou entrar nessa discussão porque, embora eu te odeie e queira dar um soco na sua cara, esse papo está abaixo do nosso nível — falei. E então percebi o que ela estava insinuando. — Espera aí. Você está me dizendo que poderia impedir a minha tortura cibernética se eu concordasse em escrever isso com você?

Bill estava com uma expressão astuta quando disse:

— Acho que sim.

— Você "acha que sim"? — Recuperei meu bom senso. Ela estava mentindo. — Vai sonhando, Bill. Você pode ter começado esse pesadelo, mas não pode fazer porcaria nenhuma agora. — Eu ri na cara dela. — Aposto que *você* precisa escrever alguma coisa para fazer as pessoas lembrarem que tem a ver com essa história. — Eu me virei e comecei a me afastar. — Por que estou perdendo meu tempo com você?

::::

Depois de mais um dia na escola, fui para o trabalho, no shopping. Ou, pelo menos, tentei. A sensação nauseante da realidade mudando mais rápido do que eu conseguia acompanhar ficou ainda mais intensa quando cheguei e vi que a livraria estava fechada. Liberei um pouco da minha frustração chutando a grade de metal que cobria as portas de vidro. Na verdade, a sensação foi tão boa que chutei duas vezes. No segundo chute, notei um panfleto de um dos restaurantes japoneses do shopping enfiado na grade. O peixinho no logotipo tinha sido circulado com uma caneta vermelha.

Parecia coisa do Digby. Olhei em volta, esperando vê-lo de pé ali perto com um sorriso irritante no rosto, me observando para ver quanto tempo eu levaria para entender qualquer que fosse a piada que o peixe circulado supostamente deveria significar. Mas ele não estava lá. Foi só então que percebi que o peixe circulado devia ser uma mensagem de Fisher.

Fui até o restaurante japonês e lá estava Fisher sentado no bar, mas o hippie de cabelos compridos que era o gerente da livraria tinha desaparecido. Aquele Fisher tinha um novo corte de cabelo militar bem curto e usava uma camisa de golfe justa com calças cáqui. Aquele Fisher parecia o tipo de cara que a família de Digby teria contratado para negociar com os sequestradores de Sally.

— A loja não abriu hoje?

— Não achei que você fosse querer cuidar da loja sozinha — respondeu Fisher. — Greg vai ser promovido a gerente e começa amanhã.

— Você pediu demissão? — perguntei.

— Acha que eu gostava daquele cabelo? Daquelas roupas? — perguntou ele. — Você ainda não tinha voltado da escola quando passei na sua casa ontem para avisar que vou sair da livraria. Não quero te assustar, mas vi que o De Groot colocou homens vigiando sua casa. — Quando não pareci surpreso, ele acrescentou: — Mas você já sabia disso.

Dei de ombros.

— Caramba. Você não está assustada? — perguntou ele. — Parabéns pelo sangue frio.

Mostrei o cardápio que ele havia deixado para mim.

— Isso foi bastante enigmático. Você podia ter ficado aqui esperando por nada.

— Eu sabia que você entenderia. Além disso... — Fisher gesticulou para a pilha de papelada à sua frente. — Eu tinha muita coisa para me manter ocupado enquanto esperava.

— O que é isso?

— Tenho alguns procedimentos de saída que gosto de fazer antes de ir embora de um lugar — explicou ele.

— Ah... você vai se mudar de River Heights, então? — perguntei.

— Arrumei um novo trabalho. — Ele mostrou um folheto de um condomínio à beira-mar. — Um trabalho corporativo calmo em um lugar quente. Vou trabalhar internamente para uma petrolífera internacional. É o mais perto de uma aposentadoria que vou conseguir.

Não sei por quê, mas senti vontade de contar a ele.

— Acho que também vou embora.

— Ah, é? — disse Fisher. — Para aquela escola, Prentiss? Não sabia que você tinha se candidatado. Bem, parabéns. O que Digby está achando disso?

Dei de ombros e tentei manter a conversa alegre.

— Digby sabe que eu sempre quis terminar o ensino médio lá em Nova York.

— Então você não contou para ele. — Fisher riu quando estremeci. — Essa vai ser uma conversa interessante.

— Pois é.

Fisher estava estudando meu rosto.

— Contanto que você tenha certeza de que é isso mesmo que quer fazer. Não parece tão segura assim...

— Bem, quando me inscrevi, meses atrás, tinha certeza de que era a coisa certa para mim.

— E agora?

— Bem, agora... finalmente estou me acostumando com este lugar. Começar de novo seria... — Só de pensar nisso eu já ficava exausta.

— Tipo "Todas as minhas coisas já estão aqui"? Claro. Inércia. Eu entendo. — Fisher assentiu. — Mas é claro que você vai.

— Todo mundo me diz isso, como se eu não soubesse o que quero. É meio babaca — falei. — Eu realmente não sei se vou.

— Certo. Vamos abordar a questão por outro ângulo — disse Fisher. — Por que você se inscreveu, para começo de conversa?

— É uma boa escola. Eles fazem simulações de entrevistas com as universidades. Recebem muitos palestrantes incríveis para falar sobre a vida depois da formatura. Têm dois conselheiros de carreira em tempo integral e, por causa das profissões dos pais dos alunos, os estudantes do último ano conseguem estágios incríveis — falei. — Com tantos recursos, *alguém* pode finalmente descobrir no que sou boa.

— Me convenceu — disse Fisher. — Faz sentido para mim.

— Faz sentido para mim também — falei. — Minha mãe está animada. Meu pai também vai ficar, quando eu contar para ele.

— Só falta você, então? Você não parece tão animada — comentou Fisher. — E, claro, Digby não vai ficar contente.

Dei de ombros.

— Quem sabe? Talvez ele nem ligue. Não acho que amizade tenha o mesmo significado para ele que tem para as outras pessoas — falei.

— Iiihhh... O que ele fez agora?

— Ele chamou a gente de "ferramentas ao seu dispor" — falei. — Me deixou bem irritada.

— Caramba. Ele podia ter falado de um jeito diferente. Mas, para ser justo... — começou ele. — As famílias das vítimas de sequestro sofrem muito. Para sobreviver, os valores éticos das pessoas meio que...

— ... somem? — completei.

— Está mais para "são suspensos" — disse Fisher. — Ele aprendeu a se afastar da direção em que sua bússola moral aponta porque, na maioria das vezes, a solução que procura está na direção oposta. Já vi pessoas que sempre cumpriram a lei pegarem empréstimos que sabem que nunca vão pagar. Pessoas totalmente normais contratam matadores de aluguel para assassinar as pessoas que sequestraram seus entes queridos.

— Parece que você está passando pano para Digby.

— Não estou. Mas, pelo bem da *sua* sanidade, tente entender o nível do estresse psicológico que ele sofreu — disse Fisher. — Certo. Acabou o sermão.

— Quando você vai embora da cidade? — perguntei.

— Semana que vem.

— Isso significa que você está desistindo do caso dos Digby?
— Não estou desistindo. Só estou colocando em banho-maria por enquanto.
— Fisher...
Fiquei com vontade de contar tudo para ele. Sobre o De Groot e o acordo que Digby fez... mas seu novo apartamento com varanda e vista para o mar parecia o paraíso, e eu não queria estragar a felicidade dele com notícias tentadoras sobre Sally. Ainda mais porque tudo aquilo podia não dar em nada no final.
— O quê? — perguntou ele.
— Nada. É só que... — comecei. — Espero que esta não seja a última vez que a gente se veja.
— Duvido muito — disse Fisher. — Mas já que você mencionou querer conselhos de carreira... vou lhe dar um. Pense no *meu* trabalho. — Quando dei uma risada, ele completou: — Estou falando sério. Pense nisso. Paga bem. Paga muito bem, na verdade. Você está sempre viajando. O crime é uma indústria em crescimento...
— Acho que esta é uma conversa que você deveria ter com Digby, não comigo — falei.
— Ah, ele é um rapaz esperto, sem dúvida. — O sorriso de Fisher vacilou, e ele inclinou a cabeça. — Mas o que importa para ele é descobrir o que aconteceu com a irmã. Não sei se seria tão bom nisso quando não tiver mais uma causa com a qual se importa.
— Mas acho que em geral ele gosta de ser mais esperto que os outros e de fazer as pessoas de idiotas — falei. — Por que ele iria parar?
— Eu não disse que ele deixaria de ser esse tipo de cara, mas olha, é o seguinte... — disse Fisher. — Tudo o que Digby fez foi por Sally. Todo o foco, a determinação... Será que ele seria assim se não estivesse procurando pela irmã? Não sei. Todos esses anos, Sally tem sido a Moby Dick dele, e ninguém nunca

vai conversar com Ahab para pedir dicas de pesca. Você, por outro lado, é a pescadora completa. — Ele apontou para mim. — Quero *você*.

Eu tive que rir diante do ar dramático de Fisher.

— Moby Dick, a pescadora completa. — Eu apontei para ele. — Fisher. Três referências a pesca. Saquei.

— Na verdade, não suporto pescar. É um tédio. — Ele apertou minha mão. — Espero que a gente se veja por aí, Zoe Webster.

⁙

Eu tinha acabado de comprar alguma coisa para beber no meu quiosque de café favorito quando vi Austin saindo do banheiro. Antes que pudesse registrar o que estava fazendo, eu já havia me escondido atrás de uma cabine de fotos instantâneas.

Por que estou me escondendo?, pensei.

Saí, toda cheia de coragem, mas quando ele tirou os olhos do telefone e quase me pegou observando sua movimentação que nem uma esquisitona, toda a calma desapareceu e eu me enfiei de volta no meu esconderijo. Quem eu estava tentando enganar? Não estava pronta para trocar meia dúzia de palavras falsas e abraços amigáveis com ele. Então olhei pelo corredor e voltei a espioná-lo.

Austin voltou a prestar atenção no celular. Observando-o, enfim me permiti admitir que nunca gostei do olhar vazio em seu rosto sempre que ele mandava mensagens ou mexia no telefone. Como se só tivesse capacidade cerebral suficiente para usar o celular *ou* não agir que nem um zumbi, mas não para as duas coisas ao mesmo tempo.

Minha decisão de me esconder atrás da cabine de fotos valeu a pena quando Allie veio pelo corredor acompanhada de alguns jogadores e líderes de torcida, pulou até Austin e deu um beliscão na lateral da barriga dele.

Austin riu, eles se beijaram, e meu ciúme explodiu por um segundo. Mas, depois que a dor de vê-los juntos passou, percebi

que Austin combinava com Allie muito mais do que comigo. Ela até se dava bem com todos os amigos dele de uma maneira que nunca consegui. Austin e Allie. Fazendo todas as coisas fofas que ele nunca conseguiu me convencer a fazer. O lugar deles era um ao lado do outro. E acho que tudo bem.
    Mas e *eu*? Qual era o meu lugar?

CAPÍTULO SETE

Para ser sincera, eu não estava totalmente consciente do que estava fazendo quando, em vez de voltar para casa naquela noite, peguei o ônibus e fui até a casa do Digby. Sabia que não tinha errado por forçá-lo a revelar seus planos para o Felix, mas, ao mesmo tempo, também sabia que havia quebrado alguma regra implícita do Código dos Cúmplices. Eu precisava resolver as coisas entre nós.

Cheguei ao ponto de ônibus da casa dele ainda sem um plano de como iniciar essa conversa e, quando cheguei ao jardim, cogitei seriamente desistir e voltar pra casa. Talvez ele estivesse certo. Talvez a gente precisasse de um pouco de distância. Mas continuei andando até a casa dele mesmo assim.

A essa altura, eu já havia subido os degraus da varanda e estava prestes a dar meia-volta e ir embora quando ouvi um estrondo lá dentro. Hesitei, tentando decidir se deveria tocar a campainha. Achei melhor não e, em vez disso, fui para os fundos.

Olhei pela janela da cozinha e vi Digby e a mãe dele, Val, perto da pia, tendo uma conversa agitada sobre uma frigideira fumegante que ele ainda estava abafando com um avental queimado. Val chorava, e de onde eu estava, consegui ouvi-la bradar um pedido de desculpa. Quando o pequeno incêndio foi completamente controlado, Digby jogou a panela queimada na pia e abraçou a mãe para acalmá-la. Ele conseguiu fazê-la parar de chorar e saiu da cozinha.

Fiquei me sentindo culpada por ter ficado ali observando os dois e estava prestes a sair de fininho quando ouvi algumas batidas na janela da cozinha. Eu me endireitei e vi a mãe de Digby sorrindo para mim.

Val abriu a janela e disse:

— Desculpe, você tocou a campainha e a gente não ouviu?

— Não, na verdade eu não cheguei a tocar a campainha — falei. — Acabei vindo aqui para os fundos porque ouvi um barulho.

— Ah... entendi — disse Val. — Quer entrar?

— É melhor eu ir para casa.

— Vocês dois brigaram?

Eu assenti.

— Foi o que eu imaginei. Percebi que ele tem usado os remédios para dormir nos últimos dias — comentou Val. — Ele não gosta de tomar e só faz isso quando tem algo o incomodando muito.

Eu não queria começar uma conversa que não poderia terminar sobre Digby e De Groot, então apenas assenti outra vez.

— Os remédios não funcionam, aliás. Ele continua dormindo mal. Acho que seria melhor se ele tentasse resolver o problema de uma vez. — Ela gesticulou para a porta da cozinha. — Pode entrar. — Quando hesitei, ela insistiu: — Por favor, entre... Ele passou o dia triste, olhando mensagens que se recusa a responder. Ele com certeza não vai dormir de novo esta noite se vocês não fizerem as pazes. — Eu continuei sem me mexer, então Val completou: — E você também não parece muito feliz.

Eu finalmente desisti e concordei.

— Está bem.

Enquanto eu estava seguindo para a porta, Val disse:

— Sabe, desde que minha filha foi levada, ninguém nesta família teve emoções comuns. É quase um alívio vê-lo de cara amarrada por causa de uma garota, como um adolescente normal.

Não tive coragem de destruir a fantasia de normalidade que ela havia criado por minha causa, então agradeci e peguei a garrafinha de água que ela estava oferecendo.

Antes de soltar a garrafa, Val disse:
— Não que eu queira que ele acabe de coração partido. Seja gentil com ele.

※※※

Subi as escadas, mas perdi a coragem de novo do lado de fora do quarto do Digby. Fiquei encostada na parede, tentando descobrir se queria começar com um pedido de desculpas só para ter como iniciar a conversa...
— Você vai entrar ou não, Princeton? — perguntou ele.

Eu gelei.
— Eu sei que você está aí fora. Estou sentindo o cheiro do seu perfume de velhinha daqui.
— Na verdade, é meu creme para as mãos. — Eu entrei no quarto dele. — Você está mastigando um palito de carne seca dentro de um quarto fedendo a meia suja e ainda assim diz que consegue sentir o cheiro de lavanda do meu creme para as mãos?
— Minha tia-avó Ruth usava o mesmo creme — disse Digby.
— Eu reconheceria em qualquer lugar.
— Então eu tenho os mesmos hábitos alimentares da sua tia-avó Ruth e agora também tenho o mesmo cheiro dela? — perguntei. — Considerando que você acabou de ficar comigo... não tem algo estranho nisso?
— Ótimo. Mais coisas para discutir na terapia, então.

E isso foi o quanto aguentamos de conversa fiada. Nós dois deixamos a atmosfera desconfortável pairar por um longo tempo.
— Então... — começou Digby. — Eu imagino que você tenha vindo aqui para... não pedir desculpas?
— Alguma coisa assim — falei. — Você já pediu desculpas pro Felix?
— Na verdade, pedi, sim — disse Digby. — Ele entendeu. *Ele* sabe o quanto isso é importante para mim.
— Sério? — Apontei para a cicatriz no meu queixo, minha recompensa depois da primeira vez que Digby me fez invadir

um lugar com ele. — Você está insinuando que *eu* não entendo o quanto isso é importante para você?

— É, tem razão, foi uma coisa babaca de se dizer — assumiu Digby. — Não era minha intenção. — Ele se aproximou. — Mas ainda estou com raiva.

— Você não conseguiria viver consigo mesmo se eu tivesse te deixado fazer uma coisa tão desprezível quanto aquilo com o Felix.

— Tenho certeza de que eu conseguiria. Já fiz um monte de coisas desprezíveis — disse ele. Deu para ver que eu tinha sido convincente, porque sua expressão se suavizou e ele se aproximou ainda mais de mim. — Na verdade, tenho certeza de que sou desprezível, ponto final.

— Não é nada — falei. — Você é uma pessoa melhor do que pensa.

— Acho que a gente vai ter que concordar em discordar.

Outro momento desconfortável.

— Tudo bem com a gente? — perguntou ele.

— Eu não sei — falei. — Tudo bem?

Ele tirou meu cachecol e me deu um beijo no pescoço.

— Digby. — Eu não queria estragar o clima, mas tinha que contar para ele. — Tem mais uma coisa. Musgrave veio falar comigo ontem. Ele quer que a gente roube meu caderno do armário de provas.

— Roubar da polícia... Que técnica de sedução interessante essa, Princeton... — Digby fechou a porta com um chute e me puxou para a cama, dizendo: — Mas, por mais estranho que pareça, até que eu gostei.

— Ele disse que o promotor... — comecei.

— Aaaah, agora está citando o promotor público — interrompeu Digby, me deitando no colchão com ele. — Sabe, sempre achei que *intimação* era uma palavra meio sexy... diz "intimação" para mim, Princeton.

Senti que estava perdendo a concentração quando ele começou a beijar minha clavícula, então tentei empurrá-lo.

— Estou falando sério, Digby.

— Sim, claro, pode continuar falando. Eu consigo dar conta de várias coisas ao mesmo tempo. É uma espécie de fantasia minha, na verdade. Minha amiga especial tem uma cabeça boa para os negócios e um corpo bom para...

— Era o meu diário.

Foi um alívio finalmente contar para ele.

Digby ficou tão surpreso que se afastou e disse:

— Oi?

— O caderno que deixei na bolsa com...

— Ah, não, eu ouvi. — Digby se sentou. — Eu só não consigo acreditar no que estou ouvindo. É o seu diário que está no meio das provas, com a polícia?

Quando assenti, ele continuou:

— E você só está mencionando isso *agora*?

— Fiquei com vergonha.

— Bem, tem seu nome?

— Claro que não — respondi. — Quem escreve o próprio nome no diário?

— Mas os policiais seriam capazes de descobrir sua identidade pelos outros nomes citados. Austin, Allie, Charlotte... — disse ele. — E, claro, *eu*.

— Não usei o nome de ninguém — falei. — Só as iniciais.

— Espera aí, achei que você tinha dito que não tinha tempo de escrever no seu diário — disse ele. — "Ocupada demais" para isso, não foi o que você disse?

— Cala a boca. Não é só isso.

— O quê? Não me diga que tem fotos também. — Quando não respondi rápido o suficiente, Digby quase gritou: — *Fotos*? Você e Austin não conseguiam nem mandar nudes por mensagem que nem pessoas normais?

— Não, calma. Não tem foto nenhuma — falei. — O que eu estava prestes a dizer antes de você começar a surtar é que Musgrave vai dar seu depoimento depois de amanhã. Ele disse que, se não pegarmos meu caderno antes disso, ele vai contar que fomos nós que entregamos a bolsa para ele.

Digby semicerrou os olhos e ficou olhando pela janela por um tempo. Então disse:

— Não.

— "Não"? — repeti.

— Ele não vai fazer isso — disse Digby.

Soltei um muxoxo cético.

— Vamos mergulhar na mente de Musgrave e explorar a situação, que tal? — sugeriu Digby. — O que aconteceria se eu fosse ele e dissesse à polícia que não flagrei Fogle. Que, *na verdade*, foi um bando de adolescentes que me entregou a bolsa e o suspeito... — Digby pensou por alguns instantes e então completou: — Bem, em primeiro lugar, eu ficaria parecendo um idiota por aceitar levar o crédito desde a apreensão. E... O que vão pensar do fato de que trabalhei com o técnico por *anos* sem perceber o que o sujeito estava fazendo? Ele no mínimo vai querer alegar que vinha desconfiando...

— Musgrave *não* gostou quando eu levantei a mesma questão para ele...

— Por outro lado, se eu fosse Musgrave e *não* contasse para ninguém como consegui a bolsa... tudo o que eu teria que fazer seria deixar a própria polícia pensar em alguma outra razão mais plausível para o diário de uma adolescente ter ido parar em uma bolsa jogada no vestiário de uma escola. Tipo, talvez tenha caído lá dentro. Talvez o treinador tenha encontrado e enfiado na bolsa... — Digby deu de ombros e sorriu.

— Quer dizer, a mentira praticamente se desenrola sozinha. E, em troca, recebo todo o crédito por tirar um criminoso de circulação e talvez até uma chance de voltar a ser policial? É uma decisão fácil.

— Tenho que admitir, é uma simulação muito boa do processo de raciocínio de uma pessoa incrivelmente preguiçosa — falei. — Agora estou me questionando se estamos fazendo a coisa certa ao fazê-lo virar policial de novo.

— Não se preocupe — disse Digby. — Ele vai dar um tiro no pé com essa história de voltar para a polícia antes de ter a chance de ser reprovado no teste de aptidão física.

— Então você acha que a gente não precisa pegar o caderno? — perguntei.

— Não vai fazer tanta diferença assim, eu prometo.

Isso me tranquilizou o suficiente para deixá-lo tirar minha jaqueta. Então, tarde demais, registrei algo que ele tinha falado antes.

— Espera aí. É sério que você me chamou de sua "amiga especial"? — perguntei.

— Iiih — disse Digby. — Você prefere que eu use "namorada"? Isso não é um pouco...

Fiquei envergonhada ao pensar que sim, eu preferia "namorada", e humilhada por Digby achar que eu estava me precipitando ao presumir que éramos mais do que de fato éramos.

Mas então ele apenas completou:

— ... sem graça?

— Então como você chamaria?

— Estamos tendo uma conversa para oficializar o relacionamento? — Digby riu, mas não estava zombando de mim. Parecia nervoso também. — Bem. Já que estamos conversando agora... é oficial?

Foi bom vê-lo meio sem jeito também, para variar. Eu apenas sorri.

— Você está me sacaneando — disse Digby.

Mas ele sabia a resposta para a própria pergunta. Nós dois sabíamos.

Nós nos beijamos e, quando abri os olhos de novo, Digby já havia tirado os sapatos, jogado o paletó longe e desabotoado a camisa até a metade.

— Nossa — falei. — Você tirou a roupa rápido...
Nós dois ficamos imóveis ao ouvirmos um enorme estrondo na cozinha.
Quando tudo ficou em silêncio nos segundos seguintes, Digby disse:
— Está tudo bem...
Mas então sua mãe gritou:
— Phil-ly! Me ajuda aqui!
Quando Digby não respondeu de imediato, ela exagerou no drama e começou a gritar:
— Socorro! Me ajuda aqui! Me ajuda!
— É melhor você ir ajudar sua mãe — falei. — Antes que os vizinhos chamem a polícia.
— Do nada ela decidiu que quer fazer iogurte em casa, mas acaba se esquecendo da panela e queimando o leite. — Digby abotoou a camisa e calçou os sapatos. Quando me viu colocar a jaqueta de volta, falou: — Não, não, não sai daí.
— Eu preciso ir para casa.
— Tem certeza?
— É melhor eu ir — falei.
— Droga — disse ele. — Tão perto.
— Aham, até parece. — Eu ri. — Não chegamos tão perto assim.
— Tem certeza de que precisa ir? Quer dizer... — Ele pareceu me comer com os olhos e fez um movimento não muito gracioso com os quadris.
Minha única resposta foi:
— Caramba.
Ele passou as mãos pelo abdome.
— Você vai perder isso tudo aqui — insistiu ele.
— Rá, rá. Surpreendentemente, isso não me faz mudar de ideia — falei.
Houve outro estrondo no andar de baixo.
— É melhor você ir logo.

— Ei, Princeton. Essa história do Felix... Tudo bem entre a gente? — Ele estendeu a mão.

— Tudo bem. — Eu a apertei. — Mas a questão é... E você e o Felix? Tem certeza de que está tudo bem entre vocês dois?

— Bem, ele aceitou minhas desculpas, mas... Na verdade, não tem respondido minhas mensagens. — Digby riu e completou: — Estou começando a suspeitar que ele não está totalmente de acordo com o plano.

— Você pode culpá-lo?

— Não. Claro que não. Eu não ia querer me envolver se não precisasse. — Digby ficou me encarando por um tempo. — Na verdade, não sei se *você* deveria se envolver nisso. Talvez fosse melhor ficar de fora dessa...

— Cala a boca. Não seja ridículo — falei. Mas era a primeira vez que via Digby tão inseguro.

::::

Desde a manhã de sábado, eu estava com uma sensação fraca, mas persistente, de alguma desgraça iminente indefinida. Mas agora que Digby e eu havíamos feito as pazes, a sensação terrível havia diminuído um pouco. Depois de sair da casa dele, voltei determinada a colocar minha vida nos trilhos. Abafei a ansiedade por ter que voltar para a escola na manhã seguinte, mantive distância do celular, jantei e relaxei lendo um livro em vez de me cansar pensando demais.

Não sei quantas horas dormi antes de acordar com uma pontada súbita de compreensão. Eu finalmente entendi o que aquela sensação nos últimos três dias estava tentando me fazer lembrar.

— Ah, não — falei. — *Não.*

Suando frio, pulei da cama e vasculhei a pilha de papéis na mesa, embora, no fundo, já soubesse que o que eu estava procurando não estaria lá.

Minha mente voltou à lembrança de meses atrás, de um dia que eu estava no ônibus, rabiscando margaridas em um pedaço de papel enquanto ouvia música a caminho do trabalho. Eu me lembrava de ter sido dominada por um momento de insanidade passageira que fez minha mão escrever o pensamento mais estúpido que já tive na vida: *SRA. ZOE DIGBY*. Acho que talvez eu tivesse até escrito aquilo duas vezes.

Só de me lembrar das palavras na página, minha mente entrou em curto-circuito. Parecia que milhões de células do meu cérebro de repente gritaram de terror e foram subitamente silenciadas. Só que o berro foi real. Gritei tão alto que acordei minha mãe e tive que fingir uma cãibra no pé para me livrar dela.

CAPÍTULO OITO

Passei metade da manhã seguinte torcendo para que, por algum golpe de sorte com o qual eu só ousava sonhar, fosse encontrar ao revirar a mochila aquela página de rabiscos idiota amassada lá no fundo. A outra metade passei mandando mensagens pedindo para Digby me encontrar. Ele não respondeu.

Quando a aula acabou, não aguentava mais. Peguei três ônibus para chegar à delegacia. Embora estivesse sem notícias de Digby, esperei lá na frente por alguns minutos, na esperança de que ele aparecesse. Depois de um tempo, entrei e me aproximei do sargento que estava na recepção.

— Ah, oi, Zoe, tudo bem? — cumprimentou ele. — Você sabe que Mike só entra de noite, certo?

— Na verdade, estou aqui para ver o policial McPheeter — falei.

O policial Abe McPheeter, jovem, bonito e rato de academia, se apresentou para mim na festa de Natal do departamento. Eu teria sido mais receptiva aos seus flertes se não tivesse acabado de começar a namorar com Austin. Cooper não ficou nada feliz quando nos viu conversando em um canto e fez questão de que todos na festa o ouvissem gritar para Abe "ficar longe de garotas menores de idade". Coisa que, é claro, me manteve ocupada pelo restante da noite, porque o aviso de Cooper o deixou ainda mais determinado a me convencer a sair com ele.

— Abe McPheeter? — perguntou ele. — Por quê?

— Hum... — Engoli o constrangimento e disse: — É um assunto pessoal.

— Assunto pessoal, é? Com McPheeter? — O sargento da recepção pareceu preocupado e completou: — Mike não vai gostar nada disso.

Mesmo assim, ele apontou o caminho para a área dos cubículos dos oficiais uniformizados.

— Com licença — falei. Alguns policiais ergueram os olhares de suas mesas. — O policial McPheeter está aí?

Em meio às risadas que minha pergunta provocou, um policial fardado respondeu:

— Ele está no intervalo. Ou, como você talvez chame... *recreio*.

— Ei, Aaaaabe... — disse outro policial fardado. — Outra das suas fãzinhas está aí.

Abe deu uma espiada para fora da sala de descanso, sorriu e acenou para que eu me aproximasse. Atravessei a área dos cubículos e me juntei a ele na sala vazia.

— Oi, Abe. — Tentei fazer um ar sedutor e falei: — Você se lembra de mim?

— Claro — disse Abe. — Chloe.

— Quase — falei. — Zoe.

Para compensar, ele aumentou ainda mais o sorriso.

— Isso, claro.

— Eu estava pensando... — comecei. — Lembra na festa, quando você reparou nas minhas mãos... — E então notei que as mãos dele estavam cobertas de tinta. — Por que você está todo sujo de roxo? Hum. Manchou a sua camisa também.

— Ah, é mesmo? Saco. — Abe olhou para baixo e gemeu. — O idiota do estagiário fez um cartucho de tinta explodir em mim por acidente.

— O idiota do estagiário? — perguntei, e logo depois, pelo canto do olho, vi o movimento brusco de pernas compridas que eu conhecia bem entrando na sala e caminhando até um ponto logo atrás de Abe. Não precisei desviar o olhar de Abe para saber que era Digby que acabara de entrar, mas foi o que fiz mesmo assim. Abandonei momentaneamente o sorriso que havia esboçado para Abe e lancei a Digby meu olhar mais desagradável. Foi quando notei que o cordão amarelo pendurado no pescoço dele segurava um crachá de estagiário. Digby ergueu a xícara de café em um brinde silencioso.

— Você ia me perguntar sobre alguma coisa que eu falei na festa de Natal... — disse Abe.

Mas eu tinha ficado totalmente distraída pela aparição inesperada de Digby.

— Hããã...

— Algo sobre suas mãos? — Abe sugeriu.

Fiquei observando enquanto Digby pegava uma banana da cesta de frutas, encostava-se no balcão e começava a descascá-la da maneira mais irritantemente significativa. *Continue*, Digby gesticulou.

— Hum... — Forcei meu rosto a relaxar de volta em uma expressão interessada. — Você disse que eu poderia testar o novo equipamento biométrico com o leitor de impressões digitais portátil, lembra?

— É mesmo? — perguntou Abe. — Nossa. Devo ter bebido de estômago vazio, porque isso seria um pouco inapropriado.

— Eu posso pedir pro Mike, acho.

Eu odiava ter que fazer aquele teatrinho de falsa petulância na frente de Digby, que, aliás, agora assentia com a cabeça fazendo um sinal de positivo para mim.

— Não, não, tudo bem. Eu posso cuidar disso — disse Abe. — Quer dizer, é para um trabalho da escola ou algo assim, certo?

— Hum... isso — falei. — Para um trabalho.

Digby se intrometeu de repente:

— Para que matéria?

Abe se sobressaltou, levando a mão ao peito.

— Nossa. Eu nem te vi entrar. Tipo, não fazia ideia.

O que dizia muito sobre a qualidade da força policial de River Heights.

— Oi? — perguntei.

— Que matéria é essa? — repetiu Digby. — Sobre o que é o trabalho? Parece uma aula legal.

— Hum, estamos tendo uma conversa particular aqui — falei.

— Abe, podemos...? — Gesticulei em direção à porta.

— Claro. Mas é melhor eu me limpar primeiro. — Abe se inclinou, esfregou meu braço e sussurrou: — *Esse* é o estagiário idiota — Ele apontou para a tinta em suas mãos e na camisa, depois saiu.

Quando estávamos sozinhos na sala de descanso, Digby sussurrou:

— Sério? Chegamos a esse ponto?

— Cala a boca... Ele está bem ali. — Apontei para a porta.

— Ah, me desculpe. Não quero estragar seu encontro.

— Shhh — falei. — De qualquer maneira, agora que você está aqui, talvez queira me ajudar?

— Com o quê? Você está com tudo sob controle — disse ele. — Dê a ele um pouco de contato acidental em umas áreas mais interessantes e ele provavelmente vai buscar o caderno para você.

— Você está com ciúmes? Isso é você com ciúmes? — perguntei. — Sério?

Ele apontou para minha boca e disse:

— E você está de batom? Nunca te vi usar batom nos *nossos* encontros.

— Quando você já me levou para um encontro? — perguntei.

— E aquela vez na Olympio's?

— Eu paguei a conta — falei.

— Não. A outra vez.

— Eu sempre pago.

— E não é meio antifeminista se preocupar com quem pagou?

— Não é hora para essa discussão — falei. — Você vai me ajudar ou não?

Digby deu uma mordida na banana e sorriu.

— Você não precisa de mim. Ele vai ser muito, muito fácil de roubar...

— Inacreditável. — Eu me virei para sair da sala.

Fiquei tão irritada que quase perdi o comentário de Digby:

— Quer dizer, já roubei dele uma vez hoje.

Quando finalmente registrei a informação e me virei, Digby estava lendo um caderno que percebi ser meu diário.

— Está com você? Estava com você esse tempo todo? — Tentei tomá-lo de Digby, mas ele o segurou bem acima da cabeça, fora do meu alcance. — Me dá isso. É particular, seu sociopata.

Eu finalmente o acertei no estômago e peguei meu caderno quando ele o deixou cair. Folheei as páginas, rezando para encontrar a folha com os rabiscos incriminadores.

— O mês de dezembro inteiro... Será que vão ficar juntos?

— Eu odeio o fato de que você leu meu diário — falei. Mas não consegui encontrar o maldito pedaço de papel.

— Está procurando alguma coisa?

— Não, hã... acho que não... — Sorri para ele. — Não era nada.

Abe enfiou a cabeça de volta na sala e perguntou:

— Tudo bem aí?

Eu estava prestes a responder quando Digby disse:

— Tudo bem, cara. Ela disse que prefere fazer o tour com o estagiário. — E então agarrou minha mão, me girou, me fez cair em seus braços e me beijou.

Ouvi Abe dizer:

— Ah... A gente se vê mais tarde então, Chloe?

Abe tinha sumido quando abri os olhos de novo.

— Você é tão idiota — falei. — Ele é legal e não merecia isso.

— É mesmo? Eu vi esse idiota esperar até você virar de costas e então enfiar alguns Tic Tacs na boca — disse Digby. — Ele não é *legal*.

Eca.

— Certo, tudo bem. — Enfiei o caderno na bolsa. — Vamos embora.

— O quê? Não posso. — Ele apontou para o crachá de estagiário. — Estou trabalhando.

— Você está brincando?

— Até seis e meia.

— Você vem jantar depois?

— Você vai usar batom de novo? — perguntou ele.

Revirei os olhos e disse:

— Vem comigo até a porta para eu não ter que passar pelo Abe sozinha.

⁘⁘

Fui para casa e gritei da entrada:

— Mãe, Digby vai jantar aqui em casa hoje.

Mas então entrei na cozinha e na mesma hora percebi que havia cometido um erro terrível. Pelo tamanho do sorriso que minha mãe me deu, era óbvio que tinha preparado o jantar com um objetivo. Era o momento errado para trazer para casa uma complicação como Digby.

Minha mãe sorriu e cantarolou:

— Jantar em família.

Ela virou sua expressão terrivelmente alegre para Cooper e o encarou até que ele forçou uma careta semelhante.

— Sabe... alguns estudos dizem que jantares em família trazem benefícios como aumento da autoestima e melhora do desempenho acadêmico. — Cooper parecia estar sofrendo enquanto tentava se lembrar da frase exata que minha mãe claramente o fizera ensaiar.

— Nossa — falei. — Você está bem, cara?

— E por falar em melhora do desempenho acadêmico... — começou Cooper.

— Ai, meu Deus, Cooper. Já entendi por que eles nunca te deixaram trabalhar disfarçado — comentei. — Eu ainda *não* tomei uma decisão sobre a Prentiss, mãe.

— A inscrição precisa ser feita em breve, Zoe — disse ela.

— Eu sei, mãe.

— Achei esse tom um pouco hostil. — Minha mãe olhou para Cooper e perguntou: — Você também achou, Mike?

— É isso mesmo. Porque foi assim que eu falei — interrompi. — Mãe. Eu preciso decidir sozinha.

— E Digby? Tenho certeza de que ele tem muito a dizer sobre isso — questionou ela.

Não era da conta dela, e eu ainda estava tentando encontrar uma maneira de lhe dizer isso com uma indignação que não passasse dos limites quando a campainha tocou.

— Deve ser Digby — falei. — A gente pode conversar sobre isso mais tarde? Na verdade, podemos não tocar nesse assunto na frente de...? — Apontei para a porta.

— O quê? Por que não? — perguntou minha mãe. — Ele não sabe? — Quando não respondi, ela arfou de surpresa. — Ele *não sabe*? Por que você não contou para ele?

— Porque não. — Eu não tinha as palavras certas, então juntei as mãos e fiz um gesto de súplica. — Ele não sabe. Ainda. Eu vou contar em breve. Por enquanto, você pode, por favor...?

— Claro. Vou guardar essa informação para mim — disse a minha mãe. — Ah, espera. Agora estou confusa. Vou estar me distanciando? Isso vai fazer com que ele perca o interesse?

Eu a ignorei, abri a porta, empurrei Digby de volta para a varanda e fechei a porta.

— Ei, eu preciso que você me prometa que não vai dizer nada.

— Dizer nada sobre o quê?

— É um pedido geral. Não fale sobre nada muito importante — falei. — Mantenha a conversa casual.

Digby riu.

— Vai ser um jantar divertido, pelo visto.

Eu já estava girando a maçaneta para entrar de volta quando me lembrei de dizer:

— E é melhor eu já me desculpar agora. Minha mãe...

— "Precisa se acalmar"? "Só pensa em si mesma"? "É tão dramática"? — sugeriu Digby.

— Você tem que parar de citar meu diário para mim, ok? — perguntei. — É muito bizarro.

— Relaxa. É só um jantar. — Digby me beijou na bochecha, me entregou a garrafa de água com gás que trouxera como um pequeno presente aos anfitriões e abriu a porta.

Voltamos para dentro, mas antes que a gente tivesse tempo de dobrar o corredor e entrar na cozinha, Cooper espiou pela sala e fez um gesto para que nos aproximássemos. Ele estava ao telefone, porém, então ergueu o dedo para pedir que esperássemos em silêncio até que ele terminasse a conversa.

— Não, Phipps, não quero ouvir a história da comida chinesa vencida de novo — disse Cooper. — Me mande uma mensagem com a foto que você conseguiu do cara e pronto. — Cooper desligou o telefone e disse para Digby: — Você contratou alguém para examinar os arquivos do caso da sua irmã?

— Por quê? — perguntou Digby.

— Lembra da minha antiga parceira, Stella? Bem, ela criou um alerta para os arquivos da sua irmã. Sempre que uma solicitação para acessá-los é processada, recebemos uma mensagem. Bem, alguém solicitou o arquivo e deixou um recado para que o material fosse deixado na recepção para ser retirado hoje — explicou Cooper. — Bem, eu pedi ao sargento da recepção para tirar uma foto quando a pessoa entrasse para coletar o material, mas, infelizmente, o sargento Phipps estava indisposto quando isso aconteceu. Tudo o que ele conseguiu foi tirar uma foto do sujeito saindo com o celular dele.

— Você não pode olhar o circuito de câmeras? — perguntei.

— Está quebrado.
E então os dois disseram em uníssono:
— Cortes no orçamento.
O telefone de Cooper apitou. Ele nos mostrou a foto que acabara de receber.
— Reconhece esse cara?
Digby fez que não com a cabeça e disse:
— Não...
Mas nós dois sabíamos que estávamos olhando para a nuca do cara Baixo. De Groot com certeza estava tramando algo.
Cooper ampliou a imagem e inclinou a cabeça.
— Não parece o sujeito que eu pensei que estava vigiando aqui em casa outro dia?
Dava para ver que Digby ficou tão surpreso quanto eu pelo fato de que Cooper poderia não estar completamente alheio aos acontecimentos, afinal.
— Olha... não sei. Acho que não. Zoe? O que você acha? — perguntou Digby.
— Hum. Acho que é a nuca de um cara branco meio baixo, então... talvez?
Minha mãe nos chamou da cozinha.
— Ei, vocês vêm jantar? Ou vou comer sozinha?
Quando todos entramos, minha mãe disse:
— Olá, Digby. Que bom que você veio para o jantar. Fiz seu prato favorito. — Ela acenou para a mesa de jantar. — Comida.
Revirei os olhos e comecei a comer, imaginando que, quanto menos falasse, menores as chances de desencadear uma sequência horrível de comentários que levariam a qualquer um dos muitos Assuntos Desconfortáveis que eu queria evitar. Depois de um tempo, porém, começou a ficar silencioso *demais*, e foi um alívio quando Digby abriu a água mineral e quebrou o silêncio com a explosão do gás.
— Então — disse Digby. — Como vão as coisas?
Minha mãe suspirou e disse:

— Obrigada. Zoe disse que não tínhamos permissão para conversar, e eu estava começando a achar que teria que ficar aqui sentada ouvindo vocês mastigarem pelo resto da noite.
Digby sorriu.
— Ela me disse para não falar também. Não sei dizer se ela estava preocupada que eu fosse ofender você ou que você fosse me ofender.
— E aí, Zoe? — perguntou minha mãe. — Qual das duas opções?
Olhei feio para os dois e me servi de mais um pouco de sopa.
— Vocês dois são igualmente ofensivos — respondi.
— "Igualmente"? — disse Digby. — Bem, já que você já está ofendida...
— Acho que ela acabou de dar bandeira verde — disse minha mãe.
Ela e Digby sorriram um para o outro por cima da mesa.
— Quer fazer uma rodada relâmpago? — perguntou minha mãe.
— Cinco perguntas para cada um? — disse Digby.
— Pode começar — disse minha mãe.
— Ai, meu Deus — falei.
— Você já quis ser alguma coisa além de professora? — perguntou Digby.
— Não. Fiz pós-graduação porque gosto de ler e não sabia mais o que fazer depois da faculdade — respondeu ela. — Vamos lá, garoto, você consegue pensar em algo melhor do que essas perguntas bobas.
Digby perguntou:
— Você achava que o pai de Zoe era sua alma gêmea?
Minha mãe respondeu:
— Nem por um segundo.
Digby perguntou:
— Então por que casou com ele?

— Porque ele me levou em uma viagem com tudo pago para Turks e Caicos, mas não quis comprar os preservativos na loja do hotel porque estavam o olho da cara — disse ela. — Fiquei grávida.

Cooper cuspiu a sopa e teve que ir até a pia limpar a camisa.

Digby perguntou:

— Você se arrepende?

— Não, porque com isso, ganhei esta linda criatura que ilumina cada um dos meus dias... e que, espero, vai enxugar minha baba quando eu estiver senil.

— Você se incomoda por ela e eu estarmos juntos?

— Então agora é oficial? — perguntou minha mãe com um sorriso. Ela respirou fundo. — Não. Não me incomoda que vocês estejam juntos. Austin era muito gato...

— Mãe — falei.

— Mas ele pronuncia *cojones* como "cô-jones" e me chamava de "cara", então eu sabia que o relacionamento estava condenado ao fracasso — explicou ela. — Na verdade, vocês combinam mais. — Ela acenou para Digby e para mim. — Certo, foram cinco. Agora é minha vez. Primeira pergunta... — Ela estendeu o braço, segurou a mão de Digby e a apertou. — Você está bem?

Digby assentiu, piscando com a mudança de tom.

— Hã... Estou, sim.

Minha mãe afastou a mão e o interrogatório recomeçou.

— Quais são suas intenções com a minha filha?

Digby respondeu:

— Honrosas, mas ainda divertidas.

— Vocês dois... — Ela mexeu as sobrancelhas.

— Mãe. Você poderia ter *me* perguntado — falei.

— Certo, Zoe, você e Digby estão transando? — perguntou ela.

— Isso não é da sua conta — reclamei.

Minha mãe levantou as mãos em frustração.

Digby disse:

— Não, não estamos.

Minha mãe parecia aliviada. Ela perguntou:

— O relacionamento de vocês é sério?

— Ainda estamos descobrindo, mas... — Digby puxou um pedaço de papel do bolso do paletó e o desdobrou.

Fiquei horrorizada na hora. Digby estava segurando meus rabiscos de SRA. ZOE DIGBY. Eu tinha me esquecido da guirlanda de corações e flores que havia desenhado em volta.

Minha mãe bateu palmas e gritou:

— Ah, Zoe...

— Princeton, eu só queria dizer... sim. Sim. Sim. Mil vezes, *sim* — disse Digby.

Arranquei a folha de papel das mãos dele.

— E, por fim, uma pergunta fácil, mas importante — disse minha mãe. — Sabe, Digby, pelo que vejo, sua vida é uma bagunça...

— Mãe.

— Mas eu gostaria de pensar que há um plano por trás de tudo isso — continuou ela. — O que você quer ser quando crescer?

Na verdade, eu não sabia como Digby responderia à pergunta. E, ao que parecia, ele também não, porque largou a colher e pensou bem antes de dizer:

— Acho que posso perder meu certificado de malandro por dizer isto, mas pretendo fazer faculdade, estudar tipo ciência da computação e/ou ciências atuariais... Depois queria me mudar para a Costa Oeste quando me formar... se sobrar alguma coisa depois que os robôs assumirem o controle...

— Então, você está dizendo que "os plásticos são o futuro"?

— Minha mãe parecia tão pouco impressionada quanto eu.

— Ninguém com menos de quarenta anos assistiu a *A primeira noite de um homem*, Liza — comentou Cooper. — Acho que é um bom plano, Digby, de verdade. — Ele deu um tapinha nas costas dele.

— Nossa. Eu achei que você ficaria feliz por eu não ter respondido ladrão de arte ou vigarista — disse Digby.

— Só não esperava que você tivesse um plano tão burguês — retrucou minha mãe. — Quer dizer, considerando o seu estilo de vida atual...

— Não é como se eu tivesse escolhido uma vida difícil, Srta. Finn — disse Digby. — A vida difícil é que *me* escolheu.

Tentei imaginar Digby trabalhando oito horas por dia em um escritório e minha mente entrou em curto. Nos minutos seguintes, fiquei assistindo à conversa fácil entre minha mãe, Cooper e Digby e me senti como uma alienígena na minha própria sala de jantar. Fiquei tão desconcertada que, quando Digby me disse que não poderia ficar mais porque precisava ajudar a mãe com sua medicação noturna, fiquei aliviada.

CAPÍTULO NOVE

Na manhã seguinte, eu estava parada diante do meu armário da escola tentando usar aquela sensação de "quase lá" da quinta-feira como motivação para suportar o dia quando Sloane se aproximou.

— Ei, você está bem? — perguntou ela, parecendo tão preocupada que também fiquei nervosa.

— O que você quer dizer com isso? Eu passei maquiagem. Meio que arrumei o cabelo — falei. — Achei que estava indo bem.

— É exatamente isso que quero dizer. Você parece quase feliz — disse Sloane. — Claramente ainda não está olhando suas redes sociais. Porque estão te chamando de tudo quanto é coisa hoje...

— Você veio aqui só para me deixar mal? — perguntei.

Sloane disse:

— Não, na verdade...

— Ai, meu Deus, lá vem Bill — falei.

Então, só para o caso de haver alguma dúvida de que estava vindo atrás de mim, Bill fez um gesto de arminha com o dedo e fingiu atirar em mim. Como ela havia calculado, algumas das pessoas andando pelo corredor repararam e começaram a me encarar, esperando para se divertir com a minha reação.

— Isso é uma violação da regra de não imitar armas de fogo. Ela seria suspensa se contássemos — comentou Sloane. — Mas provavelmente ela ia adorar. Poderia fazer um vídeo chorando sobre seus direitos constitucionais. Já deve ter uma roupa escolhida e tudo, porque acha que uma entrevista para a CNN é seu destino ou coisa do tipo.

— Eu não consigo nem olhar para ela — falei.

No segundo em que me virei para longe, porém, Bill gritou:

— Zoe. A gente precisa conversar.

Agora *todo mundo* no corredor estava olhando para nós. Vi telefones sendo erguidos para gravarem a cena e algumas pessoas fizeram um monte de barulhos nojentos, mas totalmente previsíveis, imitando dois gatos brigando.

— Eca. Eles querem ver vocês se estapeando — comentou Sloane.

— Eu simplesmente não consigo lidar com essa garota agora — falei.

— Então não lide.

Foi uma sorte meu armário já estar trancado, porque ela de repente agarrou minha mão e saiu me puxando pelo corredor.

— Sloane? — perguntei. — Aonde estamos indo?

— Quem se importa? Para longe *dela*.

Bill se aproximou e nós a ouvimos mugir:

— Gente, volta aqui. Espera.

— Droga... ela está chegando perto — disse Sloane.

Sloane me empurrou pelas portas da oficina de marcenaria. Nós saímos a passos rápidos, sem fôlego com a corrida e rindo também.

— Acho que a gente conseguiu despistar ela — falei.

Bill gritou de novo:

— Gente. Zoe!

— Ela está alcançando a gente. — Sloane apontou para a janela aberta e começamos a correr.

Estávamos quase na janela quando ela escorregou em um pouco de graxa e teria batido no chão com força se eu não a tivesse segurado. Foi outra descarga de adrenalina, o que causou mais gargalhadas incontroláveis. Quando escapamos pela janela para o gramado, estávamos rindo tanto que não conseguíamos falar. Demos a volta até o outro lado do prédio para recuperar o fôlego.

— Isso foi um pouco malvado.

— É sério? — disse Sloane. — Depois do que aquela garota fez com você, você não consegue nem guardar rancor?

Eu ri.

— Digby disse exatamente a mesma coisa sobre *você*. — Na mesma hora, eu me arrependi de ter dito isso.

A risada de Sloane morreu.

— Ah.

— Desculpa. Outra coisa que não sei fazer é aproveitar um bom momento — falei. — Aliás, como vão as coisas com Henry?

— Eu falei que ele estava em recuperação como namorado, passo o tempo todo gritando com ele, e ele se sente péssimo com o que fez, então... as coisas estão indo conforme o planejado — respondeu Sloane. — O treinamento segue firme.

— Nossa... isso parece muito saudável.

— Acho que esse seu tom de crítica me incomodaria mais se a gente não tivesse acabado de pular a janela para fugir de uma das vítimas do *seu* relacionamento — disse ela.

— É, você tem razão — falei. — Eu é que não sei de nada.

— Não estou com a menor vontade de ir para a aula de educação cívica — comentou Sloane, e bufou. — A gente devia ir pro shopping.

— Eu até quero... mas sinto que tenho matado aulas demais ultimamente.

— Quem nunca? — perguntou Sloane. — Eles só repetem o que tem no livro...

A janela ao nosso lado se abriu e a Srta. Riddell, a secretária do diretor Granger, se inclinou para fora e disse:

— Zoe Webster, certo? Estão te chamando na sala de reuniões.

— Droga. Nada de compras — reclamou Sloane.

A Srta. Riddell já havia voltado a cabeça para dentro, mas apareceu de novo:

— Ah, um momento. Você também, Sloane Bloom. Sala de reuniões.

Sloane revirou os olhos.

— Não vejo a hora de me formar.

::::

Abrimos a porta da sala de reunião e encontramos Digby sentado sozinho à mesa comprida. Nossas expressões mudaram quando nos vimos.

Fechei a porta e disse:

— A gente achou que estava sendo chamada aqui por matar aula. Você não acha que tem a ver com Musgrave, acha?

— A polícia está aqui? — perguntou Sloane.

— Duvido muito — disse Digby. — A polícia não costuma servir biscoitos nos interrogatórios.

— Que biscoitos? — perguntei.

Ele apontou para um prato com nada além de migalhas no meio da mesa.

— Eu li que a CIA dá Big Macs às vítimas de tortura para fazê-las falar — falei. — Isso as faz relaxar.

— Bem, então funciona bem, porque agora só consigo pensar em como adoraria um pouco de leite — disse Digby. — Meu Deus, eu mataria por um copo de leite gelado.

— Devemos nos preocupar? — perguntou Sloane.

O som de passos se aproximando nos calou. Nós três sentamos e nos preparamos para o que poderia entrar pela porta. Logo, ouvimos vozes sussurrando e a maçaneta começou a girar.

— Então, só para ficarmos de acordo... — falei.

— Negar, negar, negar — completou Digby. — Como sempre.

Ouvi Sloane arfar quando a porta se abriu. Mas não era a polícia.

Allie entrou na sala, me viu e estremeceu visivelmente. Ela se virou, tentou fugir e deu de cara com Austin e Charlotte, que estavam vindo logo atrás.

— Ah — disse Austin quando me viu.

— Ah — disse Charlotte quando me viu.

Austin conferiu se eles tinham ido para a sala certa.

— Não, colega. É aqui mesmo — disse Digby. — Sente-se.

Claramente, Digby tinha sentido o mesmo alívio, porque voltou a ser um babaca. Eu relaxei os punhos cerrados e me acalmei.

Por debaixo da mesa, Digby chutou a cadeira à nossa frente e a empurrou na direção de Austin...

... que a pegou, carregou-a de volta até a mesa e a posicionou para Allie sentar, antes de fazer o mesmo para Charlotte.

Eu me virei e vi que Digby tinha ficado me observando notar a gentileza de Austin, e me senti constrangida.

— Sabe, dizem que Jack, o Estripador, também era muito educado — comentou Digby.

— Qual é o seu problema, cara? Acabou. Você ficou com a minha garota — disse Austin. — Todos nós estamos seguindo em frente.

— Olha só pra gente... Eu estava com saudades disso — disse Digby. — Saudades de *nós*.

Austin olhou para mim e disse:

— Você está se divertindo, Zoe?

— Oi, Zoe — disse Allie. — Parece que a gente não se vê há séculos.

Isso é porque você agiu como se eu fosse invisível toda vez que nos cruzamos nos últimos quatro dias, pensei. Mas, em vez disso, falei:

— Tenho andado superocupada.
A porta se abriu de novo e nosso orientador, Steve, entrou. Ele tinha no rosto aquela expressão exageradamente agradável de "mas-eu-me-preocupo-tanto" que fazia meus dentes rangerem enquanto conduzia — quem mais — Bill para a sala e para o assento ao seu lado.

— Olá a todos — disse Steve. — Estão todos confortáveis?

— Nós não respondemos, mas mesmo assim ele continuou: — Ótimo. Porque estamos prestes a ter uma conversa séria hoje. Todo mundo pronto?

Digby murmurou para mim:

— É isso que ganho por vir à escola.

— Você não está sendo punido, Philip — disse Steve. — E se eu fizer o meu trabalho direito, todos sairemos daqui hoje nos sentindo ótimos. — Ele bateu palmas. — Esta vai ser uma experiência positiva.

Charlotte levantou a mão.

— Steve? Vai demorar muito? Tenho um teste de álgebra daqui a meia hora.

— Falei com seu professor e consegui uma ausência justificada, Charlotte — respondeu ele. — Você pode remarcar o teste para outro dia.

— Não acredito que estudei à toa.

— Talvez a gente devesse ir direto ao ponto — disse Sloane.

— Isso tem a ver com você? — Ela apontou para Bill.

Bill deslizou algumas folhas de papel cor-de-rosa pela mesa para Sloane e para mim e disse:

— Eu estava tentando entregar isso aqui para vocês quando as duas começaram a correr. — Sua voz ficou debochada. — Quanta imaturidade.

Sloane mostrou o dedo do meio para Bill.

— Então. — Steve colocou a mão no ombro de Bill e disse: — Como Bill acabou de dizer, ela solicitou essa sessão de orientação... ou, na verdade, eu chamaria de uma intercessão de orientação... — Ele riu um pouco do próprio trocadilho e nos fez esperar enquanto anotava algo em seu caderno. — Mas, antes de começarmos... — Steve distribuiu panfletos. — Temos algumas diretrizes para garantir que criemos um espaço seguro para nossa conversa hoje.

A primeira página era uma lista de regras como mostrar respeito, não citar nomes, nada de interrupções, nada de acusações...

— Steve, aqui diz "Não fique na defensiva", mas não diz nada sobre dizer algo ofensivo — disse Digby.

— Bem, acho que está implícito. — Steve começou a virar as páginas do seu folheto. — Ou talvez você esteja certo. Talvez eu devesse escrever um adendo...

Chutei Digby por baixo da mesa e sussurrei:

— A gente vai ficar aqui para sempre se você não parar com isso.

Sloane ergueu a mão e ergueu o papel rosa.

— Isso vai entrar no meu histórico como uma consulta?

Steve voltou a prestar atenção.

— *Enfim*. Não vamos perder o foco. Estamos aqui hoje porque Bill apontou que alguns comentários ofensivos e tóxicos foram postados na internet...

— *Por ela* — falei. — *Ela* está postando coisas ofensivas e tóxicas sobre mim.

Steve ergueu o folheto e disse:

— Estamos tentando construir um espaço livre de acusações aqui, Zoe, então talvez você possa reformular seu comentário?

— Não consigo pensar em outra maneira de dizer isso porque postagens foram feitas. Por ela — falei. — Contra mim.

— Ninguém sabe quem postou aquilo — disse Bill. — Um monte de gente tem acesso à conta do anuário...

— Ah, me poupe — interrompeu Sloane.

Bill começou a chorar de soluçar.

— E agora todo mundo está botando a culpa em mim...
— Você mesma criou esse problema, e agora eu tenho que sentar aqui e te ouvir falar como se fosse a vítima... — falei.
— Na verdade, esse tipo de comentário é exatamente o... — começou Steve.
— Bem, talvez eu tenha mesmo criado esse problema porque me permiti me envolver com *ele*. — Bill apontou para Digby.
— Eu só estou aqui sentado — disse Digby.
— Ah, por favor, Bill — disse Sloane. — Você está tentando tirar leite de pedra...
— *Leite* — disse Digby.
Steve pediu:
— Sloane, por que não deixamos Zoe e Bill negociarem suas perspectivas conflitantes? — Ele leu as palavras do folheto: — "As pessoas veem o mesmo incidente de maneiras dramaticamente diferentes..."
— Isto aqui é uma grande perda de tempo.
Steve arfou de choque quando Sloane rasgou o papel em pedacinhos.
— Espera aí. Se a conversa é entre eu e Bill, o que *eles* estão fazendo aqui? — Apontei para o outro lado da mesa, onde Allie, Charlotte e Austin estavam.
— Eles estão aqui porque hoje de manhã um deles postou isto. — Bill mostrou o celular.
A tela mostrava uma foto dela com a blusa levantada em uma pose provocativa. Nada crucial estava de fato aparecendo, mas a cara que ela estava fazendo provavelmente era vergonhosa o suficiente.
Charlotte revirou os olhos e disse:
— Como já falei, não sabemos de quem é essa conta.
— De onde veio essa foto? — perguntei.
— Ela que me mandou, quando eu estava saindo com você, Zoe — respondeu Austin.

— O quê? — perguntei. — Você não me disse que ela fez isso.

— Eu não queria que você ficasse chateada — disse ele.

— Era particular — disse Bill.

— Assim como Zoe e Digby se beijarem — argumentou Charlotte.

— Mas eu não tirei aquelas fotos — disse Bill. — E não sei quem foi que postou.

Todos nós gememos de irritação. Levei um segundo para absorver que, se as acusações de Bill fossem verdade, Allie, Austin e Charlotte estavam do meu lado.

— E isto — Bill ergueu o telefone outra vez — veio de uma conta chamada AC-DL, que me disseram que significa Allie e Charlotte Dão a Letra.

— Ouvi dizer que o nome é esse porque a pessoa é bissexual — disse Charlotte. — E que a sigla quer dizer Alguém Corta pros Dois Lados.

— Ai, meu Deus. Bill, só confessa logo que você postou as fotos da Zoe e aí vocês duas — Sloane apontou para Allie e Charlotte — podem admitir que são AC-DL, e a gente vai embora daqui.

— Na verdade, Sloane, esse é um exemplo do que não fazer em termos de interrupções — disse Steve. — Vamos deixar que todos expressem seus sentimentos em vez de tentar resolvê-los.

Digby, que estivera mexendo no telefone durante toda a briga, disse:

— *Ninguém* deveria admitir ter feito nenhuma dessas coisas. Quem quer que seja AC-DL... e quem quer que tenha encaminhado a foto para essa conta AC-DL em primeiro lugar...
— Digby olhou feio para Austin — ... pode ser acusado de distribuição de pornografia infantil.

— Não. Nós com certeza não queremos isso — disse Steve, e enfiou a mão na mochila para pegar uma pasta cheia de fichas.

— Talvez possamos tentar uma pequena encenação...

Todos nós gritamos:

— *Não*.

— Olha, Steve, acho que estamos bem — falei. — Não podemos resolver isso entre a gente?

— Bem, na verdade, eu gostaria de conversar um pouco mais sobre como *você* está, Zoe — disse Steve. — Porque esse ponto está ficando de lado na história.

— Eu? Estou bem.

— Zoe, parte do meu trabalho é observar e intervir quando percebo um comportamento de internalização em meus alunos e, para ser sincero, toda vez que vejo você no corredor com o capuz e os fones de ouvido, fico de coração partido — disse ele. — Você parece tão isolada e irritada.

Sloane disse:

— Eu bem falei que você está parecendo aqueles atiradores.

Steve se sentou mais ereto na cadeira.

— Você acabou de dizer "atiradores"? Ela está dando indícios de... violência escolar?

— Não, não... — falei. — Esse é o jeito de Sloane de dizer que minhas roupas são feias.

Digby soltou um daqueles suspiros dramáticos, então deu um tapa na mesa para interromper a conversa.

— Ela não é uma ameaça à segurança da escola, Steve. Calma.

Steve se inclinou para a frente, segurou minha mão e disse:

— Zoe. Sei que você vai mudar de escola daqui a alguns meses, mas não quero que vá embora com lembranças ruins...

— Você vai se mudar? — perguntou Austin.

— Para onde? Vai voltar para Nova York? — perguntou Allie. — Que legal.

— Nossa — disse Charlotte.

Olhei para Digby, mas percebi que pioraria as coisas se me desculpasse por não ter contado a ele na frente de todo mundo.

— Você não sabia.

Austin apontou para Digby, que não respondeu, mas era óbvio que estava se esforçando para não esboçar reação.

— Ele *não* sabia. — Austin riu e se inclinou sobre a mesa na direção de Digby. — Você tem razão, cara. Eu *estava* com saudades disso.

— Hum, desculpe, Steve, mas como você ficou sabendo? — perguntei. — Eu ainda não aceitei nem nada.

— O setor de admissões da Prentiss me pediu para encaminhar seu histórico escolar — respondeu ele. — Eu supus que já estava tudo certo para você estudar lá.

— É claro que ela vai — disse Sloane. — Seria louca se não fosse.

— Ainda não decidi se vou.

— Ué, o que houve? Pensei que você já tivesse decidido. Austin riu.

— Ai, meu Deus, até a *Sloane* sabia antes de você.

O rosto de Digby ficou ainda mais sombrio.

Felizmente, Bill não conseguiu suportar não ser o centro das atenções por muito tempo.

— Meus parabéns, Zoe — disse ela. — Mas podemos, por favor, resolver isto?

— Sim, você está certa. Vamos retomar o foco da sessão. — Steve voltou ao seu folheto. — O que podemos fazer para consertar as coisas? Como podemos garantir que isso não se repita? Alguma ideia, reflexão, sugestão?

Digby estalou os dedos para Austin.

— Me passa seu telefone. — Ele apontou para Allie e Charlotte. — Vocês também. — Quando os três seguraram os telefones com mais força, Digby insistiu: — Vocês querem sair daqui? Desbloqueiem os celulares e passem para cá.

Charlotte, sempre pragmática, entregou o dela primeiro.

— O que você vai fazer? — perguntou ela.

Digby respondeu:
— Vou apagar coisas. — E então fez o mesmo com os telefones de Austin e Allie.
Steve disse:
— Mas não é assim que deveríamos...
— Está tudo bem, Steve. É a seção sete — disse Digby. — *Ensinar responsabilidade conjunta significa, em última análise, deixar que eles mesmos encontrem as soluções.*
— Isso não está escrito no folheto, está? — Eu conferi o papel. — O meu só vai até a seção seis.
— Mas soa familiar — disse Steve. Ele passou as páginas do folheto, examinando o texto.
— Está nas suas anotações, Steve. — Digby terminou de apagar, devolveu os telefones para seus donos, inclinou-se e deu uma batidinha no caderno de Steve. — Entre *comprar petiscos de gato sabor atum* e *recalibrar os pneus*. — Digby se levantou. — Tudo foi deletado. Podemos concordar em não postar mais nada? Se houver mais fotos por aí, podemos presumir que vão ser apagadas? — Digby olhou para Bill para deixar claro que ela era o alvo dessa advertência.
— E as do *seu* telefone? — perguntou Bill para Digby. A intimidade em seu tom era irritante o suficiente, mas então ela foi mais longe. — Se bem que, como você está comigo nelas, por que postaria?
— Melhor ignorar — disse Sloane para mim. Para Bill, ela acrescentou: — Argh, você é tão desesperada.
— Zoe entende — disse Bill. — Ela sabe que não tem o direito de ficar chateada por Digby ter dormido com outras garotas antes de ficarem juntos oficialmente.
Steve se intrometeu:
— Certo, acho que...
— Sem interrupção — disseram Charlotte e Allie.
— Deixa a Zoe responder — acrescentou Charlotte.

Tive esperança de que Digby fosse dizer algo que me ajudasse a entender as palavras da Bill, mas ele ficou em silêncio. Foi como um soco no estômago.

— Não tenho nada a dizer. — Peguei minha bolsa e perguntei para Steve: — Terminamos?

Mas saí antes mesmo de ouvir a resposta dele.

CAPÍTULO DEZ

Fiquei meio decepcionada quando Digby não veio atrás de mim depois da reunião. Eu estava correndo rápido, mas não *tão* rápido assim. Fui ao banheiro e me recompus antes de decidir ir para a biblioteca. Devolvi alguns livros, peguei outros que tinha reservado e virei no corredor entre as estantes, onde encontrei Digby esperando por mim na minha mesa favorita.

— Me pergunte como eu sabia que você estaria aqui — disse. — Você escreveu as datas de devolução dos livros no seu calendário de parede. E eu sei o quanto você odeia atrasar uma devolução.

Quando não respondi, ele disse:
— Você está chateada.

Alguém próximo pediu silêncio.

Ignorei Digby e me sentei. Comecei a olhar meu planner.
— Você está chateada com o quê, especificamente?

Não senti que precisava me explicar, mas olhei feio para Digby como se dissesse: *Você sabe.*

— Você está me ignorando? — Ele tentou de novo. — Eu não acredito que você deixou Bill te irritar.

— E eu não acredito que você dormiu com ela — retruquei. Como eu já estava falando, acrescentei: — Aliás, nunca entendi por que você ficou com ela para início de conversa. Foi só para me incomodar?

Mais uma vez alguém atrás de uma pilha de livros próxima fez *shhh*.
— Nem tudo o que faço tem a ver com você.
— Então você está me dizendo que *queria* sair com a Bill...
— falei — ... pela personalidade dela.
— E daí? Talvez eu gostasse de passar tempo com ela — disse Digby. — Ela talvez seja mais tranquila.
— Mais tranquila do que eu? É uma comparação? Quer dizer que eu sou... o quê?
Uma garota do segundo ano que eu só conhecia de vista saiu de trás das prateleiras ao nosso lado e falou para mim:
— Ei. Talvez a Bill tenha um lado legal que ela só mostra para os namorados. Talvez você não conheça o *Digby* tão bem quanto pensava... — A garota do segundo ano estava claramente maluca. — Talvez ele precisasse sair com ela para perceber que na verdade *não queria* sair com ela. Sei lá. Ninguém conseguiu entender por que eles ficaram. — A Maluca cerrou os punhos e cheguei a me perguntar se ela iria nos atacar. — Mas talvez vocês dois possam discutir isso em algum outro lugar onde não tenha uma pessoa que *precisa* passar no teste de química ou vai ser obrigada a passar o verão como salva-vidas da ACM em vez de ir visitar a tia festeira em Chicago.
Sussurrei um pedido de desculpas e Digby e eu pegamos nossas coisas e saímos da biblioteca.

※※※

Quando estávamos no corredor, Digby disse:
— Então. Onde nós estávamos?
— Eu acredito que você estava me contando sobre você e Bill, e sobre como você se divertiu muito com ela — respondi. — E que não ficou com ela só para me irritar.
— Você acha que fiquei com ela para te irritar? E, aliás, por que isso te irrita *tanto*? — perguntou Digby. — Até onde me lembro, você estava com Austin na época.

— Não me venha com essa. Assim que você voltou para a cidade, sua maior missão passou a ser separar Austin e eu...
— "Minha maior missão"? — Digby fingiu ânsia de vômito.
— Com certeza não foi "minha maior missão". Hum... Acho que eu estava ocupado com várias outras coisas também.
— Você entendeu o que eu quis dizer.
— Acho que alguém aqui está sendo um pouco convencida.
Eu sabia que ele sabia do que eu estava falando, mas fiquei com vergonha mesmo assim. Dei as costas e me afastei.
— Ah... Zoe, aonde você está indo? — perguntou ele.
Continuei andando e apertei o passo.
— Achei que você já tinha parado com essa história de me ignorar — disse Digby. — Ah, que isso.
Dessa vez, Digby me seguiu quando comecei a correr outra vez. Dobrei o corredor sem olhar para onde ia, então dei um encontrão em Austin. Ele tentou me segurar quando caí para trás, mas acabei derrubando-o junto. Austin e eu ainda estávamos embolados no chão quando Digby nos encontrou.
— Você está bem? — Digby estendeu as mãos e nos ajudou a levantar.
— Estou bem — falei.
Digby olhou para Austin e depois para mim e disse:
— A gente conversa mais tarde.
Mas, quando Digby se virou para sair, Austin disse:
— Espera. Na verdade, Digby, eu estava te procurando.
Digby pareceu confuso por um instante.
— Está bem. — Digby tirou o paletó, entregou para mim e começou a arregaçar as mangas da camisa. — A gente pode resolver aqui mesmo, mas se você quiser que seja até a morte, melhor ir lá para fora...
— Não, cara, que isso. Estou aqui porque a gente precisa da sua ajuda.
Mais adiante no corredor, Pete, um dos odiosos companheiros de time de Austin, nos viu e parou derrapando, então deu meia-volta e gritou:

— Pessoal! Austin encontrou o Digby.
— Os caras do time precisam falar com você — disse Austin.
— Estão esperando lá na sala do audiovisual.
— Fiquei feliz por me livrar e me virei para sair.
— Não, você também, Zoe — disse Austin.
— Eu também? Por quê?
Digby se virou para Austin.
— Qual é o assunto?
Austin pareceu desconfortável.
— Henry disse que explicaria quando vocês chegassem lá.
— É melhor você vir. — Digby vestiu o paletó e começamos a andar.
Austin me cutucou e disse:
— Você está bem?
— Estou.
— Ele estava te perseguindo? — perguntou Austin.
— Só porque ela queria que eu a alcançasse — disse Digby.
— Nunca entendi esses joguinhos. — Austin balançou a cabeça. Para mim, disse: — Pelo menos agora você encontrou alguém que pode jogar com você.
— Isso é sobre o treinador? — perguntei.
Austin assentiu.
— Mas a gente não deveria falar sobre isso aqui...
— Austin... — Eu precisava saber. — Você disse para o treinador Fogle que eu trouxe a bolsa de academia para a escola?
— Você está de sacanagem, né? De novo isso?
— Só me responde dessa vez e não pergunto mais. Você contou para o treinador a questão da bolsa, sabendo que ele te escalaria como quarterback se tirasse Henry do caminho? — perguntei. — Porque você quase matou todos nós se fez isso.
— Não. Eu *não* contei ao treinador — respondeu Austin. — E teria sido uma idiotice, inclusive, porque todo mundo sabia que o treinador estava vendendo. Eu não mataria alguém só para

ficar com o lugar do Henry. Mas obrigado por acreditar em mim, Zoe. Nossa, por que será que não demos certo?
— Então você vai ser o quarterback na próxima temporada? — perguntou Digby.
— Qualquer plano do treinador para me botar na posição foi para as cucuias junto com ele — disse Austin. — Henry vai continuar porque é quem os treinadores assistentes conhecem.

Percorremos o restante do caminho até a sala de produção audiovisual em silêncio. Mais alguns jogadores de futebol se juntaram a nós e, quando chegamos à sala certa, no terceiro andar, o grupo já tinha umas oito cabeças.

Como Austin tinha dito, o restante do time já estava nos esperando quando chegamos. Alguns dos jogadores estavam sentados em carteiras, e os que não conseguiram lugar estavam encostados na parede do fundo. Henry estava parado na frente. Foi estranho ver todos olhando para nós com tanta esperança e expectativa quando Digby e eu entramos na sala.

— O que está havendo aqui? — perguntou Digby.

— Temos um problemão, pessoal — disse Henry. — A Associação Atlética de Escolas de Ensino Médio enviou um inspetor do programa Esportes Sem Drogas. Ele está fazendo testes sem aviso prévio nos jogadores. — Henry mostrou a Digby um formulário pedindo que ele se apresentasse ao banheiro masculino principal.

— Espera aí. As escolas públicas do estado de Nova York não permitem testes aleatórios... — E então Digby se deu conta.

— Mas não é aleatório, porque o treinador foi preso. Então há uma suspeita razoável. — Ele soltou um palavrão.

Todos nós gelamos quando a porta se abriu e um cara que jogava no meio de campo, Lyle, entrou. Seu rosto estava completamente pálido e sua mão tremia quando ele estendeu o formulário para Henry.

— Eles me fizeram fazer xixi em um copo e depois me entregaram isto.

Henry leu o formulário e o passou para Digby.
— Putz!
— Formulário de Notificação ao Estudante-Atleta. Sua urina vai ser testada em busca de anabolizantes, diuréticos, hormônios peptídicos, agentes com atividade antiestrogênica e agonistas Beta-2. — Digby se virou para Lyle e disse: — Pela sua cara, imagino que você vai não vai passar nesse teste...

— Eu não queria tomar os comprimidos, mas o treinador disse que eram só suplementos — contou Lyle. — Quer dizer, depois de um tempo comecei a achar que talvez tivesse alguma coisa estranha acontecendo...

— Você está falando de quando sua cabeça ficou quadrada e você começou a conseguir levantar um carro no supino? — Digby olhou ao redor da sala. — Quantos de vocês vão ser pegos no teste? Podem levantar a mão.

Henry ergueu os braços para impedir que os jogadores respondessem.

— Não, não, tudo bem, pessoal. — Para Digby, Henry disse: — Não importa. Se um de nós for culpado, o programa vai ser encerrado. Mesmo para os jogadores que estiverem limpos.

— Preciso jogar, cara — disse um jogador, e então todos os outros começaram a entrar na conversa com seus próprios pedidos ansiosos de ajuda.

— Certo, pessoal, ele entende — explicou Henry. — O que acha, Digby?

— Queria dizer, em primeiro lugar, que sou *contra* anabolizantes — disse Digby. — Os trapaceiros nunca vencem de verdade, rapazes.

— A maioria que tomou alguma coisa nem sabia o que era, cara — disse Henry. — Todo mundo só confiava no treinador.

— É por isso que vou resolver isso — disse Digby. — É um acordo com prazo para acabar.

Alguém nos fundos disse:
— Ele disse que vai resolver?

Ouvi pelo menos dois *high five* e mais um jogador que exclamou:
— É isso aí!
— Mas — interrompeu Digby. — Vou precisar de algo em troca.
— Posso te dar literalmente cada centavo que ganhar neste verão — ofereceu um jogador.
— Quanto você quer? — perguntou outro.
— Ele não quer dinheiro — disse Henry. — Você não quer dinheiro, certo? Espera. Você *quer* dinheiro?
Reconheci a expressão no rosto de Digby.
— Não. Vai ser muito mais estranho do que isso — falei.
— Quero um sacrifício humano.
— Eu sabia — falei.
Alguém nos fundos disse:
— Você pode levar o meu irmão. Ninguém vai sentir falta daquele idiota.
— Aposto que minha mãe até pagaria para você dar um sumiço no meu pai — outro jogador comentou.
— Digby. Explica logo o que você quer antes que eles me façam perder o pouco de fé na humanidade que me resta — pedi.
— Preciso de alguém aqui para morrer nas redes sociais — disse Digby. — E tem que ser uma grande morte.
— Grande como? — perguntou um jogador.
Digby apontou para mim.
— Maior que a hashtag Piriguete hashtag BiscateBaranga aqui — disse ele. — E tem que ser agora ou eu nem vou sair por aquela porta.
— Recebi um vídeo da minha namorada tirando a calça skinny — disse um jogador. — Quer dizer, ela tem um corpo incrível, mas ninguém fica bem nessa situação...
— Não. Não quero que mais ninguém seja humilhado — retrucou Digby. — O que quero é ver esse espírito de sacrifício e "vestir a camisa" de que vocês tanto falam.

Silêncio. Até que um deles levantou a mão. Jim — um dos atacantes robustos — ergueu o celular.

— Tenho um vídeo meu ficando com a minha prima durante as férias de primavera.

Por mais preocupados que estivessem com os testes de drogas, os jogadores ainda tiveram energia para zombar de Jim.

— Você gravou um vídeo? — questionou Henry.

— Cara, ela é tão gostosa. — Jim deu play e mostrou para todo mundo. — E ela é tão doida que aposto que adoraria viralizar.

Eu não consegui me conter.

— Você está falando sério? Seu porco.

Depois de assistir ao vídeo por alguns segundos, Digby murchou.

— Não. Não podemos. Dá para ver a parte de cima do peito dela. Nada de pornografia infantil.

— Cara — insistiu Jim. — Ela tem vinte e dois anos. E sim, estou falando sério, ela não vai se importar.

Digby se animou.

— Bem, então isso serve, seu porco. Mande para eles. — Ele apontou para os outros caras. — E todos vocês têm que postar: PrimoPreferido, IncestãoPerfeitão, AmorDeFamília... se joguem nas hashtags.

Digby me olhou como se eu devesse estar de joelhos agradecendo. Até abriu os braços em um floreio.

— Por que você está com essa cara toda satisfeita? — perguntei. — Você só está desfazendo a tempestade de merda que jogou em cima de mim.

— Vocês estão bem? — perguntou Henry.

— Ela está brava com a história da Bill — explicou Digby.

— Por quê? Está com ciúme? — Henry balançou a cabeça. — Não fique. Bill basicamente passava a maior parte do tempo com Digby perguntando sobre você. — Henry apontou para mim.

— É? — perguntei. — Como você sabe?

— Eles iam lá na lanchonete — disse Henry —, e Bill começava: *O que a Zoe pede? O que a Zoe disse? Aposto que a Zoe fez isso e aquilo...*

— Espera aí. Na lanchonete? — Eu me virei para Digby. — Você levou a Bill na Olympio's?

— Ah, cara — disse Digby para Henry.

— Pelo menos tive mais classe e não levava Austin para a Olympio's nos nossos encontros — falei.

— É, eu sempre achei isso esquisito, cara — concordou Henry.

E então me virei para Henry e desmanchei o olhar de compaixão que ele dirigia a Digby quando perguntei:

— E você sabia o tempo todo? Vocês ficavam saindo de casal com Digby e Bill?

— Hã... não — Henry respondeu. — Sloane odeia essa garota.

— Ah, e *você* não? — perguntei.

— Vamos deixar o Henry fora disso — pediu Digby.

— Sim, vamos deixar o Henry fora disso — repetiu ele.

— E, como eu disse, por que você se importa? Por que você se importa onde a gente ia para comer? — perguntou Digby. — Você estava com Austin na época.

Foi só quando Digby apontou para Austin e nós dois nos viramos que percebemos que o time inteiro estava assistindo à nossa briga.

— Estou tão feliz — comentou Austin.

— Mas sério... você pode ajudar? — Henry entregou a Digby um dos formulários convocando para o teste. — Porque o meu é em quinze minutos.

Digby pegou o formulário e disse:

— Posso. Aceito qualquer coisa para ter um pouco de paz.

O comentário me irritou.

— Você sequer tem um plano? — perguntei. Ele estava fazendo uma cara que eu reconhecia. — Que não seja sair de lá com um milhão de frascos de urina enfiados nos bolsos.

— Esse era só um dos muitos planos mirabolantes que eu estava bolando — disse Digby.

— Se você roubar as amostras, o pessoal do Esportes Sem Drogas vai simplesmente voltar amanhã para fazer novos testes, mas dessa vez com um técnico extra para vigiar o material — falei.

— Certo, entendi. E o mesmo vale para qualquer contaminação das amostras — considerou Digby. — Eles testariam o material, descobririam o que aconteceu e voltariam com mais segurança. E algumas das coisas que o treinador estava dando aos jogadores vão continuar aparecendo no teste por mais de um mês.

— Não podemos mexer nas amostras — falei. — Metade dos casos do meu pai é assim. Quando não há como discutir com as provas, ele ataca o processo. Esses caras vão ter que contratar advogados.

— Eu não ligo se vocês estão brigando — disse Henry para Digby. — Você vai levar Zoe junto.

Com um suspiro, Digby se virou para Lyle e disse:

— Um supervisor homem observou você fornecer a amostra de urina?

Quando Lyle assentiu, Digby disse:

— Ele estava com um assistente ou trabalhando sozinho?

— Ele estava sozinho — disse Lyle.

— As amostras ficaram guardadas no banheiro com você? — perguntou Digby.

— Não — disse Lyle. — Tinha um grande carrinho cheio de coisas, e ele disse que o banheiro estava fedendo, então levou o carrinho até a sala do diretor Granger. Ele cuidou da papelada lá também.

— Então o carrinho está na sala com Granger? — perguntou Digby.

— Não — disse Lyle. — O cara do laboratório expulsou o diretor Granger da sala.

— Ah, tudo bem, entendi.

Lyle pareceu preocupado, então Digby deu um tapinha em seu braço.

— Pode ficar tranquilo, cara. É uma boa notícia. Seu dia está começando a melhorar.

Digby pensou um pouco, então foi até a lata de lixo e a chutou na direção de Henry.

— O que foi?

— Quando chegar a hora de fornecer sua amostra, preciso que você segure o técnico de laboratório no banheiro pelo máximo de tempo que conseguir enquanto Princeton e eu lidamos com o carrinho. Ajudaria se você entrasse lá com a bexiga vazia — disse Digby. — Agora, Princeton, é melhor dar um passo para trás, a não ser que você tenha certeza de que Henry não vai deixar nada respingar.

Eu saí da sala.

CAPÍTULO ONZE

Os garotos do time estava quase em êxtase quando Henry, Digby e eu saímos da sala de audiovisual. Até onde sabiam, estavam salvos.

— Eles confiam muito rápido — falei. — Hmm... Eu me pergunto como esses caras acabaram tomando esteroides sem querer.

— Pois é, eles realmente não deveriam ser tão otimistas — disse Digby para Henry. — Não tenho a menor ideia do que vou fazer.

— Não? — Longe do restante do time, pela primeira vez Henry se permitiu expressar algo além de confiança. — Digby? Estamos ferrados?

— Relaxa. Eu vou pensar em alguma coisa. Primeiro, precisamos encontrar esse carrinho. Princeton, talvez eu precise que você distraia o cara do laboratório em algum momento — disse Digby. — Talvez seja bom pegar aquele batom?

— O que é para eu fazer, exatamente? — perguntei.

— Não sei. Apenas seja uma distração.

Quando descemos para o primeiro andar, tirei o moletom para ficar só de regata. Soltei o rabo de cavalo e ajeitei o cabelo.

— Nossa. Não precisa de tanto — disse Digby. — Melhor ficar de moletom com o zíper aberto e o cabelo preso.

Eu tinha acabado de recolocar meu moletom quando Henry disse:

— Sério? Eu acho que seria melhor tirar o moletom e ficar com o cabelo preso.

— Talvez um meio-termo? — perguntou Digby. — Moletom, zíper aberto, cabelo solto. — Mas então ele pensou um pouco e disse: — Mas você não acha que o cabelo solto iria longe demais?

— Talvez ir longe demais seja bom? — argumentou Henry. Prendi o cabelo outra vez.

— Vocês dois podem...?

Uma voz chamou:

— Henry Petropoulos?

— Sim. — Henry levantou a mão.

Não tínhamos visto o técnico do laboratório, um idiota pomposo vestindo um jaleco branco curto, se aproximar. Ele segurava uma prancheta que apontou para Henry.

— Vamos lá. Pode me acompanhar. — O cara então apontou para Digby e para mim e perguntou: — Vocês dois também estão no time de futebol?

Digby e Henry se entreolharam e disseram:

— Cabelo solto.

Digby e eu voltamos pelo corredor, mas viramos a cabeça para observar o técnico deixar Henry do lado de fora da sala do diretor enquanto entrava para pegar a papelada e o copinho de coleta. Então, depois de pedir algumas informações para Henry, o homem trancou a porta da sala do diretor e acompanhou nosso amigo até o banheiro, apenas duas portas adiante. Esperamos um pouco, mas o som da porta do banheiro se fechando nunca veio. Em vez disso, ouvimos a água da torneira ecoando bem alto pelo corredor.

— Ele não fechou a porta — falei. — O que a gente faz agora?

Mas claramente Digby também não tinha esperado que o técnico fosse deixar a porta aberta.

— Tudo... bem. — Digby guardou de volta a gazua pequena que havia desdobrado. — Acho que não vamos arrombar a porta de Granger, então.

A planta da escola nos colocava em desvantagem. A sala do diretor ficava em um corredor sem saída, e o banheiro era tão perto que o técnico de laboratório nos veria caso tentássemos entrar na sala do diretor Granger. A única outra porta naquele lado do corredor era a da Srta. Riddell, a secretária do diretor, mas ficava bem em frente à porta aberta do banheiro e, de qualquer maneira, ficava trancada durante o horário de almoço. Não tínhamos motivos para estar naquele corredor.

No longo silêncio enquanto pesávamos nossas poucas opções, Digby disse:

— Eu não teria saído com ela se soubesse que você ia ficar tão chateada.

— Acho que o que me incomoda é a ideia de você ficar fazendo as coisas escondido — falei. — Como foi que você e Bill passaram tanto tempo juntos? Tipo, você costumava ir atrás da Bill depois de passar lá em casa?

— Você só está fazendo mal para a sua cabeça.

E realmente: eu me sentia ficando com raiva de novo. Então disse:

— Será que a gente consegue entrar pela janela?

— A janela da sala do Granger fica do mesmo lado da janela do banheiro — disse Digby.

— A gente poderia não fazer barulho.

Digby não pareceu muito convencido.

— Eu nunca quebrei uma vidraça sem fazer barulho antes...

O diretor Granger surgiu e nos flagrou encolhidos na esquina do corredor, claramente aprontando alguma. Ele parou, e eu preparei algumas desculpas antes de me ocorrer que o diretor Granger também parecia estar aprontando.

Digby e eu nos viramos para ele e nós três nos entreolhamos em silêncio, tentando descobrir quem mostraria as cartas primeiro. Então, bem devagar, o diretor Granger ergueu a mão e apontou na direção da sala. Digby assentiu. O rosto do diretor relaxou em um quase sorriso e ele gesticulou para que o seguíssemos até o armário de materiais de limpeza.

Quando estávamos escondidos atrás da porta fechada, o diretor Granger começou:

— Vocês ficaram sabendo dessa palhaçada sem aviso prévio? Recebi um telefonema "por cortesia"... — Granger gesticulou com raiva, botando aspas na palavra *cortesia* para deixar bem claro para nós que ele achava que a ligação de cortesia estava mais para um "vá se ferrar". — E, menos de cinco minutos depois, esse idiota de jaleco chega querendo testes de sangue e urina. Eu me recusei a fornecer amostras de sangue dos alunos, mas parece que ele tem direito de exigir as de urina. — O diretor Granger estava intrigado. — Não é estranho? São fluidos corporais preciosos, entendem o que quero dizer?

Encarei Digby para confirmar que ele estava tão chocado quanto eu com o comportamento maníaco do diretor Granger.

— Você sabe? Sabe se vão encontrar substâncias proibidas? — Quando Digby não respondeu, o diretor Granger insistiu: — Ai, meu Deus... Eu não aguento... Já estou superestressado sem mais isso na minha cabeça. Aquele superintendente não me dá um segundo de paz... — E então acho que Granger estava prestes a cair no choro quando agarrou o braço de Digby e disse: — Se ao menos houvesse alguma maneira de esses resultados simplesmente desaparecerem. Isso seria ideal. — Ele puxou Digby para mais perto e perguntou: — Não é o tipo de coisa que você faz? — E então olhou para mim e acrescentou: — Ou era isso que vocês dois já estavam fazendo?

Devo lembrar que, até aquele momento, nem Digby nem eu havíamos dito uma palavra sequer desde que entráramos no armário.

— É lua cheia hoje à noite ou a escola inteira está surtando espontaneamente? — perguntou Digby.

— Talvez a água esteja contaminada — falei. — Por um mofo venenoso ou algo do tipo no sistema de ventilação... — Percebi o que tinha acabado de dizer quando a luz da loucura brilhou em seus olhos. — Ai, não.

Digby assentiu.

— É uma *ótima* ideia.

— O quê? — perguntou o diretor.

— De novo não — falei.

— O quê? — insistiu o diretor Granger. Ele agarrou as lapelas do paletó de Digby. — Você sabe o que fazer?

Digby tirou as mãos do diretor Granger do blazer e respondeu:

— Vamos tentar ficar calmos, está bem? Quando o ar-condicionado está ligado, seu escritório cheira a banheiro ou comida?

— Comida — disse o diretor Granger. — Por quê?

— Finalmente uma notícia boa — disse Digby. — Para o refeitório, Princeton.

Abri a porta para ter certeza de que não havia ninguém por perto antes de sair. Digby, o diretor Granger e eu corremos a curta distância até o refeitório, onde ignoramos as objeções dos funcionários trabalhando e fomos direto para a cozinha.

Digby e eu estudamos os dois sistemas de dutos paralelos ao longo do teto e na parede. Um tinha uma abertura acima do forno enquanto o outro tinha uma abertura acima das fritadeiras.

— Pizza ou batata frita? — perguntou Digby.

O diretor Granger, finalmente entendendo, já estava tirando a fritadeira de baixo da abertura do duto enquanto gritava:

— Batata frita. Sinto cheiro de batata frita.

Eu me virei para os dois ajudantes de cozinha e disse:

— O diretor Granger precisa verificar alguns possíveis problemas no sistema de climatização. Vocês podem nos dar licença um minuto?

Um dos ajudantes de cozinha não pareceu surpreso.

— Até que enfim. Eu avisei dos excrementos de rato já faz semanas.

Digby jogou no lixo a fatia de pizza que eu nem o tinha visto pegar e cuspiu o pedaço que estava mastigando.

— Sim. Mas não conte a ninguém agora — disse Digby.

Ele guiou o pessoal da cozinha para fora.

— Cocô de rato? Eu quero morrer — disse ele assim que ficamos sozinhos.

— *Você* quer morrer? — perguntei. — Sou eu que como aqui todo dia.

O diretor Granger acenou com indiferença.

— Excremento de rato... grande coisa. Todo restaurante tem ratos. Até restaurantes com estrelas Michelin têm ratos. — Diante do olhar escandalizado de Digby, ele completou: — Teríamos que fechar a escola inteira para exterminá-los, porque, assim que vierem tirar os ratos, vão encontrar as baratas. Já perdemos muitos dias letivos este ano por causa de nevascas. Você quer que o semestre dure ainda mais? — Ele apontou para mim. — E ainda mais você. Precisa concluir o ano antes de poder começar na sua nova escola chique. Você quer ficar presa aqui até julho?

— Não sei se vou estudar lá — falei.

— O quê? — O diretor Granger pareceu indignado. — Depois de todas aquelas cartas de recomendação que você me fez escrever? Todos aquelas redações que tive que ler e avaliar? Durante todo o mês de novembro, você me perseguiu na escola. Eu abria meu e-mail e lá estava você...

— Novembro? — perguntou Digby. — Isso estava acontecendo em novembro? Eu estava aqui em novembro.

— Ela não te contou? Bem, você disse para não falar para ninguém — comentou o diretor Granger.

Digby me olhou boquiaberto e chocado.

— Não é a mesma coisa — falei.

— O quê? Você fazer planos escondida? — perguntou Digby.

— Não é a mesma coisa de forma alguma.

— Vocês dois precisam falar disso agora? — perguntou o diretor Granger. — Porque, a menos que encontrem uma maneira de interromper os testes, teremos um grande problema aqui.

— Ah, já temos um grande problema, Granger — disse Digby. Olhei para a direção que ele estava apontando e depois de um segundo, entendi.

— O duto de ar que vai para o seu escritório é frágil demais. Não vai aguentar o nosso peso.

— Diferentemente do último duto pelo qual rastejamos, este aqui não foi construído para ventilar um laboratório de metanfetamina. Achei que a gente poderia se inspirar em *Duro de Matar* — disse Digby. — Mas, se entrarmos nessa coisa, acabaríamos mais para *O Clube dos Cinco*. Se bem que a gente atravessaria a placa de metal imediatamente e ela rasgaria nossas mãos feito queijo derretido. Mas sabe no que estou pensando? — perguntou ele. — Acho que está na hora de voltar a uma coisa mais *Um Sonho de Liberdade*.

— Espera aí. O que você vai cavar? — perguntou o diretor Granger. — Temos tempo para isso?

CAPÍTULO DOZE

Primeiro passamos no armário de suprimentos, onde Digby pegou um martelo e uma chave de fenda para nós. Em seguida, fomos para a sala dos professores. Depois que o diretor Granger expulsou dois assistentes que estavam lá flertando enquanto tomavam café e trancou a porta, Digby começou a trabalhar. Ele arrancou um cartaz de TRABALHANDO PARA O FIM DE SEMANA da parede que a sala dos professores dividia com a de Granger, enfiou a ponta da chave de fenda na parede de gesso acartonado e girou até abrir um buraco. Digby então torceu a chave de fenda por mais algumas voltas até o furo na parede se alargar o suficiente para ele inserir a garra do martelo. Em menos tempo do que eu pensei que seria necessário para destruir uma parede, Digby tinha criado um buraco grande o suficiente para que eu pudesse começar a ajudar a abrir a parede de gesso com as mãos.

— Não faça um buraco grande demais — avisou ele. — Não pode ficar maior que o pôster.

Digby já havia subido em uma cadeira e entrado na sala do diretor Granger pelo buraco quando alguém do lado de fora começou a girar a maçaneta da porta atrás da gente.

— Tem gente — disse o diretor Granger.

— Preciso de café — retrucou a voz.

— Espere a gente passar, então cubra o buraco e deixe a pessoa entrar — disse Digby.

Passei pelo buraco atrás de Digby e, depois que o diretor Granger colocou o pôster de volta, ouvi-o abrir a porta da sala dos professores para deixar entrar a pobre alma sedenta por café.

Quando ficamos sozinhos na sala de Granger, Digby sussurrou:

— Você estava planejando ir estudar na Prentiss esse tempo todo? Então, qual foi a daquele drama com o seu pai no quarto do hospital?

Eu o ignorei.

— O que não entendo é... por que você não me contou?

— Você está perguntando por que eu não contei que queria estudar em uma escola que você chama de Academia Aprendiz de alguma coisa? Depois de você me dar aquele sermão de "o que você aprende não depende de onde você estuda"? — perguntei.

— Nossa, por que será que eu estava hesitando em te contar?

— Fico tocado por ver que você se importa com o que eu penso, mas podemos concordar que foi meio errado esconder essa informação de mim? E não gostei de descobrir daquele jeito, na frente de todo mundo.

— E, por falar em descobrir coisas que magoam na frente de outras pessoas... — falei.

— Não é a mesma coisa — disse Digby. — Você mentiu sobre uma coisa importante...

— Você não acha que é importante para mim saber que você transou com a Bill? — perguntei. — Ela está me *destruindo* nas redes sociais porque eu não sabia que estava roubando o cara com quem ela estava...

— Não, não — disse Digby. — Eu nunca transei com ela.

Lembrei da conversa com Steve.

— Mas ela disse...

— Não com ela — disse ele.

— Ah — falei. Essa ressalva precisava ser investigada mais a fundo. — Mas você já...

— Já. — E levantou dois dedos.

— Duas pessoas? — perguntei. — Ou duas vezes?
— Sim para as duas perguntas, acho — disse ele. — Duas mulheres. Uma vez com cada, então duas vezes no total.

Mesmo enquanto fazia as perguntas, eu sabia que estava cometendo um grave erro ao insistir em saber mais detalhes. Ouvi-lo dizer "duas mulheres" foi horrível. Então me virei para o carrinho de laboratório à minha frente e estudei o equipamento. O refrigerador médico compacto, a caixa de frascos de coleta novos, a papelada. Abri a porta do refrigerador portátil e depois a fechei. E então abri e fechei de novo.

Digby pegou a caixa de frascos de coleta limpos e examinou parte da papelada.

— E agora? — perguntei.

— E agora vamos inviabilizar o processo — disse ele. Digby pegou seu canivete e inseriu o gancho na grade do ventilador da geladeirinha. Ele mexeu até conseguir puxar um fio, que então cortou com uma das lâminas do canivete.

— Mas não pode parecer *muito* quebrado porque... — comecei a dizer.

Mas Digby já estava enfiando o fio de volta, para que ficasse visível, mas não imediatamente aparente para alguém que ainda não estivesse procurando por ele.

— ... porque senão ele simplesmente vai transferir as amostras para outro refrigerador — completou ele. — Pensamos igual, Princeton.

Quando o fio estava escondido, mas visível, assenti.

— Perfeito.

— Certo, vamos limpar a sala — disse ele.

Peguei o martelo de Digby e comecei a tirar um grande pôster emoldurado de uma obra do Matisse da parede oposta. Arranquei o prego e, com a mão leve, preguei de volta na parede logo acima do buraco pelo qual tínhamos entrado. Fiquei especialmente orgulhosa de ter pensado em desenrolar o arame preso na parte de trás do Matisse para que fosse mais fácil pendurar o pôster de volta do outro lado depois que passássemos pelo buraco.

Enquanto isso, Digby recolhia os pedaços de gesso caídos no chão e enfiava na maior gaveta da escrivaninha do diretor Granger.

— Ei. Você acabou de pegar alguma coisa aí? — perguntei.

Digby levou o dedo aos lábios e apontou na direção da sala dos professores para me lembrar de que o diretor Granger podia nos ouvir.

— Eu ouvi comprimidos chocalhando? — perguntei. — Você pegou comprimidos da gaveta da escrivaninha dele?

— Por que eu roubaria os remédios dele? Os meus são os melhores. — Ele mostrou o frasco de comprimidos do diretor Granger. — Estes aqui são para refluxo.

— Coloque de volta! — falei. — Tenha foco. Vamos lá.

Foi então que ouvimos passos vindo pelo corredor. Não dava para saber se o diretor Granger estava pronto para isso, mas era hora de Digby e eu voltarmos. Entreguei o pôster do Matisse para Digby e empurrei o TRABALHANDO PARA O FIM DE SEMANA da sala dos professores. Passei pelo buraco e dei de cara com Musgrave parado ao lado do diretor Granger perto da máquina de café.

— Ah, que ótimo — foi tudo o que consegui dizer.

Musgrave quase deixou a caneca cair.

— O que...?

O diretor Granger cobriu a boca de Musgrave.

Então Digby passou as pernas pelo buraco atrás de mim, estendeu os braços de volta para dentro da sala do diretor Granger para pegar o pôster do Matisse e puxou o fio para que o pôster ficasse plano tapando o buraco na parede. Ele fez uma careta de dor quando o peso da moldura fez o fio de metal machucar seus dedos. Cobri as mãos com as mangas do moletom e o ajudei a sustentar o quadro.

De onde estávamos, conseguimos ouvir o técnico de laboratório abrir a porta da sala de Granger e mexer em alguma coisa do carrinho. Ouvimos sons de tilintar. Um espirro. Um segundo espirro. E então vários espirros seguidos.

— Cruzes. Este lugar está todo empoeirado — murmurou o técnico de laboratório para si mesmo.

Ele espirrou mais algumas vezes e então ouvimos o som do carrinho sendo empurrado para fora da sala e da porta se fechando. Depois de um minuto, finalmente me permiti soltar o ar. Digby e eu mexemos no pôster até conseguirmos prender o arame no prego.

Nós nos viramos e vimos Musgrave nos encarando, boquiaberto.

— Harlan. Como seu superior, estou lhe dizendo para deixar isso para lá — disse o diretor Granger.

— Eles... — disse Musgrave — ... mexeram nas amostras de urina?

— Sério, Harlan? Depois de tudo que passamos juntos? — Digby pegou uma toalha de papel, molhou na água gelada do bebedouro e enrolou na palma da mão dolorida. — Aliás, como está o promotor? Você conversou com ele recentemente?

— Vou vê-lo hoje mais tarde. — Ele parecia apavorado. — Por quê?

— Está tudo de boa na lagoa, Musgrave. Pode ir para a sua reunião, divirta-se sendo um herói. Mas agora precisamos conversar sem sua presença — disse Digby. — E, quanto ao buraco...

Mas agora Musgrave havia sido controlado.

— Que buraco? — perguntou. E saiu.

O diretor observou o inspetor sair obedientemente da sala e disse:

— Nossa. Você precisa me emprestar esse seu material de chantagem.

Mas Digby foi direto ao ponto.

— Certo, Granger, você está encarregado da parte dois do plano. Antes que o técnico vá embora hoje, você precisa fotografar a parte de trás da geladeirinha dele sem que ele perceba. Entendeu? É sutil, mas é importante: você precisa pegar o fio saindo da grade de ventilação, entendido? E não deixe de colocar hora e data na imagem. Talvez mande por e-mail para si mesmo.

Ficamos esperando uma confirmação, mas Granger apenas pareceu atordoado.

Para mim, Digby disse:

— Não sei nem se ele ouviu.

— Não, não, eu ouvi. Posso fazer isso — confirmou Granger.

Digby não pareceu totalmente convencido, mas foi em frente mesmo assim. Desdobrou o Formulário de Notificação ao Estudante-Atleta que havia pegado com Lyle.

— Aqui diz que vão testar as amostras imediatamente. Alguns resultados vão ser positivos e então a Associação de Atletismo deve entrar em contato para encerrar o programa de futebol por um ano para fazer uma limpa...

O diretor Granger arfou.

— *Mas* — continuou Digby. — O que você precisa fazer é ligar imediatamente para o seu advogado. Mande as fotos do refrigerador. Diga para ele usar as imagens para questionar os resultados.

— E aí? — O diretor Granger estava com a mão no peito, parecendo prestes a desmaiar. — Como posso questionar os resultados? O que eu faço? Diga-me exatamente que palavras devo usar...

Ver Granger atrapalhado me deu nojo. Eu precisava dar um choque de realidade nele.

— Olha só — falei. — Primeiro vai ser uma papelada danada e depois vão vir as negociações, infinitas negociações. Quando todo o processo estiver terminado, o lixo que o treinador deu para os jogadores já vai ter sido eliminado. Então, quando forem testados de novo, os resultados vão ser negativos. Mas por enquanto você tem que manter o controle. Você consegue fazer isso? Ou ainda não terminou de choramingar feito um bebê?

O diretor Granger apenas ficou me encarando. E então olhou para Digby e apontou para mim.

Ele assentiu.

— É isso aí.

CAPÍTULO TREZE

Eu sentia como se cada centímetro do meu corpo estivesse coberto de pó de gesso e, de qualquer maneira, não havia como eu conseguir me concentrar, então aceitei os papéis de ausência justificada que Digby pediu ao diretor Granger para assinar para nós e saímos da escola mais cedo. Mais uma vez, fiquei preocupada com que tipo de educação estava tendo em River Heights.

Digby e eu mantivemos a conversa leve no ônibus. Ele criticou as músicas que eu tinha no celular. Eu impliquei com as mudanças recentes em sua aparência — os tênis pretos um pouco mais chiques, a barba por fazer que ele estava tentando deixar crescer (e que obviamente coçava).

A atmosfera mudou assim que entramos na minha casa.

— Então... — disse Digby, antes mesmo de eu tirar os sapatos, naquele tom de "precisamos conversar".

— Aham — falei. — Você quer pelo menos um lanche primeiro?

Ele percebeu minha tática de enrolação e apenas me encarou em silêncio.

— Ótimo. Não tem nada melhor do que brigar com fome — falei. — Vamos lá para cima.

Quando entramos no meu quarto, Digby tirou o paletó e sentou-se à minha mesa.

— Eu não quero brigar.

— Nem eu.

— Nós dois mentimos — disse ele. — Então, que tal dizermos que estamos quites?

Eu não sabia aonde queria chegar quando comecei a falar.

— Minha mãe dá uma matéria chamada "A Mulher Arruinada". Com romances sobre mulheres sem futuro depois de perderem a virgindade. Ela brinca que as mulheres perdem valor assim que deixam de ter aquele cheiro de carro novo. Eu sempre achei que era um conceito estúpido. Mas agora...

— Você ficou incomodada — disse Digby.

— Eu fiquei incomodada — concordei.

— Porque você não acha que seria tão especial para mim se ou quando você e eu...

Eu não respondi, mas ele me entendeu.

— Seria especial para mim, Zoe — falou. — Se ou quando você e eu...

Ele se levantou e se aproximou de mim, observando meu rosto para que eu soubesse que poderia detê-lo com um olhar.

Tentei acalmar a parte de mim que tinha ficado furiosa ao imaginá-lo com Bill, mas me senti ficando na defensiva mesmo enquanto ele me beijava daquela maneira que em geral bastava para me deixar entregue.

— Digby. Não. Estou chateada demais.

— Claro, tudo bem. — Digby recuou e disse: — Mas a gente pode passar um tempo juntos, certo?

Eu assenti.

— Pode, só não estou com vontade de...

— Não, tudo bem. Não precisa se explicar — disse ele. — Ei, como devemos comemorar?

— Comemorar o quê? — perguntei. — O fato de que salvamos a temporada de futebol do Henry?

— Fazia *quanto tempo* que você falava que queria estudar naquela escola? — perguntou Digby. — E conseguiu.

— Ainda não decidi se vou.

— Certo. Porque como você poderia deixar este lugar maravilhoso? — Ele se sentou na minha cadeira e girou para apontar a vista do lado de fora da minha janela, suspirando. — É claro que vai. Você sempre foi maior do que esta cidade. Estou feliz por você.

— Tem certeza? — perguntei. — Porque você não parece feliz...

— Estou feliz por você, Princeton. É sério. Aprenda a aceitar o que as pessoas te dizem. — Digby olhou pela janela com olhos tristes por um longo momento. Então abriu um sorriso e disse: — Vamos encher a pança na Olympio's. Por minha conta!

— Você quer mesmo sair?

— Claro — disse Digby. — Estou feliz por você, Zoe.

— É... você já disse...

Ele apontou para algo do lado de fora da minha janela.

— Ei. Olha só quem está de olho.

Cheguei perto da janela e vi nossa vizinha intrometida olhando para nós do outro lado da rua.

— Ah, oi, Sra. Breslauer.

— Não, mais adiante. — Digby apontou para outro ponto da rua, onde vi o já familiar Honda estacionado a algumas casas à frente.

— Ah, sim, eles. — Até eu fiquei surpresa com o meu tom blasé. — Eles aparecem de vez em quando. Nunca *fazem* nada...

— O quê? — perguntou Digby. — Não foi só naquele dia depois da festa?

— Segunda à noite eles estiveram aqui. Na terça à noite também... — falei. — Acho que não estavam aí na quarta...

— Tem certeza? — perguntou Digby.

— Bem, não é como se eu estivesse tomando conta...

Mas Digby já havia pegado o paletó e saído furioso do meu quarto. Fui atrás dele escada abaixo e para a rua.

— Ei. Ei! — Digby começou a gritar para o carro antes mesmo de terminar de descer a escada da minha varanda.

O segurança do De Groot a quem eu me referia mentalmente como o Baixo estava sentado sozinho ao volante do velho Honda, vestindo uma camiseta em vez de um dos ternos mal ajustados que ele e o parceiro, o Alto, em geral usavam.

Digby correu até ele e começou a bater no capô do carro.

— O que você quer o que você quer o que você quer?

Digby não parecia se importar que a rua inteira ouvisse seus gritos.

O Baixo saiu do carro e começou a fazer uma dança estranha na qual estendia as mãos como se fosse conter Digby mas depois se afastava e gesticulava de forma tranquilizadora para demonstrar que não encostaria nele. Finalmente, ele conseguiu fazer Digby se acalmar o suficiente para conversar.

— Por favor. Não estou aqui para machucar vocês — disse o Baixo.

— Então o que você está fazendo aqui? — perguntou Digby.

— Por que está vigiando a gente?

— Só... — O Baixo parecia confuso. — Eu...

— Cadê o seu parceiro? — perguntou Digby. — Aposto que ele é o cérebro.

Uma ideia me ocorreu.

— Ele está invadindo minha casa agora? — perguntei.

— Não, não. Não estamos aqui para fazer mal a vocês. Nós só... — disse o Baixo. — Precisamos falar com vocês. Mas... não encontramos uma maneira de dizer o que precisa ser dito.

— O quê? — perguntou Digby.

O Baixo passou a mão pelos cabelos, agitado.

— Olha. Só posso dizer o seguinte: não confiem no De Groot. Ele vai conseguir o que quer de vocês e então... *Por favor*. Não se envolva.

Eu tinha esperado ouvir ameaças. Estava até preparada para um pouco de violência física. Mas não estava preparado para o que parecia ser uma preocupação genuína.

— O quê? — disse Digby. — De Groot sabe que você está aqui?

— Claro que não — respondeu o Baixo. — Juro por Deus, garoto, estou aqui como amigo. Vim dizer que fazer acordos com De Groot não vai ajudá-lo a descobrir a verdade.

— "Amigo"? — Digby se virou para mim. — Esse palhaço acabou de tentar me dizer que é meu *amigo*?

— Ei! — O Alto apareceu na esquina correndo com uma sacola plástica cheia de comida gordurosa. Ele apontou para o parceiro. — Cala a boca e entra no carro.

— Eu contei para eles — disse o Baixo.

— Contou o quê? — perguntou o Alto.

— Bem, para começar... — O Baixo sorriu e estendeu a mão. Fiquei tão surpresa que a apertei. — Meu nome é Art. Olá. — Ele se virou para Digby, que teve a frieza de cruzar os braços e se recusar a apertar de mão dele. — Este é meu parceiro...

O Alto disse:

— Não...

— Jim — completou Art.

Jim gemeu, entrou no carro e bateu a porta.

— Não estamos aqui para fazer mal a ninguém — disse Art. — Mas, por favor, pense no que falei para vocês. Fiquem longe do De Groot. Ele é perigoso.

Atrás de mim, ouvi minha mãe me chamar:

— Zoe? — Eu não a tinha visto chegar de carro e agora ela estava parada do outro lado da rua, na entrada da garagem. — Tudo bem aí?

Nossa vizinha intrometida, Helen Breslauer, estava parada ao lado dela, tagarelando.

Acenei.

— Está tudo bem, mãe.

— É melhor a gente ir. — Art apontou com o queixo na direção da minha mãe e completou: — Quando ela perguntar, diga que eu estava pedindo informações.

Art entrou no carro e partiu. Digby e eu ficamos ali parados, chocados demais para falar por um bom tempo.

— O que foi aquilo? — perguntei.

Vi Digby se esforçar para se recompor e comecei a me perguntar se talvez ele não estivesse um pouco menos feliz por eu entrar na Prentiss do que dizia estar. Em vez de responder, ele apontou para minha mãe, cuja conversa com Helen Breslauer estava ficando mais enérgica.

— É melhor ver se sua mãe está bem — disse.

E então seu telefone apitou quando uma mensagem chegou.

Atravessei a rua correndo até minha mãe a tempo de ouvi-la quase gritar para as costas da Sra. Breslauer, que estava se afastando:

— Na minha casa não temos pudores em relação a sexo, Helen. Mas muito obrigada pela preocupação.

— Mãe?

— Que história foi essa? — perguntou ela. — O que Digby estava fazendo com aquele carro? Isso foi mais maluquice do que o normal, até para ele. Por acaso eu preciso me preocupar com sua segurança?

— Não, hã... eles só estavam discutindo sobre a vaga.

— Quero falar com você e Digby lá dentro — disse ela. — Agora.

— Mãe.

— Zoe. *Agora.*

Corri de volta até Digby.

— Você pode entrar? Minha mãe quer falar com a gente.

— Vai ser amanhã, Princeton — disse Digby.

— O que vai ser amanhã?

— Felix mandou uma mensagem. Perses programou o backup para amanhã. O pai dele recebeu um lembrete por e-mail do local de armazenamento de arquivos. — Digby me mostrou seu telefone. — Vai ser amanhã.

— Amanhã. Certo. Está bem — falei. — Por que você não entra? Janta com a gente? A gente pode conversar sobre isso.

— Não, hã... É melhor eu ir — disse Digby. — Deixe tudo pronto para amanhã.

— Tudo bem — falei. — Tem certeza de que vai chegar bem em casa? Você parece um pouco distraído.

— Estou bem — disse ele. Digby se afastou, mas antes de ir muito longe, completou: — Ei, Princeton. Você não precisa vir desta vez. Pode dar problema.

— Não pode sempre dar problema?

— Quer dizer, pode dar um problema sério. Se formos pegos amanhã, será por agentes federais, e esses caras não ligam se você é menor de idade.

— Isso nunca impediu a gente antes...

— Princeton. Escuta o que estou dizendo. São agentes federais desta vez. Tudo o que fizemos antes é brincadeira de criança comparado ao que vou fazer amanhã — disse ele. — Então pense bem. De manhã a gente se fala.

E então Digby foi embora.

※

Minha mãe nem esperou eu tirar os sapatos antes de começar a brigar comigo.

— Você está transando? Helen Breslauer disse que viu vocês dois transando no seu quarto. Eu acreditei em Digby quando ele disse que não era o caso. — Antes que eu pudesse responder, minha mãe voltou a falar: — Se bem que podia ser verdade ontem e um dia é praticamente uma vida para um adolescente...

— Mãe. Para. Não. Ainda sou famosa pela virgindade, está bem?

Minha mãe, sendo tão dramática, me obrigou a ficar assistindo enquanto fazia um de seus exercícios de respiração antes de dizer:

— Então, por favor, feche o sutiã.
Eu nem tinha percebido que Digby havia soltado o fecho.
Assim que me ajeitei, minha mãe disse:
— Acho que está na hora de termos uma conversa.
— Não, está tudo bem, mãe. Já sei de tudo — falei.
— É mesmo? — perguntou ela. — O que você sabe sobre o histórico sexual de Digby?
Ela estava chegando perto demais da briga que eu havia acabado de ter com ele.
— Isso é entre nós dois.
— Alguns dias atrás, você estava vasculhando o lixo, histérica por pensar com quem eu estava dormindo ou não, e agora vai olhar na minha cara e fingir que pensa que sexo só diz respeito às duas pessoas envolvidas? — perguntou ela. — Não estou contra você. Não comece a mentir para mim, Zoe. Não precisa enfraquecer nossa relação para fortalecer seu relacionamento com Digby.
Eu queria retrucar e dizer que ela estava sendo egocêntrica, mas vi certo sentido nas suas palavras.
— Além disso, preciso conversar com você sobre esse assunto. Assim, se acabar me tornando a avó mais nova do meu grupo de amigos do Facebook, pelo menos vou poder dizer que tentei — completou.
Minha mãe serviu café para nós e fomos para a sala. O pesadelo começou quando ela disse:
— Zoe, espermatozoides são bem traiçoeiros. É como se fossem um monte de espartanos. Eles só precisam de um...
— Mãe. Eu sei como acontece... — interrompi.
— ISTs, camisinhas... Quer tomar pílula?
— Não, mãe...
— Você sabe o que fazer se tiver um acidente? Sabe que precisa conferir se ele colocou direito...
— *Mãe* — falei. — Eu sei usar a Internet.

— Está bem. Então podemos pular para a parte dois. — Minha mãe largou o café e colocou as mãos nos meus ombros.
— Sentimentos.
— Ah, não... Mãe. Acho que já sabemos como nos sentimos.
— Mas você já pensou em como vai se sentir *depois* de transar? Algumas pessoas gostam de sexo sem compromisso. É isso que ele quer? — E então um pensamento lhe ocorreu. — Ou é isso que *você* quer, já que vai embora em breve?
Eu balancei a cabeça, mas fiquei na dúvida.
— Hum. — Minha mãe riu. — Talvez eu devesse ter perguntado quais são as *suas* intenções.

⁂

Como sou masoquista, eu me arrastei até a cama e entrei nas redes sociais pela primeira vez em dias. Para minha surpresa, Jim e o "primor de prima" — não fui eu que dei o apelido — já haviam tomado meu lugar no centro das fofocas maravilhadas e enojadas da nossa escola. O fato de Jim ter capturado parte da conversa íntima foi um bônus, e o fato de ele ter falado "Não conta para minha mãe" para a prima fez a pérola acabar virando um meme. Voltei aos posts mais antigos e, pela data, concluí que eu supostamente destruir lares tinha deixado de ser notícia.

E então comecei a pensar no que Digby havia planejado para o dia seguinte. "Me encontre no ginásio ao meio-dia se quiser vir", dissera ele por mensagem. Para ser sincera, eu não havia sequer cogitado não ir.

Adormeci, mas acordei no meio da noite de repente. Peguei meu telefone e mandei uma resposta.

"A gente se vê lá."

CAPÍTULO CATORZE

Eu mal consegui me concentrar durante as aulas da manhã seguinte e, quando fui para nosso ponto de encontro nos fundos do ginásio, estava tremendo. E isso sem ter tomado um gole sequer do café extraforte da minha caneca térmica.

Felix e Digby já estavam lá e ambos pareceram aliviados quando cheguei.

— Ah, que bom, hoje ela está usando o saco de novo — disse Digby.

— Oi? — perguntei. Então entendi que ele estava se referindo ao meu casaco de moletom. — É o meu favorito.

— Olha só. Quantas você consegue esconder? — Felix mostrou alguns cartuchos quadrados de dez centímetros de lado com o logotipo da Perses nas caixas.

— Essas são as fitas que precisamos trocar? — perguntei.

— Isso. São superfitas. É onde fazem o backup. — E então, em voz muito mais baixa, Felix completou: — Acho.

— Digby, Felix acabou de dizer que *acha* que essas fitas são as fitas que eles usam? — perguntei.

— Sim, devo admitir... As informações não são cem por cento — disse Felix.

— Não é como se houvesse uma maneira sutil de perguntar, Princeton — comentou Digby.

— Certo, por favor, não use sua voz condescendente comigo.

— Mas essa é a parte boa. Podemos considerar hoje um teste, já que os backups são feitos regularmente — disse Felix.

— Um teste? — perguntei.

— Isso — disse Digby. — Assim, não precisamos nos comprometer a ir até o fim, a não ser que a gente esteja confiante com a situação quando chegarmos lá.

— Mas como vamos decidir? — perguntei. — A gente não pode parar o tempo e fazer uma reunião.

— A gente pode criar uma senha — disse Digby. — Só vamos em frente se nós dois dissermos a palavra.

— Se vocês dois concordarem — repetiu Felix. — Ah, que nem quando vão executar um ataque nuclear.

— Uma senha? — perguntei. — Ou vai ser uma palavra muito comum e eu vou usar por acidente, ou vai ser algo estranho demais e não vou conseguir me lembrar. Vou entrar em pânico...

— Certo. Você já está entrando em pânico agora — interrompeu Digby. — Que tal um sinal? — Ele girou o braço feito um moinho de vento.

— O que é isso? — perguntei.

— É o sinal do beisebol para continuar até voltar à base principal — disse Felix. — Por favor. Até *eu* conheço.

— Espera aí. Então isso significa que devemos ir em frente ou voltar para casa? — perguntei.

— Voltar à base. Isso significa que vamos em frente — disse Digby. — Não entendi a confusão.

— Não. Ela tem razão — comentou Felix. — Acho que eu também ficaria confuso.

— Bem, já que você não vai, não tem problema — disse Digby.

— E não vai ser bem óbvio se você estiver balançando o braço assim? — perguntei. — Espera. Estou ficando confusa de novo. Isso significa ir em frente ou não?

— Ai. Meu. Deus. O que tem de confuso nisso? — Digby girou o braço freneticamente. — Isso claramente quer dizer *vai, vai, vai*. Percebi que seus olhos injetados estavam ainda mais maníacos do que o normal.

— Você dormiu? Quando foi a última vez que dormiu?

— Já sei! Polegar para cima! É um bom sinal, e simples. — Felix fez um sinal de positivo para enfatizar seu argumento.

— Está bem. Polegar para cima ou para baixo — disse Digby.

— Feliz?

— Acho que *feliz* não é bem a palavra que eu usaria para descrever meus sentimentos sobre esta situação — falei. — Mas estou pronta.

Digby estava com o carro de Val emprestado e nós três fomos até o estacionamento. Deu para ver como ele estava nervoso porque passou uns cinco minutos andando pelo estacionamento até se lembrar de que o carro estava parado na rua. Mas eu não queria deixar ninguém para baixo, então apenas sorri e entrei.

Digby saiu da rodovia e parou no estacionamento de um shopping ao lado de um terminal de ônibus.

— O que você está fazendo aqui? — perguntei.

Digby disse:

— Preciso de alguns itens.

— Itens? — perguntei. — Tá bem, seu esquisito. Você precisa de dinheiro?

Eu já tinha até sacado a carteira, porque ele sempre precisava de dinheiro. Mas Digby disse:

— Não, pode deixar. — E então ele fechou a porta do carro e entrou numa das lojas correndo.

— "Pode deixar"? Mas ele nunca tem dinheiro — comentei com Felix. — O que significa que ele planejou com antecedência. Não é o estilo dele. *E* ele esqueceu onde estacionou o carro... Digby está nervoso. Ele não tem dormido bem, sabe?

— Ele me contou — disse Felix. — Você está preocupada que ele não esteja pensando direito?
— Bem, quer dizer, quando ele está? — brinquei. Mas me perguntei se talvez o estresse por estar tão perto de descobrir o que houve com Sally, somado à falta de sono... — Talvez eu precise da sua ajuda se ele estiver maluco demais e a gente tiver que abortar a missão.
— Mas não vou com vocês até a sala do servidor, lembra?
Verdade. O plano era que fôssemos juntos até o estacionamento da Perses e, enquanto Felix ia à sala da mãe passar um tempo, Digby e eu nos esgueiraríamos até a sala do servidor e trocaríamos as fitas.
— Então a gente deveria tomar uma decisão antes de se separar — falei.
— Está bem. Mas voltamos ao mesmo problema. Como podemos debater quando ele está bem ali com a gente?
Apontei o polegar para cima e depois para baixo.
— Polegar para cima, polegar para baixo?
Felix assentiu.
— Está bem.
— Sabe, Felix... — comecei. — Você não precisa fazer isso. Sei como Digby é importante para você, mas... você não precisa fazer isso.
— *Você* não precisa fazer isso — apontou Felix.
Eu entendia o que ele queria dizer.
— Outro dia eu estava me perguntando por que exatamente todos nós continuamos nos metendo com Digby e seus planos insanos — comentou ele.
— E aí?
— E me lembrei de um vídeo educativo que dizia que você devia contar ao professor caso descobrisse que seu amigo estava usando drogas. "Amigos se responsabilizam pelos amigos." Eu não acho que isso era o que os autores tinham em mente, mas parece uma boa explicação.

— Bem, vamos torcer para sairmos impunes de novo desta vez — falei.

— Sim. Caso contrário, é prisão perpétua por traição. — Felix estremeceu. — Nossa. Acabei de assustar a mim mesmo.

— Me assustou também.

— Minha boca está seca. — Felix apontou para minha caneca térmica de café. — Posso tomar um gole?

— Claro.

Felix virou o café todo. Ele estalou os lábios.

— Nossa. Acho que gosto de café.

— Não me diga que essa foi a primeira vez que você provou.

Ele assentiu.

— Sério?

Ele assentiu de novo.

— *Felix* — falei. — Esse era um fortificado duplo.

— O que isso significa? — perguntou ele.

Eu estava tentando pensar em uma maneira de lhe explicar que eu havia fortificado meu café com duas doses extras de espresso sem matar o menino do coração quando Digby saiu da loja e voltou correndo para o carro.

— Só me diga se você começar a se sentir meio estranho, está bem? — perguntei.

— Me sentir meio estranho? — repetiu Felix.

Digby trazia duas sacolas enormes em uma das mãos e uma enorme caixa de bolo equilibrada na outra.

— O que ele comprou? — perguntei.

Examinei as sacolas quando Digby voltou para o carro.

— Você comprou um terno? — Olhei a outra. — Artigos para festas... — Havia chapéus, serpentinas, fitas adesivas e outras besteiras aleatórias na sacola. — Tudo de *Star Wars*. — Havia bonecos de *Star Wars*, um DVD de *Star Wars: Episódio IV – Uma nova esperança* e potes de glacê que presumi serem para o enorme bolo que ele havia comprado. — Que bolo é essc? Vamos a alguma festa de criança mais tarde? Ou é um planejamento otimista para nossa festa de "Não vamos para a cadeia"?

— É um lembrete de que não existe almoço grátis — respondeu Digby. — Por falar nisso... use o glacê para escrever QUE A FORÇA ESTEJA COM A EQUIPE FONG.

Eu franzi a testa para ele.

— Não é porque você é a garota. É porque Felix... — Digby passou o telefone para Felix e ligou o carro — ... tem que ligar para a mãe dele.

— Iiihhh. — Felix pareceu muito nervoso e levou a mão à barriga. — Eu não sou bom nisso.

— É só ser natural. A paranoia da sua mãe vai fazer metade do trabalho por você. — Digby olhou no espelho e viu Felix lendo fichas. — Decora as falas e guarda isso. Se parecer ensaiado demais, ela vai saber que você está mentindo.

— Estou com medo de esquecer o que dizer.

— Medo é bom — disse Digby. — Você precisa justamente parecer com medo.

Digby parou no terminal de ônibus e desligou o motor.

— O terminal de ônibus? — perguntei. — Por que estamos no terminal de ônibus?

— Viemos buscar nosso adulto responsável. — Quando não entendi, Digby completou: — Precisamos de alguém para ir dirigindo até o campus da Perses e dizer que é nosso professor.

— E vamos escolher nosso adulto responsável entre quem quer que esteja no terminal de ônibus? — perguntei. Olhei pela janela. — Literalmente todo mundo aqui parece estar fugindo da polícia.

— Não, eu já arranjei alguém.

Eu me virei para ele com um olhar cético.

— Foi o melhor que consegui de última hora — explicou ele.

— Quem? — perguntei. E então vi quem estava caminhando na direção do carro. — *Aldo* é nosso adulto responsável? Sem querer ofender, mas quem Aldo vai enganar?

Quer dizer, conheci Aldo quando Digby o contratou para fazer escândalo no consultório de um ginecologista para que pudéssemos roubar a ficha de uma paciente. Na época, ele parecia não ter endereço fixo e seu pagamento foram biscoitos com gotas de chocolate.

— É exatamente como Hamlet disse: "O traje muitas vezes proclama o homem." — Digby tirou o terno da sacola. — As roupas fazem o homem, Princeton.

— Hamlet não disse isso — falei. — Foi aquele tal de Apolônio.

— Tanto faz — disse Digby. — Se o terno servir...

— Ninguém vai acreditar que ele é nosso professor — falei.

— Quer dizer, Aldo está trabalhando por biscoitos de novo? Ou o bolo é para ele?

— Ah, calma. Tenho dinheiro desta vez. — E Digby saiu do carro.

— A questão não é essa — falei.

— Tudo bem, Felix, está na hora de ligar para sua mãe — disse Digby antes de se afastar.

— Felix, você está percebendo o que está acontecendo aqui? — perguntei.

Mas aí a mãe dele atendeu o telefone.

— Oi, mãe? — disse Felix. — Sim... O telefone é do meu professor. Então, hã... hoje foi lacrosse na aula de educação física e eu deixei a bermuda em casa para poder escapar como você me disse para fazer, mas agora estão querendo me obrigar a usar uma roupa suada e suja do Achados e Perdidos... — Felix afastou o telefone para colocar um pouco de espaço entre seu ouvido e os gritos da sua mãe. — Não, mãe. Você não precisa mandar ninguém. Fingi uma dor de barriga e meu professor de física se ofereceu para me deixar no seu trabalho. Se você autorizar a gente a passar pelo portão, eu chego daqui a pouco.

— Felix desligou e se recostou no banco. Então enxugou o suor do lábio superior. — Ufa. Deu tudo certo. — Ele socou a parte de trás do meu banco em comemoração. — Estou com um bom pressentimento sobre hoje.

Eu estava olhando pela janela, observando enquanto Digby ajudava Aldo a se vestir. Ali, no meio da rua e sem se preocupar com quem poderia estar olhando, Aldo abaixou as calças.

— Eu também — menti.

CAPÍTULO QUINZE

Fizemos mais uma parada em uma loja de conveniência, onde Digby e eu tiramos retratos 3x4 na cabine de fotos instantâneas. Depois, Aldo sentou no banco do motorista e Digby sentou no carona enquanto eu me acomodei atrás com Felix.

— Já faz um tempo — disse Aldo.

Ver Aldo se acostumando a estar atrás do volante novamente me deixou nervosa, então desviei os olhos do para-brisa e comecei a colocar o glacê no bolo. Quando terminei, percebi que tinha me saído bem escrevendo em linha reta principalmente porque Aldo era um bom motorista. Nem me incomodei com a estação de clássicos dos anos 1970 que ele tinha escolhido como trilha sonora.

Assim que chegamos ao portão na entrada da Perses, eu estava me sentindo muito mais confiante em relação a nosso plano e relaxei a ponto de não me sentir em perigo iminente quando o segurança perguntou a Aldo:

— Diz aqui que você veio deixar Felix Fong no Prédio da Administração, bloco B?

— Isso — disse Aldo. Ficou claro, porém, Aldo não tinha ouvido direito a pergunta do guarda, porque, quando tentou repeti-la, o que ele disse foi: — Feliz Fone. Tédio adoção do bebê.

Mas o guarda estava distraído demais examinando a papelada, então não percebeu.

— O passe de vocês só é válido para duas pessoas. — O segurança apontou para nós com a caneta e nos contou. — Um, dois, *três, quatro*. — Ele ergueu as mãos, frustrado. Houve um longo momento de silêncio. — Não posso deixar você entrar com os passageiros extras.

Digby se inclinou por cima de Aldo e disse:
— Na verdade...
Mas Aldo o interrompeu:
— Vou deixar esses dois em casa depois. — Aldo apontou para Digby e para mim e deu de ombros. — Sobrou para mim levar os alunos doentes para casa hoje. — O segurança ainda não parecia convencido, então ele acrescentou: — Olha, por mim posso deixar o garoto aqui no portão. — Ele apontou para Felix. — Mas o responsável dele provavelmente não...
— Não, não. Nada disso. — Sussurrando, o guarda de segurança disse: — O filho de Susan Fong? De jeito nenhum. — Aí ele acenou para a gente passar.

Chegamos ao Prédio da Administração, bloco B, e Aldo estacionou o carro da Val.
— Certo, Aldo. Você foi ótimo — disse Digby. — Agora, pode entrar e almoçar.
Mas Aldo não saiu do banco.
— Aldo? — chamou Digby. — Tudo bem?
Aldo acariciou o volante.
— Eu tinha um Saab. — Aldo tirou as chaves da ignição e segurou-as por um longo momento antes de entregá-las para Digby. — Não tinha nem me dado conta do quanto sentia falta de ter chaves.

Digby pareceu sem palavras por alguns instantes, mas se recompôs e disse:
— Primeiro vamos cuidar disso, Aldo, e depois vamos conversar sobre sua situação, está bem?

Acompanhamos Aldo até o refeitório e, depois que Digby lhe entregou algumas notas de vinte, fomos andando para a sala da mãe do Felix. Assim que chegamos ao andar certo, eu, Felix e

Digby entramos no banheiro masculino, e Felix mandou uma mensagem: "Mãe, estou perdido. O que é Armes 35?"

— Isso é do outro lado do campus — explicou Felix para nós. — É onde eles fazem o tratamento dos resíduos perigosos. Ela odeia aquele lugar, e se achar que estou no prédio... Felix levou o dedo até os lábios. Passos apressados passaram do lado de fora do banheiro. E então veio um barulho, quando a mãe dele tropeçou e caiu. Logo depois, ouvimos quando ela se levantou e foi embora. Finalmente, veio o som das portas do elevador se abrindo e fechando. Segundos depois, o telefone de Felix recebeu a mensagem em pânico da sua mãe: "estuo indo Fewliz"

— Acho que isso significa "estou indo, Felix". Temos pelo menos dez minutos se ela pegar o carrinho de golfe. Quinze se for a pé — disse ele. — Mas temos que tomar cuidado. A sala da assistente da minha mãe fica bem do lado da dela.

Assim que chegamos à sala, Digby e Felix montaram crachás de identificação da Perses para mim e para Digby usando os crachás em branco que pegaram em uma caixa na escrivaninha da Sra. Fong e as fotos que tiramos na loja de conveniência.

— Não vão abrir nenhuma porta porque não posso ativar as tarjas magnéticas nem as etiquetas RFID — explicou Felix. — Mas parecem verdadeiros, então pelo menos vocês vão poder andar por aí sem serem parados.

— Está bem. Obrigado, Felix. — Digby pegou o crachá dele e o prendeu no cordão.

— Agora vocês seguem sem mim. É isso. — Felix me estendeu meu crachá. — O que você acha?

Era sua maneira nada sutil de me perguntar se eu achava que Digby estava em condições de continuar. Tentei decidir. A Perses era um desafio muito maior que o último lugar que invadimos. A cada vez que as fitas de computador chocalhavam na minha mochila, eu tinha a sensação de que seríamos descobertos com certeza.

Mas tudo estava correndo melhor do que qualquer um de nossos esquemas malucos anteriores.

— Vai ser um teste, certo? — perguntei, e então dei a Felix o sinal de positivo menos entusiasmado da história dos polegares.

⁙

Com nossos crachás falsos, nosso grande saco de artigos para festa e o bolo, de fato parecíamos os estagiários que dizíamos ser. O único guarda que encontramos acenou para que passássemos quando dissemos:

— Estamos indo arrumar tudo para o Dr. Fong. — Assim que chegamos ao andar restrito onde ficava o laboratório do Dr. Fong, Digby encontrou a sala de reuniões e escondeu os artigos de festa junto com os materiais de limpeza debaixo da pia do frigobar. Voltamos para o saguão e saímos do prédio sem que ninguém olhasse duas vezes para a gente.

Após alguns minutos, Digby disse:

— Estamos chegando perto do centro de dados. Você está pronta?

— *Você* está pronto? — perguntei.

— Tá de brincadeira? — perguntou Digby. — Espero por isso há nove anos. Estou mais que pronto.

— Então talvez seja bom fechar a calça antes de irmos.

Enquanto fechava o zíper, ele disse:

— Mas eu fiz você olhar.

— Eu nem sabia que faziam cuecas do *Thomas e Seus Amigos* para adultos.

— Claro. Acho que consigo, acho que consigo — recitou Digby. — Os adultos também precisam de histórias inspiradoras.

— Claro que sim — falei. — Mas era o trenzinho de *The Little Engine That Could* que dizia: "Acho que consigo. Acho que consigo."

— Não é em *The Little Engine That Could* que tem aquela coisa de acreditar e um trem mágico aparecer em uma plataforma secreta? — perguntou Digby.

— Plataforma secreta? Se você acreditar? O quê? — perguntei. — Espera aí. Você está falando do Expresso de Hogwarts?

— E por falar em trens, quem diabos é Casey Jones?

— O maquinista de outro trem — falei. — Aliás, *esse* cara morreu.

— Nossa, trens são muito trágicos.

— Como você conseguiu confundir o Expresso de Hogwarts? — perguntei. Quando Digby continuou com cara de paisagem, eu insisti: — O Expresso de Hogwarts? Que leva Harry Potter e os amigos para Hogwarts? — Ele ainda parecia não reconhecer o nome. — A escola de magia? — perguntei. — Espera aí. Você nunca leu Harry Potter?

— Ah, claro que li, uma ou duas páginas em algum momento — disse Digby.

— Não é assim que os livros funcionam. Mas pelo menos explica as coisas sem sentido que você estava falando — falei.

— Não acredito que você nunca leu Harry Potter.

— Minha infância foi roubada. O que você quer? — perguntou Digby. E então ele se virou e viu minha expressão. — Claro que li Harry Potter. Eu só estava te zoando. Relaxa, Princeton.

Quando eu continuei em silêncio, ele falou:

— Ai, meu Deus, você vai chorar? Claro que tive *infância*...

— Não é isso. — Apontei para uma placa no prédio em frente. SALA DO SERVIDOR, a placa dizia. — Nós chegamos.

Mas não era uma sala, na verdade. Era um enorme galpão com paredes de metal azuis. Não tinha janelas e havia sido construído no topo de uma elevação da estrada; mais parecia um monumento ou uma instalação de arte do que um prédio comercial.

Enquanto caminhávamos até a porta, Digby disse:

— Então, um trabalho do colégio, certo?

— O quê? — perguntei. — A gente não combinou "estagiários perdidos"?

— Não. Estagiários lá, mas aqui é trabalho da escola, lembra? — Quando pareci confusa, Digby disse: — Assim, faz mais sentido ficarmos andando por aí fazendo perguntas bestas.

— Ai, meu Deus — falei. — Talvez a gente esteja se precipitando...

Digby sentiu que eu estava vacilando e apertou o passo para chegar à porta. Antes que eu pudesse impedi-lo, ele entrou.

Bem, pensei comigo mesma, eu estava preocupada que ele estivesse planejando demais, então...

Alcancei Digby no momento em que ele chegava a uma escrivaninha solitária em um canto. Do outro lado havia uma parede de vidro atrás da qual conseguíamos ver prateleiras infinitas de servidores. Ficamos lá parados.

Depois de um tempo, Digby gritou:

— Oi?

Não havia sinal do dono da escrivaninha, então comecei a olhar em volta. Diferentemente das instalações tecnológicas de vidro e aço muito bem ordenadas que existiam nos filmes, nas séries e na minha imaginação, o lugar estava cheio de máquinas descombinadas de diferentes níveis de decrepitude conectadas por grandes emaranhados de fios multicoloridos. Tudo parecia velho e sobrecarregado.

Finalmente, avistamos um sujeito em uma cadeira de escritório se impulsionando para cima e para baixo em um dos corredores com um laptop equilibrado no colo. Achei estranho ele estar com um casaco pesado antes de perceber que o ar-condicionado na sala do servidor soprava um ar muito mais frio do que o confortável. O técnico se levantou e começou a caminhar na nossa direção.

Digby me cutucou e então tocou um envelope em cima da escrivaninha. Era uma das várias correspondências endereçadas a Milton Wright.

— Milton? — perguntou Digby.

— Vocês são os estagiários que o RH ia mandar? — perguntou Milton. Antes que a gente pudesse responder, ele continuou: — Cadê a câmera?

Digby e eu pegamos nossos celulares.

Milton soltou um muxoxo e disse:

— É. Eu já esperava. — E suspirou. — Vocês não vão tirar a foto?

— Claro. Claro — disse Digby. — Hã...?

— E aí? Vocês não vieram tirar minha foto para o anúncio da aposentadoria?

— Ah, sim, claro — disse Digby. — Onde você quer que seja?

Nós olhamos para a bagunça da toca de hobbit que Milton havia construído ao redor da escrivaninha. Havia prateleiras repletas de *action figures* e miniaturas colecionáveis ainda nas caixas, e as paredes tinham sido cobertas por pôsteres e o que pareciam ser os diagramas de uma nave espacial.

Senti Digby me cutucar de novo e, desta vez, ele moveu os olhos para chamar minha atenção para uma caixa em cima da escrivaninha de Milton, aberta e quase transbordando de fitas de dados.

— Não seria bom aqui na minha mesa? — perguntou Milton.

Eu sabia que tínhamos que tirá-lo de perto da caixa para fazermos a troca, então falei:

— Talvez um lugar um pouco mais... — peguei um bonequinho que percebi ser do próprio Milton vestido de Jedi — ... solene?

Um alarme começou a tocar no telefone dele.

— Opa. Esperem aqui. Vou pegar a última. — Milton fez uma pausa e balançou a cabeça. — A última. Ainda não consigo acreditar. — Depois de mais um instante, Milton apontou para as portas de vidro abertas entre nós e as fileiras de servidores zumbindo. — Só por segurança... não deixem as portas se fecharem, está bem? Sei que não deveria deixá-las abertas, mas depois do que aconteceu com aqueles pobres coitados da Tailândia...

— As portas estavam trancadas, o extintor de incêndios de halon foi usado, vários técnicos acabaram sufocando? Eu assisti ao episódio no *60 Minutes* — disse Digby. — Mas extintores de halon não foram banidos?

— Nosso sistema foi reaproveitado — respondeu Milton. — Este lugar é bem antigo.

E então passou pelas portas e desapareceu no labirinto de servidores zumbindo.

— O que está acontecendo? — perguntei. — Sério que ele deixou a gente aqui com tudo isso desprotegido? — Apontei para a caixa de fitas.

— A cavalo dado não se olha os dentes, Princeton. Vamos logo. — Digby se aproximou de mim e começou a tirar as fitas da minha mochila.

— E se os estagiários de verdade aparecerem para tirar a foto dele?

— Princeton. — Digby fez uma pausa e deixou o zumbido dos servidores preencher o silêncio. — Ninguém está vindo tirar a foto desse cara.

Ele me virou e começou a mexer na minha mochila outra vez.

— Digby, não, Espera. Para. — Apontei para o conteúdo da caixa que Milton tinha enchido. — Não são as mesmas que Felix nos deu para trocar.

Em vez do raio amarelo do logotipo da Perses, as fitas na caixa em cima da mesa tinham um logotipo vermelho de mãos entrelaçadas.

— Droga — disse Digby.

CAPÍTULO DEZESSEIS

— Será que a gente devia... — Eu estava prestes dizer "desistir e tentar de novo outro dia", mas Digby se afastou e começou a vasculhar prateleiras e armários.

E então ele xingou baixinho e, quando se virou, estava segurando duas das fitas com o logotipo vermelho.

Respirei, relaxando um pouco.

— De quantas a gente precisa? — perguntou ele.

Esvaziei a caixa e contei vinte e cinco superfitas. Digby voltou ao armário para pegar as novas enquanto eu recolhia as que Milton já havia colocado na caixa. Acho que calculei mal a velocidade de Digby, porque quando me virei para me aproximar, ele já estava parado bem atrás de mim. Nós esbarramos um no outro.

Nós dois ficamos sem palavras quando as fitas caíram de nossos braços e se esparramaram no chão numa pilha de caixinhas idênticas. E, claro, foi nessa hora que ouvimos os passos de Milton se aproximando.

— Livre-se dele. Vou colocar tudo de volta — falei. — Não podemos continuar com isso hoje...

— Não, não — interrompeu Digby. — Você cuida dele. Eu resolvo isso aqui...

— Resolver como? Guarda as fitas. — Apontei o polegar para baixo para Digby. — Vamos interromper a missão.

— Não, eu consigo...

— Missão interrompida. Missão interrompida — falei. Era bem irritante ele estar me ignorando.

Digby tinha acabado de chutar as fitas para debaixo da mesa quando o técnico se aproximou carregando a última fita de dados.

— O que foi isso? — perguntou Milton. — Ouvi um barulhão.

— Ah... ele resolveu ficar de mão boba e acabei derrubando algumas coisas da sua mesa quando bati nele — falei.

— Espero que não tenha sido o meu grampeador. — Milton acelerou o passo e já estava quase à vista da escrivaninha e da caixa que tínhamos esvaziado. — É um Swingline número quatro original. Da época em que eram feitos em Long Island.

Digby ainda estava tentando empurrar algumas das fitas caídas para baixo da mesa sem que Milton percebesse, então eu disse:

— O grampeador não caiu. Não se preocupe. — Dei um passo à frente para bloquear sua visão da caixa e completei: — Sabe, acabei de ter uma ótima ideia para uma foto.

— Ah, é? — perguntou Milton.

Agi com o máximo de naturalidade possível ao pegar a última fita das mãos dele, passá-la para Digby e então conduzir o técnico de volta em direção aos servidores.

— Vamos tirar uma foto no seu ambiente natural — falei.

— Com os servidores.

— Ah, é uma boa ideia mesmo.

— Vai levar só um minutinho — prometi. Mas então olhei para trás e vi Digby encarando uma das fitas e, em seguida, levando-a ao nariz para cheirar os cantos. — Ou talvez um pouquinho mais, até eu achar a luz certa.

Demorei bastante até encontrar um local fora de vista e fiz um alarde sobre as poses de Milton para tirar uma foto interessante. Quando finalmente achei o ponto perfeito, ele pigarreou e disse:

— Meu nome é Milton Wright. Trabalho na Perses Analytics desde que me formei na faculdade. Construí este galpão de servidores de armazenamento de dados. Amo meu trabalho. Não quero me aposentar. — E então ele saiu do transe e, com uma voz mais natural, disse: — Senti que precisava dizer isso em voz alta.

Quase chorei ao ouvir o orgulho que Milton obviamente sentia por ter construído o lugar.

— Eles estão te obrigando a se aposentar? — perguntei. — Você não parece velho o suficiente para isso.

— Ah, já estou na idade, sem dúvida — respondeu ele. — Mas minha pele não foi danificada pelo sol e não tenho rugas de expressão porque trabalho aqui dentro sozinho há trinta anos.

— Então, você ficou aqui... — Apontei para o chão porque não sabia como dizer "neste lugar por *trinta anos?*" sem parecer que eu estava questionando todas as suas escolhas de vida.

Milton deu de ombros, abrindo os braços para indicar o galpão de servidores. Ele parecia triste, porém, mais do que tudo, parecia sem rumo diante da perda iminente da sua legião de servidores. No início, achei que teria dificuldade para ganhar o tempo de que Digby precisava para trocar as fitas, mas a preocupação sumiu quando vi como Milton se animou quando pedi para ele fazer um tour do galpão comigo.

※※※

Depois de milhares de informações que eu não precisava saber sobre líquidos de arrefecimento e sistemas de supressão de incêndios, ergui o olhar e vi Digby parado no final do corredor principal da sala dos servidores me observando enquanto eu tentava parecer fascinada ao ouvir as explicações de Milton sobre por que o prédio tinha paredes com o dobro da espessura normal.

Quando Digby e eu fizemos contato visual, ele apontou para minha mochila pendurada em seu ombro e me deu um sinal de positivo.

— Hã... desculpe interromper — disse Digby. — Mas a gente precisa ir logo.

Nós voltamos para a mesa de Milton, onde ele felizmente fechou a caixa de fitas de dados com fita adesiva sem verificar o conteúdo.

— Não foi minha intenção parecer amargurado — disse Milton. — Tive sorte. Empregos estáveis como o meu não existem mais. É um bom momento para sair, na verdade. — Ele terminou de fechar a caixa e deu um tapinha na parte de cima. — Fico feliz por não ter que assistir à demolição.

— Demolição? — perguntei. — O galpão vai ser demolido?

— Vai. Eles vão migrar tudo para o backup na nuvem. Acham que a nuvem é mais segura. Acredita nisso? — perguntou Milton.

— Depois de tantos hackers, como a nuvem pode ser mais segura do que um backup em fita? — Ele deu outro tapinha na caixa.

— Verdade — disse Digby. — Backup físico é o mais seguro.

— Tentei dizer a eles que é uma loucura não usar fita e nuvem ao mesmo tempo, mas... — Milton ergueu as mãos. — Enfim, este é o último backup físico que a Perses vai fazer. — Ele suspirou. — Como falei, ajudei a construir este lugar. Fico feliz por não ter que ficar aqui e ver tudo ser derrubado.

Pude ouvir a respiração de Digby acelerar.

— Então foi a última vez que fizeram backup em fita?

— É isso mesmo, o fim de uma era — disse Milton.

— Ainda bem que nós viemos hoje, então. — Digby parecia um pouco transtornado. Ele deu um passo para trás e, quando minha mochila esbarrou em um armário, as fitas lá dentro estalaram tão alto que Milton percebeu.

Não sei o que me deu, mas para desviar a atenção de Milton, eu disse:

— Na verdade, Milton, vão dar uma festa para você hoje lá no laboratório do Dr. Fong. No laboratório de nanorrobótica.

Milton e Digby perguntaram ao mesmo tempo:

— É mesmo?

— Espero não estar estragando a surpresa, mas ninguém disse que a festa era segredo — falei.

— Nanorrobótica? — Milton bateu na caixa. — É o departamento para o qual acabei de fazer o backup.
Eu fiz uma expressão que dizia "Arrá!" e falei:
— Deve ser por isso que decidiram fazer a festa lá.
— Poxa — disse Milton. — Que legal, de verdade.
Comecei a me perguntar se eu tinha acabado de criar mais uma decepção para Milton, mas então vi sua estatueta como Jedi e tive outra ideia.
— Milton, posso pegar isto aqui? — Eu ergui o bonequinho de plástico. — Vai ser um empréstimo rápido.

::::

Digby nem esperou a porta terminar de se fechar antes de comemorar e fazer uma dancinha da vitória.
— Pelo visto você conseguiu o que precisava?
Tudo o que recebi em resposta foram alguns movimentos pélvicos triunfantes.
— Certo, que bom que você está feliz — falei. — Mas que tal a gente terminar de escapar da cena do crime antes de comemorar?
— Por falar em comemorar... — disse Digby.
Entreguei a ele uma das barras de cereais que eu sempre carregava para seus acessos repentinos de fome.
— Cadê a sua concentração? Estamos na metade da missão ainda.
— Você ouviu o que ele disse, Princeton. O *último* dia. Conseguimos no *último dia* — disse Digby. — Eu tenho um pressentimento. A sorte está do meu lado hoje. — Ele pegou o celular. — É melhor eu mandar uma mensagem para o Felix.

::::

Digby e eu voltamos ao laboratório de nanorrobótica e preparamos a sala de reuniões para o que agora seria a festa de aposentadoria de Milton. Comecei a entender o que ele quis dizer sobre a sorte estar do nosso lado quando alguém do laboratório parou no batente da porta para perguntar quem éramos e nós dois respondemos automaticamente:

— Estagiários do RH.

Tudo parecia em sincronia.

Enquanto Digby preparava o DVD de Star Wars, abri a caixa do bolo e pus a estatueta de Jedi de Milton onde antes havia escrito A EQUIPE FONG. Escrevi seu nome para que o bolo dissesse: QUE A FORÇA ESTEJA COM MILTON.

Felix entrou na sala de reuniões, viu o bolo e disse:

— Quem é Milton?

— Nossa. Você chegou rápido — falei. — E está muito suado.

— Milton é o sujeito responsável pelo setor do armazenamento de dados. Princeton fez um amigo — disse Digby. — A boa e velha Princeton. Sempre tão educadinha. Mesmo quando está fazendo algo errado.

— E? A gente terminou o que veio fazer aqui? — Felix olhou em volta, examinando a sala de reuniões. — Porque a gente precisa ir. Vambora! Vambora! Vambora!

O suor, o jeito acelerado, a grosseria pouco característica...

— Pelo visto o fortificado duplo bateu — falei.

— Café? Você deu café para ele? — perguntou Digby. — Princeton, não ganhamos pontos extras por aumentar a dificuldade da missão.

— Felix, você está bem? — perguntei.

— Sim sim sim — respondeu ele. — Mas sinto que meu coração vai explodir. Não vai explodir, né?

— Não. Só seria bom você tomar uma água ou algo assim — falei. — E agora? Vocês não me falaram qual é o próximo passo.

— Eu falei para o meu pai que vinha pegar um laptop emprestado para fazer o dever de casa — disse Felix. — Digby vai colocar o filme e o pessoal vai debandar para a sala de reuniões quando ouvir o barulho. Ninguém vai perceber quando eu for até o almoxarifado do laboratório pegar um computador e sair com um leitor de fitas também. Aí nós fazemos cópias dos arquivos da mãe dele.

— Mas como vamos descriptografar os arquivos? — perguntei. — Não vamos precisar de uma chave?

— As chaves para descriptografia são atribuídas às máquinas, não às pessoas. — Acho que não pareci entender o que ele estava dizendo, porque Felix acrescentou: — Ou seja...

— Todas as máquinas deste laboratório podem descriptografar os dados que este laboratório criptografa — falei. — Obrigada. Eu entendi.

— Então, estamos prontos? — perguntou Digby.

Quando assentimos, ele ligou a TV e deu play no DVD. Nós três saímos correndo da sala de reuniões.

CAPÍTULO DEZESSETE

Digby e eu fomos até a cabine para pessoas com deficiência do banheiro feminino, onde ele abriu o trocador de fraldas e tirou as fitas de dados da mochila. Ficamos esperando Felix. O som de seus dedos tamborilando rapidamente no trocador aberto começou a me deixar nervosa.

Peguei em sua mão e disse:

— Você está bem? Parece que não pisca já faz um bom tempo.

Digby me metralhou com várias piscadas rápidas.

— Não quero atrapalhar sua concentração no meio da missão, mas... — falei. — Nunca te vi tão desequilibrado.

— Você está querendo dizer que estou forçando muito as coisas? Que perdi o jeito? — perguntou Digby. — Eu estou mesmo nervoso.

— Porque você está tão perto.

Eu assenti. Entendia o sentimento.

— Não, Princeton, estou nervoso porque não tenho uma saída planejada para você — disse ele. — Se formos pegos, seu futuro acabou. E o de Felix.

— E você já planejou uma saída para mim antes? — perguntei.

— Eu sempre planejo me declarar culpado em troca da sua imunidade. — Digby apontou para as fitas de dados. — Mas ninguém vai oferecer acordo judicial para isso.

Senti uma pontada de pânico, mas me acalmei.

— Você tem razão. De longe é a coisa mais idiota que já fizemos. Mas estamos na metade da corda bamba e não é a hora de começar a olhar para baixo — falei. — Sei o que estou fazendo. Um cara muito inteligente uma vez me disse que amigos se responsabilizam pelos amigos.

— Felix também me disse isso — disse Digby. — O que você acha de estarmos aprendendo lições de sabedoria com o mesmo cara que passou meia hora discutindo consigo mesmo se eu era o Archie ou o Jughead do nosso grupinho? Quer dizer, é claro que...

— Você é o Jughead — falei.

No mesmo exato momento, ele disse:

— Eu sou o Archie.

E então nós dois dissemos:

— O quê?

— *Henry* é o Archie.

— Henry é o *Moose* — disse Digby.

— Mas Sloane é a Veronica.

— Se eu sou o Jughead, então você é a Ethel — disse ele. — O que até que faz sentido, porque ela está sempre dando comida para o Jughead.

— Na verdade, estou chocada com o quanto você e eu sabemos sobre Archie — falei.

— E eu estou chocado por só agora ter percebido o quanto daquela música da Taylor Swift tem a ver com Archie — disse Digby. — Betty fica toda: "Você não consegue ver que sou eu quem te entende. Sempre estive aqui, então por que você não consegue ver que seu lugar é comigo..."

— Mas nos quadrinhos do Jughead... — disse Felix de repente, e Digby e eu levamos um susto quando ele se juntou à conversa — ...Jughead e Betty acabam juntos...

Digby abriu a porta da cabine e deixou Felix entrar.

— E mesmo nos quadrinhos do Archie, Betty vai chorar no ombro de Jughead sempre que Archie escolhe a Veronica.

Claro, se vocês quiserem falar sobre a série de TV, a conversa é totalmente diferente. — Felix largou o laptop em cima do trocador. — E, Digby, não sei mais como dizer isso de uma forma delicada. Eu sei que essa é sua música favorita e você achava que Zoe deveria ter saído com você desde o começo em vez de ficar com Austin, mas nem todo relacionamento pode ser explicado por "You Belong With Me". — Felix começou a abrir as caixas das fitas. — Na verdade, vocês dois estão mais para "I Knew You Were Trouble".

— É a música favorita de Princeton — disse Digby.

— Tocou no rádio *uma vez* quando estávamos juntos — falei.

— Eu cantei alguns versos e você fala nisso desde então.

Felix ergueu um punhado de fitas.

— Escolha uma fita, qualquer uma. É por ela que vamos começar. — Ele inseriu a minha escolhida no leitor de fitas.

— Quanto tempo vai levar? — perguntei.

— Bem, depende. — Felix passou alguns minutos vasculhando o diretório da fita antes de ejetá-la.

Entreguei uma segunda fita a ele.

— Leva um tempão para pesquisar nos backups um por um — disse Felix. — Mas os dados são sequenciais, então só preciso achar a época em que a Dra. Digby trabalhou na Perses e a partir daí vai ser bem rápido — disse Felix. — Ah, aliás, fiquei sabendo que deveria te parabenizar?

— Você contou a ele sobre a Prentiss? — perguntei.

Digby assentiu.

— Ainda não decidi — falei.

Felix e Digby disseram:

— Claro que você vai.

— Permita-se admitir logo — disse Digby.

— É uma escola muito boa — argumentou Felix. — Bem, se você quiser fazer essa coisa de "ter emprego".

— Essa coisa de "ter emprego"? Quem *não* quer fazer essa coisa de "ter emprego"? — perguntei. — Quer dizer, é meio que necessário para fazer aquela coisa de "ter comida e um teto"...

— Bem, sim, se você quer ter um emprego, vender seu tempo, então, sim, você deveria ir para uma boa escola, tirar boas notas e tudo mais — explicou Felix. — Mas, sabe, se você quer vender suas ideias, é muito menos importante onde você estuda e sua nota em um teste. Ou, na verdade, nem importa muito se você sequer faz faculdade.

— Você está me dizendo que *não* vai fazer faculdade? — perguntei.

Felix sorriu e respondeu:

— Não.

Fiquei boquiaberta.

— Seus pais sabem? — perguntei.

— Toda vez que penso em ter essa conversa, meu cérebro fica paralisado.

— O que você vai fazer?

— Tenho uma ideia para uma start-up de segurança de dados. — Felix apontou para o que estava fazendo e disse: — Claramente, há um mercado para isso.

— Felix? Você não comentou que seus pais vão comprar um apartamento em Boston para você e sua mãe morarem quando chegar a época da faculdade? — perguntou Digby. — Isso vai acontecer em breve, não?

— O depósito vai ser feito na semana que vem.

— Felix. Se você tem certeza de que não quer fazer faculdade, precisa contar para eles antes que seus pais joguem um monte de dinheiro fora — falei.

Felix murmurou algo sobre não querer lidar com isso no momento, aí voltou a procurar nos arquivos.

Fiquei olhando Felix trabalhar, mas depois de um tempo comecei a me sentir tonta olhando a tela descendo rápida e vertiginosamente. Saí da cabine e lavei as mãos.

Digby me seguiu.

— O que você está fazendo? É o banheiro feminino. E se alguém entrar? — perguntei. — Volta para a cabine.
— A gente poderia começar a se beijar e dizer que os hormônios e a ciência nos fizeram perder a cabeça — disse Digby.
— Por favor, não façam isso — disse Felix do outro lado da porta fechada.
— Calma. Ninguém vai entrar. — Digby abriu a porta para que eu pudesse ouvir todos na festa repetindo as falas junto com os personagens do filme. — Acho que eles nem reparariam se eu fosse lá pegar uma fatia de bolo.
Mais uma vez, Felix pediu, do outro lado da porta:
— Por favor, não faça isso.
— Mas estou morrendo de fome — disse Digby.
Atirei outra barra de cereais para ele.
— É a última, então é melhor comer devagar.
— Ei! — disse Felix. — Esta fita é virgem.
O rosto de Digby mudou para uma expressão de pânico diante dos meus olhos.
— Acabei não perguntando como você separou as fitas.
— Você deixa seu perfume de velhinha em tudo. Dava para sentir o cheiro de lavanda nas fitas que você tirou da caixa — respondeu Digby. — Lembra que sua mãe sentiu o cheiro em mim naquela vez que eu estava na sua casa?
Felix disse:
— E *esta* é virgem também. — Ouvi uma série de estalos plásticos quando Felix ejetou a outra fita em branco e a deixou de lado. — Esta aqui não está vazia, mas não é a certa — disse Felix. — O que aconteceu com vocês dois lá embaixo?
Digby contou uma versão resumida do fiasco no centro de armazenamento de dados, terminando com:
— ... enfim, teve uma hora que tentei limpar o olfato cheirando a xícara de café que estava em cima da mesa do sujeito, mas ele toma com leite.

Felix chutou a porta da cabine para ter certeza de que Digby estava falando sério. Nos poucos segundos entre a porta se abrindo e se fechando de novo, Felix nos lançou um olhar que misturava perfeitamente pena e nojo. Então voltamos a ouvir Felix inserindo e ejetando fitas.

— Princeton. Será que eu peguei as erradas? — perguntou Digby. Achei que não conseguiria dar uma resposta alegre, então mantive uma expressão neutra no rosto. — Eu devia ter imaginado. Foi fácil demais.

Não havia nada que eu pudesse dizer, então apenas o abracei.

Digby repetiu:

— Foi fácil demais...

— Nada no ano passado foi fácil.

— Quem dera a vida desse resultados proporcionais ao nosso sofrimento — disse Digby. — Então eu estaria feito. Porque já sofri o suficiente...

Felix abriu a porta da cabine com um chute e saiu, as pernas tensas e os olhos arregalados.

— O quê? — perguntei.

Felix não disse uma palavra.

— O que foi? Nada? — perguntei.

Felix e Digby apenas se encararam.

— O quê? — perguntei. — Vamos logo, seus mudos, digam alguma coisa.

Felix ergueu uma fita, o rosto em uma expressão de completo triunfo e, nos cinco segundos que se seguiram, acho que nenhum de nós sequer pensou no risco de sermos pegos. Nós gritamos.

CAPÍTULO DEZOITO

Senti o alívio mais profundo da minha vida quando cruzamos a linha vermelha imaginária do perímetro que eu havia traçado mentalmente em torno da Perses sem ouvir um único alarme ou sirene. Assim que meu cérebro superestimulado parou de dizer ao meu corpo que estava em crise, entrei em um estado de choque pós-adrenalina. A passagem do tempo ficou distorcida, como se acelerasse e desacelerasse em momentos estranhos. Digby deixou Aldo no terminal de ônibus e eu sorri e disse adeus, o tempo todo me sentindo como se estivesse debaixo d'água.

Quando me dei conta, havíamos chegado à Olympio's. Digby demorou um pouco mais a sair quando estacionamos o carro e, quando ele nos alcançou, fingi que não vi ele enxugando lágrimas dos olhos.

Não dava para culpá-lo. Tínhamos a pesquisa da sua mãe. Tudo o que De Groot queria. Íamos descobrir o que havia acontecido com a irmã dele. Era bem importante mesmo.

Sloane e Henry estavam esperando por nós quando entramos, mas antes que tivéssemos a chance de sentar e explicar o que havíamos acabado de fazer, Henry pediu:

— Ei, pessoal. Podem me dar uma ajudinha? Tino não veio porque a esposa quebrou o pé na aula de Jazzercise, Wanda ganhou dez mil na loteria, então não vai aparecer por um tempo, e a caixa registradora está dando problema.

Peguei o prato que ele me entregou.

— Espera aí. Seus pais não deveriam vir ajudar, então?
— É a primeira vez que confiam em mim para cuidar de um turno do jantar movimentado — explicou Henry. — Mas acho que posso pedir para não irem ver o filme...
— Para que mesa? — perguntei, apontando para o prato.
— Para a mulher perto da janela — disse Henry. — Você vai saber qual.

E, de fato, uma mulher furiosa estava esticando o pescoço na nossa direção.

Assim que servi a comida, ouvi um estrondo e vi Sloane limpando uma poça de refrigerante derramado em uma mesa de crianças barulhentas e a mãe descabelada. Peguei um pano e fui ajudar. Quando nos demos conta, Felix estava encarregado de servir as bebidas e as sobremesas, e Digby, Sloane e eu estávamos atendendo os clientes enquanto Henry voltava para a cozinha para ajudar o único cozinheiro que tinha aparecido para trabalhar.

::::

Quando a correria do jantar de sexta-feira finalmente acabou e os últimos clientes estavam terminando de comer, Henry saiu da cozinha e bebeu três dos copos de água que Sloane havia deixado preparados no balcão.

— Já me preparando para o movimento pós-cinema — disse Henry. — Bem pensado.

— Não puxe meu saco. Ainda estou brava — retrucou Sloane. Mas ela claramente sentia que Henry havia aprendido qualquer que fosse a lição que ela precisava ensinar, e os dois estavam felizes e contentes na Paixonitelândia de novo.

— Espera aí. O quê? — perguntei.

Quer dizer, talvez até tivesse sido um pouco terapêutico ter uma distração por um tempo, mas a ideia de precisar lidar com outro salão cheio de gente que pensava que uma garçonete e uma escrava eram a mesma coisa...

Sloane viu minha expressão e disse:

— Eu vivo dizendo para Henry que ele devia falar para os pais para vender este lugar e comprar uma franquia de pizza. Dá mais dinheiro, menos trabalho e é um negócio muito mais fácil de administrar por telefone da nossa casa nos Hamptons.

— Uma lanchonete não é um mau negócio, na verdade — disse Digby. — Se ao menos os clientes não fossem...

— Um bando de selvagens? — perguntou Sloane.

— Que isso... — disse Henry.

— Quem pede pão de alho à vontade quando sabe que são só pãezinhos dormidos na frigideira com gordura e alho em pó? — perguntou Sloane. — E que tipo de restaurante faz isso?

— Muitos lugares usam o pão da véspera assim — disse Henry.

— Muitos lugares que são um lixo — disse Sloane. — É de mau gosto. Você deveria tirar do cardápio.

— E que comam brioches? — perguntei.

— Na verdade... — disse Felix. — Deve ser o item mais lucrativo no menu depois do refrigerante. — Ele pegou uma cópia do cardápio. — Se a ideia é simplificar, cogite tirar coisas como o moussaka. Por que vocês servem isso?

— Somos gregos, Felix — respondeu Henry.

— Os pedidos estavam levando em média quinze minutos para serem servidos até que um cara pediu moussaka. Então o serviço ficou mais lento e nunca mais voltamos ao tempo de quinze minutos depois disso. — Felix pegou uma caneta e começou a riscar itens. — Este cardápio é grande demais. Tem muitas sopas. Os pratos gregos são uma perda de tempo...

— Ei — reclamou Henry.

Felix continuou:

— E o restaurante parece o cenário de um dos vídeos de conscientização sobre acidentes de trabalho.

— O quê? — perguntou Henry.

Felix apontou para a área do balcão.

— A máquina de refrigerante vazou e fez uma poça no chão: risco de acidente. A fita isolante que você passou no fio desencapado da caixa registradora também está desgastada e soltando faíscas...

— Faíscas? Não vi — disse Henry.

Nesse momento, o fio estalou e uma pequena faísca azul apareceu. Digby desligou a registradora com todo o cuidado.

— E está sentindo esse cheiro? De gasolina? — completou Felix.

Todos nós farejamos o ar.

— Não é o perfume de Sloane? — perguntei.

Ela me olhou de cara feia.

— Eu disse, Sloane — falei. — Não importa o preço do perfume. Quando você usa demais, fica com cheiro de veneno de barata.

— Não, não. Acho que é isto aqui. — Felix chutou uma pilha de panos no chão embaixo do balcão.

— Ah, nós usamos para polir o metal do balcão. — Henry apontou para a faixa de metal estriada que contornava toda a extensão do balcão da lanchonete e das mesas dos clientes.

— Polidor de metal é uma substância altamente inflamável — disse Felix. — Segurança em primeiro lugar. Você precisa fazer algumas mudanças.

— Vamos ter uma inundação ou um incêndio, Felix? — perguntou Henry. — Qual dos dois?

— Eu realmente não acho que sejam mutuamente exclusivos — respondeu ele.

— Nossa — disse Henry. — Você pensou muito nisso.

Felix suspirou e fechou os olhos.

— Qualquer coisa para me distrair do fato de que roubamos informações confidenciais do governo hoje à tarde — disse ele.

— Vocês o quê? — perguntou Henry.

Sloane se virou para mim e disse:

— Não consegui encontrar você na hora do almoço, mas achei que tinha matado aula para ir ao shopping.

— Hã... gente... — Apontei para uma mesa perto de nós com alguns universitários de uma fraternidade que obviamente estavam tentando escutar nossa conversa.

Henry bateu palmas e disse:
— Certo, pessoal. A lanchonete está fechada. Se saírem agora, a comida é por conta da casa.

Vimos as últimas mesas esvaziarem. Fiquei aliviada. Não queria deixar Henry na mão, mas não conseguia me imaginar conseguindo lidar com uma segunda leva de clientes mal--humorados.

— A comida é de graça, mas o serviço não é — disse Digby aos universitários bisbilhoteiros. — Não se esqueçam de deixar uma gorjeta.

Tudo o que ele conseguiu foi que o grupo zombasse de nós.
— Argh. Bando de ingratos — disse Sloane.
— Por que você acha que prefiro trabalhar na cozinha? — disse Henry. — Por falar nisso, eu deveria liberar o Jorge. Vou ligar para meus pais e avisar que vamos fechar mais cedo.

Depois que Henry foi para os fundos, um universitário especialmente babaca gritou:
— O serviço aqui é uma merda. — E então ele ergueu o copo d'água e derramou em cima da mesa.

Digby olhou para mim, silenciosamente pedindo permissão para dar um pouco de carma instantâneo ao sujeito.

Coloquei a mão em seu braço.
— Com tudo que fizemos hoje... se isso é o pior com que temos que lidar, então o dia de hoje com certeza foi uma vitória.

Foi Sloane quem notou o cliente solitário encolhido em um canto.
— Desculpe, senhor. Estamos fechados — disse ela.

O sujeito se levantou devagar e foi se arrastando até nós no caixa, me dando tempo suficiente para ver as marcas que a vida dura havia deixado em seu rosto. Ele tinha uma magreza doentia, e a maneira como encolhia o queixo e falava conosco em um tom sibilante de "tenho informações" também não ajudava muito. Ele me deu calafrios.

— Que ótimo lugar você tem aqui — disse o Sr. Sibilante. E então passou a olhar para Felix, Sloane, Digby e para mim como se nos avaliasse e memorizasse nossos rostos.

Depois de um longo momento, o Sr. Sibilante finalmente percebeu que estávamos estranhando aquela atenção toda e parou de nos encarar.

— E que bando de jovens responsáveis e bondosos. Cidadãos íntegros de verdade. Seus pais devem estar orgulhosos.

— O que faz você pensar que somos bondosos? — perguntou Digby.

— Ah, não sei — disse o Sr. Sibilante. — Acho que é só algo que as pessoas dizem. — Ele enfiou a mão no bolso para pegar o dinheiro. — Tem certeza de que não querem pagamento?

Henry e Jorge saíram da cozinha e se juntaram a nós.

— É por conta da casa, senhor — disse Henry.

— Ah... isso é muito gentil... — Sr. Sibilante deslizou uma nota pelo balcão em direção a Sloane e completou: — Mas aqui está uma coisinha para você. Bote na sua poupança para a faculdade.

Sloane pareceu confusa e não tocou no dinheiro.

— São cinco dólares.

— Ela é nova. — Henry pegou a nota e enfiou no avental dela. — O que quis dizer foi "obrigada e boa noite".

O Sr. Sibilante fingiu tirar um chapéu imaginário e foi embora. Henry trancou a porta depois que Jorge e o Sr. Sibilante saíram.

— Que coisa bizarra — falei.

— Muitos ex-presidiários vêm para cá logo depois de serem soltos — disse Henry. — Um sujeito me disse uma vez que nosso bife é muito popular com quem acabou de sair da cadeia.

— O que aquele cara pediu? — perguntei.
— Café — disse Sloane. — Só café.
— Ele parecia agradecido demais só por ganhar um café de graça — falei. — Não é normal, certo?
Digby parecia perdido em pensamentos e apenas murmurou:
— Por que aquele cara era tão familiar?
— Então os universitários foram ingratos, mas o outro sujeito foi grato demais? — perguntou Henry. — Vocês dois não têm futuro no ramo de restaurantes.
— Você talvez não tenha futuro no ramo de restaurantes — disse Sloane. — Quer dizer, sério, depois que se formar na faculdade, ainda vai trabalhar aqui? Vai trabalhar numa lanchonete depois de jogar futebol americano na faculdade... talvez até na NFL...
Henry bateu no balcão, cobriu os ouvidos e cantarolou "America the Beautiful".
— Não me dê azar, Sloane — disse Henry. — Não quero pensar tão à frente agora. Nem sabemos se vamos jogar no outono.
— O pessoal do time sabe o que fazer? — perguntou Digby.
— Sim... o diretor Granger nos contou sobre o plano de deixar os advogados recorrerem até os esteroides saírem do corpo dos jogadores — disse Henry. — Eu mandei todo mundo correr o dobro do normal durante o próximo mês para suar mais.
— Isso não vai adiantar de nada — disse Felix. — Os corpos deles não vão metabolizar as drogas mais rápido.
— *Eu* sei disso e *você* sabe disso, mas eles não — retrucou Henry. — Mas agora eles conseguem correr treze quilômetros por dia e pensar em como deveriam dizer não às drogas. — Henry pensou por um tempo considerável e então disse: — Tem algo de errado com aquele sujeito. Com o diretor Granger, quer dizer.
Digby fez uma careta e assentiu.
— É verdade. Mas continue repetindo o que combinamos e você vai poder jogar a próxima temporada. Só me prometa que,

quando for famoso, vai se posicionar contra jovens tomarem esses anabolizantes lixos?

— Esse é o plano — disse Henry. — Certo, agora... O que está havendo com vocês? Quando Felix disse... Ele quis dizer... Digby assentiu.

— Isso. A pesquisa da minha mãe. Nós pegamos hoje.

— Nossa — disse Sloane. — Então isso é...

— Traição — completou Felix. — Isso mesmo. Traí meu país. E sinto que traí meus pais.

— Porque traiu. E fez isso por minha causa — disse Digby. — Agora nós dois temos que viver com isso. Ah, Henry? Lembra daquele dia em que você me perguntou se deveria se preocupar que Silk ou o técnico ou qualquer outra pessoa com quem eles estivessem trabalhando resolvesse se vingar de você, e eu disse: *Relaxa, esses caras não são a máfia?* — Quando Henry assentiu, Digby completou: — Bem, a verdade é que nunca se sabe, e você sempre vai se perguntar e ficar um pouco paranoico. Você vai ter que viver com isso também.

Coloquei a mão no braço de Digby.

— Você está começando a assustar as pessoas.

Henry suspirou.

— Não, ele está certo. Quase seria melhor se ele viesse se vingar de mim de uma vez e a gente pudesse acabar logo com isso.

— "Acabar logo com isso"? Caramba — falei. — Cuidado com o que você deseja.

— Sim, veja só Felix, por exemplo — disse Digby. — Ele se tornou o administrador do time de futebol para ter uma vida social e... O que você me disse ontem à noite, Felix?

— Esse trabalho está destruindo minha vida.

— Por quê? — perguntou Henry. — Cuidar do calendário e do orçamento não é bem o tipo de coisa que você gosta de fazer?

— São aquelas garotas. Não aguento mais — disse Felix.

— Ah, a coisa de ser virgem? — perguntou Sloane. — Elas ainda estão te zoando por causa disso? Que piada velha.

— Elas têm uma aposta para ver quem consegue tirar minha virgindade — comentou Felix.

— As meninas estão só brincando, Felix — disse Sloane.

— Mas calma aí. Um segundo — falei. — Será que a gente diria isso para uma garota? Se um time inteiro estivesse brincando sobre tentar fazer sexo com ela?

— É diferente — disse Sloane. E então pareceu menos segura. — Não é?

— Iiih... estamos cansados demais para esse debate hoje — disse Digby.

— É o argumento da ereção? Que seria fisicamente impossível "me obrigar"? — disse Felix. — Porque existem maneiras de lidar com isso. Eu ouvi a conversa delas. Por que você acha que elas estavam tentando me fazer beber toda aquela tequila?

— Manda elas pararem e pronto — disse Henry. — Diga que não está interessado.

Felix olhou para Sloane e para mim e perguntou:

— *Isso* funciona?

— Pois é, Henry. *Isso* funciona? — perguntou Sloane. — E se dizer "não estou interessado" funciona, então devo presumir que encontrei Maisie fazendo pilates no seu colo porque você *não* disse que não estava interessado?

— Desisto — disse Henry para Felix.

— Sério, Felix. Isso vive te acontecendo. Você precisa aprender a dizer não para as pessoas — falei. — É o mesmo problema com seus pais. Você precisa dizer para eles não comprarem aquele apartamento.

Felix olhou para mim, supernervoso.

— Que apartamento? — perguntou Sloane.

— Os pais de Felix vão comprar um apartamento em Boston para poderem morar com ele quando começar a faculdade — expliquei.

— Boston? — perguntou Sloane. — Por que Boston?

— Bem, MIT — disse Felix. — Ou, se algo der muito errado, Harvard é meu plano B.

Era um fato que Felix era inteligente o suficiente para considerar Harvard sua segunda opção, mas ainda era um choque ouvir uma coisa dessas.

Sloane colocou a mão no peito e respirou fundo.

— Acho que finalmente entendo como as pessoas normais se sentem quando digo quanto minhas roupas custaram.

— *Enfim* — falei. — Estou falando sério, Felix. Os valentões, essas garotas, seus pais... Você não quer passar a vida toda fazendo isso. Só precisa dizer não.

Ele ainda não parecia convencido.

— Felix, você desfibrilou a *cara* de um sujeito segurando uma arma. O que ainda pode te assustar depois *disso*? — insisti.

— Minha mãe não vai aceitar bem — disse ele.

— Ah, que isso. Você vai começar uma empresa de segurança. Não é como se estivesse largando a escola para... — Tentei pensar em um exemplo ridículo, mas não consegui. Frustrada, agitei os braços e derrubei uma concha de sopa suja do suporte e ela bateu no paletó de Digby, onde deixou uma grande mancha antes de cair no chão. — Ai, não...

— Não tem problema. Eu já volto — disse Digby. E então, do nada, ele me beijou. — Conseguimos, Princeton.

Ele me deu um de seus raros sorrisos não irônicos e foi para a cozinha.

CAPÍTULO DEZENOVE

Eu estava um pouco envergonhada com a demonstração pública de afeto inesperada quando me virei para Henry e Felix, mas qualquer timidez logo foi substituída por confusão quando vi os dois olhando feio para mim. Henry parecia furioso.

— O que foi? — perguntei.
— Cuidado com Digby — disse Henry.
— É — disse Felix. — Não estrague a cabeça dele mais ainda.
— Olha, é inacreditável. Depois de tudo o que ele me fez passar, sou eu que recebo avisos? — falei.
— Porque você está vai embora no verão — disse Henry. — Você começou a ficar com Digby mesmo sabendo que nem vai passar muito mais tempo aqui?
— É meio errado mesmo — concordou Sloane.
— Eu ainda nem decidi se vou.
Todos os três disseram:
— É claro que vai.
— Por que ainda está fingindo que não? — perguntou Sloane.
— Digby gosta de você há tanto tempo que nem liga para como vai ficar mal quando você for embora — disse Henry.
Felix apontou o dedo para mim.
— Mas nós ligamos. Então, por favor. Tome cuidado.
Não fui a única a notar o tom estranhamente intenso de Felix, porque Henry perguntou:
— Felix, você está bem?

— É. Eu sei que você está preocupado com Digby, mas... — falei. — Isso foi um pouco exagerado.
— Então vocês não estão mais brigados? — perguntou Sloane.
— Brigados? — perguntei. — Ah, por causa daquela história com a Bill? É, Digby e eu nos resolvemos... acho. Ainda me incomoda eu ter deixado Bill me irritar. Acho que ela saiu por cima dessa.
— Você acha que Bill saiu por cima? — Sloane bufou. — O mundo finalmente percebeu que ela só usa as pessoas e agora ninguém quer ficar perto dela. Sobre o que ela vai escrever agora?

Digby saiu da cozinha ainda limpando o paletó e demorou um pouco para perceber o clima estranho. Quando notou, ele perguntou:

— O que foi agora?
— Nada — dissemos todos nós.
— Bem, *obviamente* não é nada — disse ele.

E aí Felix caiu de cara no balcão.

— Felix? — perguntou Digby. — Você está bem?

Ele continuou deitado com o rosto escondido nos braços cruzados, mas fez um sinal de positivo com o polegar.

— Tem certeza, amigo? — perguntou Digby. — Quer que eu pegue alguma coisa para você?

E então eu entendi.

— Ah... — falei. A agitação, as explosões de hostilidade súbitas, o suor... — Você acha que é por causa do café?

— Devia ter seguido sua regra, cara. "Cafeína? Tô fora!"? — perguntou Digby. — Você só toma Sprite por um bom motivo.

— Acho que você está tendo uma fadiga pós-cafeína, Felix — falei.

Ele se endireitou e pôs o dedo no próprio pulso.

— Hum. Estou exausto e me sinto inútil e incrivelmente triste.

— É bem por aí mesmo — falei. — Você precisa de mais café.

— Então, a resposta é mais café? — perguntou ele.

— É sempre a resposta — disse Sloane.
— Acho que estou começando a entender o modelo de negócios da Starbucks — comentou Felix.
— É por isso que nem chego perto dessas coisas — disse Henry. Quando me viu começando a servir uma xícara para Felix, ele disse: — *Não*. Não, não, não. Não faça isso. Ele precisa mesmo é de uma soneca. — Henry fez um gesto para Felix, chamando-o: — Vem comigo, cara. Você pode tirar uma soneca no sofá do escritório do meu pai.
— É o famoso sofá da família Petropoulos? — perguntou Digby.
— Famoso? — disse Felix. — Por que famoso?
— Os Petropoulos têm oito filhos, mas trabalham nesta lanchonete noite e dia. Onde você acha que a mágica acontece? — perguntou Digby.
— O quê? — disse Felix.
— Rá, rá, muito engraçado — disse Henry. — A mágica acontece à moda antiga. Em uma cama, no escuro...
— Depois de rezarem? — perguntou Digby.
Henry colocou o braço em volta de Felix e disse:
— Não dê bola pra ele. Digby está sendo um idiota como sempre.
— Uma soneca seria uma boa — disse Felix.
Os dois foram para os fundos.
Sloane esperou até que a porta da cozinha se fechasse antes de dizer:
— Estou prestes a queimar este lugar. — Ela fez um gesto desdenhoso apontando para o balcão. — Este lugar *não* vai ser a minha vida.
— Então você vai ter um problema, minha amiga, porque Henry adora *este lugar*. — Eu imitei o gesto condescendente ao apontar ao redor.
— Foi o que eu quis dizer. Ele nunca desistiria daqui — disse Sloane. — Mas só preciso de um fósforo.

De repente, houve uma batida forte no vidro da porta. Nós nos viramos e vimos o Sr. Sibilante parado do lado de fora. Quando ele nos viu olhando em sua direção, gritou:
— Preciso pegar algo que esqueci.
Sloane sorriu para mim.
— Talvez ele tenha voltado pelos cinco dólares. — Ela pulou do banco e disse: — Eu vou lá.
Ela pegou as chaves de Henry no caixa e foi até a porta, destrancando-a.
— Desculpe. A gente já fechou, então você vai ter que ser rápido...
Digby e eu não conseguimos ver exatamente o que estava acontecendo porque Sloane estava parada em um ângulo que bloqueava nossa visão do Sr. Sibilante, mas a maneira como ela congelou de repente e pôs as mãos para cima disse tudo.
O Sr. Sibilante entrou, empurrando Sloane à sua frente até encurralar nós três atrás do balcão. Acho que estávamos todos olhando para a faca que ele segurava, porque o Sr. Sibilante disse:
— Vocês devem estar pensando... provavelmente só um de nós vai ser esfaqueado antes que um dos outros consiga arrancar a faca dele, e vocês estariam certos... porém...
A porta da cozinha se abriu e Silk entrou segurando uma pistola.
— Queridaaa, cheguei. — Ele apontou a arma para nós. — Estavam com saudades?
Sloane chegou mais perto de mim quando Silk lançou um olhar malicioso para ela.
— Qual é o plano, Silk? — perguntou Digby. — Quer se divertir um pouco antes de sair da cidade? Aposto que não vão procurar muito por um traficante de drogas qualquer, mas nunca vão parar de te perseguir se acrescentar cinco assassinatos à sua ficha criminal.
Silk apontou a arma para Digby.
— Talvez eu mate só *você*, então.

— Ei — disse o Sr. Sibilante para Silk. — Você precisa se concentrar.

Irritado porque Digby obviamente o deixara abalado, Silk disse:

— Não tenho medo da cadeia. Todos os meus amigos estão lá.

— Ah, é? Seu amigo aqui não parece tão animado com a ideia. — Digby se virou para o Sr. Sibilante. — E quanto tempo até o dinheiro acabar? Como vão dividir?

O sorriso do Sr. Sibilante sumiu.

— Que dinheiro? — O Sr. Sibilante se aproximou de Silk. — Você não disse que este lugar tinha dinheiro.

— Eu não sabia de dinheiro nenhum — disse Silk. — Cadê esse dinheiro?

Ele cutucou Digby com a arma.

— Você não se lembra do que falei sobre planejamento? Vamos seguir o plano — disse o Sr. Sibilante. — De qualquer maneira, o garoto deve estar mentindo. Olha só para este lugar. Quanto dinheiro pode ter aqui?

Digby abriu um sorriso convencido para Silk e disse:

— Eu sei que tem pelo menos dez mil no cofre porque o fornecedor de carne só aceita dinheiro.

— Você não sacou o que ele está fazendo? — perguntou o Sr. Sibilante. — Não vai se perguntar por que ele está ajudando tanto? O que ele está tramando?

— A gente com certeza precisa do dinheiro — disse Silk.

— Soltem os outros e eu abro o cofre — disse Digby.

— Não faça isso — mandou o Sr. Sibilante.

— Nós precisamos do dinheiro. Você consegue abrir o cofre?

— Quando Digby assentiu, Silk disse: — Vamos lá então.

Eu estava com medo, claro. Mas quando vi a cara de tédio de Digby, fui tomada por uma sensação totalmente irracional e injustificável de que tudo ficaria bem.

— Ei, Princeton — disse ele. — Você vai ficar bem aqui?

— Quando assenti, ele completou: — Lembre-se, Princeton.

Segurança em primeiro lugar. Não faça nada que eu faria. — E então ele deixou Silk empurrá-lo cozinha adentro.

O que ele faria?

Segurança em primeiro lugar. Felix tinha dito isso. O que mais ele disse? O polidor de metal nos trapos? Não. A máquina de refrigerante vazando? Não. Talvez? Mas eu não sabia como. O fio desencapado. Sim. Como? Era o fio da caixa registradora. Da caixa registradora cheia de dinheiro. Sim. *Isso* é o que ele faria.

O Sr. Sibilante abriu a geladeira das tortas e pegou uma fatia da de cereja com a mão.

— Você quer um prato? — perguntou Sloane.

Eu tinha que reconhecer. Mesmo sob estresse, ela continuava sendo cem por cento Sloane.

O Sr. Sibilante olhou feio para nós.

— O que você disse?

— Olha. É melhor você saber... nenhum de nós sabe abrir o caixa — falei.

O Sr. Sibilante se virou para a caixa registradora e apertou o botão de abrir algumas vezes.

— Não está ligado — disse. Então apontou para mim e mandou: — Coloca na tomada.

Enquanto me aproximava do plugue, pensei em tudo o que aconteceria nos próximos segundos. Liguei o fio na tomada e, como pensei que ele faria, o Sr. Sibilante abriu o caixa e imediatamente se ocupou tirando o dinheiro das gavetas.

O que eu não havia previsto, porém, era a distância que ele manteria da parte do fio exposta. Mas então ele começou a vasculhar na parte de baixo, murmurando:

— Cadê a caixa de depósito de dinheiro...?

Foi então que eu soube que precisava me preparar e aproveitar a chance que estava prestes a ter. Por um momento, fiquei com medo de que talvez nem todo metal fosse condutor de eletricidade, mas quando o Sr. Sibilante largou a torta e apoiou a mão no balcão para se abaixar e procurar direito, decidi que a melhor maneira de descobrir era testando.

Encostei o fio faiscante na faixa de metal que contornava o balcão. A princípio, não dava para saber se alguma coisa estava acontecendo. O Sr. Sibilante se levantou bruscamente e ficou ereto, segurando o balcão à frente com as mãos e olhando para o vazio com uma careta. Porém, depois de mais alguns segundos imóvel, um vapor começou a subir de seus sapatos de lona encharcados e da poça de líquido que havia se formado ao redor de seus pés devido ao vazamento da máquina de refrigerante.

E então, por fim, a própria caixa registradora começou a soltar fumaça e chiar, e com um estalo alto, o feitiço foi quebrado. O Sr. Sibilante bateu de cara no teclado e desabou no chão.

— Ele...? — perguntou Sloane.

O cheiro de cabelo queimado não era um bom sinal. Desliguei a caixa registradora da tomada e dei um chute nas costelas de Sr. Sibilante. Nada.

— Você...? — começou Sloane.

Se alguém tivesse me perguntado um segundo antes de ouvirmos o tiro na cozinha se eu achava que meu coração poderia bater mais rápido do que já estava batendo, eu teria dito que não. Mas, ao que parecia, havia um nível mais alto de pânico até então desconhecido. Sloane e eu corremos para as portas de vaivém.

Entramos na cozinha, onde vimos Digby e Silk lutando pela pistola. Eles estavam no corredor estreito entre a bancada e a grelha, a arma erguida entre os dois. Eles se viraram quando nos ouviram entrar e eu vi seus braços baixarem.

Eu sabia o que estava prestes a acontecer, então puxei Sloane para baixo da bancada de preparação ao meu lado. Assim que nos escondemos, a arma que eles estavam disputando disparou. Uma pilha de pratos empilhados em uma prateleira acima de nossas cabeças foi estilhaçada. Silk e Digby ainda estavam lutando quando voltei à bancada para dar uma olhada. Peguei uma panela, joguei-a em Silk e a vi acertar a cabeça dele e depois ricochetear e acertar Digby também. Os dois caíram. Eu ouvi a arma cair no chão e deslizar para longe.

Do outro lado da cozinha, ouvimos um barulho abafado e gritos vindos do frigorífico.

— Henry e Felix — disse Sloane. — Vou soltar os dois.

Enquanto Sloane fazia isso, fui para o outro lado da bancada sob a qual tínhamos nos escondido e encontrei Silk e Digby caídos no chão, atordoados. Eu tinha acabado de me abaixar para ver como Digby estava quando de repente ele foi se sentar e bateu com a testa bem no meu rosto. Meu nariz explodiu em uma dor que logo envolveu minha cabeça inteira.

Digby e Silk começaram a rastejar em direção à arma que havia deslizado para o final do corredor. Agarrei o tornozelo de Silk e levei um chute forte no pulso.

Quando Silk e Digby chegaram perto o suficiente para tentarem pegar a pistola, uma mão se estendeu do outro lado da grelha e a agarrou. Felix. Ele apontou a arma para Silk.

CAPÍTULO VINTE

— Você sabe como isso funciona, tampinha? — perguntou Silk.
Felix levantou a arma e disparou para o teto. Acho que o barulho da bala ou o coice do tiro o surpreendeu, porque ele gritou um pouco e depois comemorou.
— Eu *não* vou fazer faculdade!
— O quê? — disse Silk.
Digby, ainda de pé atrás de Silk, limpou o reboco do teto que havia caído em seu blazer e disse:
— Cuidado com isso, Felix.
Sloane e Henry se aproximaram. Ele estava com um corte enorme na bochecha.
— Ai, meu Deus, Henry — falei. — Você se machucou.
— Estou bem — disse ele.
— Cadê o outro cara? — perguntou Digby.
— Zoe matou ele — respondeu Sloane.
— O quê? — perguntou Digby.
— Você matou um cara no restaurante? — perguntou Henry.
— Você matou meu pai? — perguntou Silk.
— Seu *pai*? — perguntei.
— Ahhhhhh… — disse Digby. — É *por isso* que ele era tão familiar.
— Que cara? — perguntou Henry.
— O esquisito da gorjeta — falei. — Lembra? Que tomou o café?

— O que houve? — perguntou Digby.

— Zoe fritou o homem com o fio desencapado da caixa — explicou Sloane.

— Você o quê? — perguntou Digby. — Você podia ter morrido. Por que fez isso?

— Como assim? — perguntei. — Você que me mandou fazer isso!

— Eu *o quê?*

— Você disse: "Segurança em primeiro lugar. Não faça nada que eu faria" — lembrei.

— E...?

— Achei que fosse um código.

— Eu disse "Não faça nada", mas você achou que eu estava dizendo "Ataque o criminoso armado e perigoso"? — Quando assenti, Digby completou: — Nossa. Eu te deixei bem maluca mesmo.

— A gente devia ligar para a emergência — disse Henry.

— Espera — pediu Digby. — Vamos pensar no que dizer primeiro. Como a gente vai explicar isso para a polícia?

A gente se entreolhou, esperando que alguém tivesse uma resposta, mas depois de um longo momento ficou claro que todos estavam em choque.

— Então quer dizer que tem um cadáver lá fora? — disse Felix. — Espera aí. A gente tem certeza de que ele está morto?

— Na verdade, eu não conferi — falei.

— Bem, o que aconteceu exatamente? — perguntou Felix.

— Eu encostei o fio desencapado no metal no balcão enquanto ele estava apoiado nele — expliquei. — Ele meio que ficou paralisado e então...

Sloane suspirou.

— Vou lá olhar — disse. — Mas senti cheiro de cabelo queimado. Tenho quase certeza de que ele morreu.

Felix ainda estava com a arma apontada para Silk enquanto Henry vasculhava uma gaveta de aventais murmurando algo sobre encontrar um para amarrar Silk.

— Pena que você não fritou este aqui também. — Felix apontou a arma para Silk. — Seria mais fácil de explicar morto do que vivo.

— Opa, opa, opa... — disse Digby. — Felix, olha lá para onde você aponta essa coisa.

Foi então percebi que Felix estava sozinho nos fundos da cozinha, isolado do resto de nós por Silk. E ele estava começando a se aproximar.

— Felix, você quer me dar isso? — Digby gesticulou para a arma.

Mas ele estava distraído, pensando em voz alta.

— Sabe, não é a voltagem que mata. É a amperagem. Hummm... o balcão é de alumínio... tem o quê? Trinta e seis? Trinta e sete por cento de condutividade? — Felix ficou aflito e perguntou: — Cadê a Sloane?

— Ela saiu — falei.

— Alguém vai atrás dela — disse Felix. — Acho que aquele sujeito *não*...

A porta se abriu e o pai de Silk entrou, os olhos arregalados e o nariz sangrando, arrastando Sloane atrás de si.

— Eu falei para você que não seria fácil de se livrar desses garotos — disse o Sr. Sibilante.

Felix empunhou a arma com mais força e mandou:

— Não se mova.

O pai de Silk empurrou Sloane na nossa direção e disse:

— Filho, pega sua arma de volta. — Ele ainda tinha a faca.

Felix reajustou o aperto na pistola mais uma vez enquanto Silk continuava se aproximando. O restante de nós, parado entre Silk e o pai, não poderia fazer muito por Felix se Silk chegasse perto o suficiente para tentar tomar a arma.

Mas Digby tentou assim mesmo. Ele pulou nas costas de Silk no instante em que ele chegou perto o suficiente para pegar Felix e a arma.

Enquanto isso, Henry, Sloane e eu nos voltamos contra o pai de Silk. Henry atacou primeiro, usando o avental que estava segurando para golpear a mão do homem. O movimento o pegou de surpresa, e a faca saiu voando pela cozinha. Sloane e eu estávamos encurraladas atrás de Henry. O corredor era estreito demais para conseguirmos nos posicionar de maneira útil, então só ficamos olhando enquanto Digby e Felix lutavam com Silk em uma extremidade do corredor e Henry e o pai de Silk travavam um cabo de guerra com o avental na outra.

De repente, então, a arma voou das mãos de Felix, passou por Sloane e por mim, pousou na grelha, quicou de um lado para o outro e por fim caiu dentro da fritadeira. Imediatamente começamos a ouvir um crepitar alto.

Todos nós arfamos de surpresa. As duas brigas separadas pararam de repente. Nós sete corremos e nos abaixamos do outro lado da bancada.

Mas aí... Nada.

Finalmente, Digby relaxou e disse:

— Hum. Acho que esse mito falhou no teste...

E foi aí que começou. Os dois primeiros tiros atingiram as prateleiras com os pratos já quebrados. Durante o breve silêncio que se seguiu, a porta da cozinha se abriu e Art e Jim entraram correndo, as próprias armas em punho.

Art viu todo mundo encolhido no chão e perguntou:

— O quê...?

— Por que vocês demoraram tanto? — perguntou Digby.

E então a cozinha explodiu com os estampidos altos das outras balas disparando. Art e Jim se abaixaram ao nosso lado até que a arma de Silk se esvaziou.

Mas, como no Planeta Digby a confusão nunca termina, nós nos levantamos e vimos o fogo dançando na superfície engordurada da fritadeira. E pior, a fritadeira tinha sido perfurada pelas balas e agora vazava óleo quente no chão. Em segundos, as chamas tomaram a grelha e começaram a se espalhar pelas outras bancadas. Henry correu até o fogo e tentou apagá-lo com o avental que segurava, mas era óbvio que não adiantaria de nada.

Sloane saiu da cozinha enquanto Felix pegava o telefone e ligava para a emergência. Silk e o pai tentaram fugir, mas Art os deteve. Jim tirou o casaco e tentou abafar as chamas no balcão perto dele.

— Princeton — chamou Digby.

Ele me passou uma caixa de sal e pegou um saco de farinha. Tentamos jogar alguns punhados nas chamas, mas o fogo estava se espalhando rápido demais. Foi só quando Sloane voltou com o extintor químico que passamos a ter uma chance de conter o incêndio.

Por fim, Sloane apagou a maior parte do incêndio e as pequenas chamas que às vezes irrompiam dos aparelhos fumegantes eram facilmente apagadas por rajadas do extintor.

Art apontou a arma para Silk e o pai e disse:

— Esses dois idiotas ficaram na esquina gritando um com o outro que estavam vindo matar todo mundo aqui.

— E vocês esperaram quinze minutos antes de resolverem checar se a gente estava bem? — perguntou Digby.

— A gente estava prestes a entrar, mas... — Art apontou para mim e sorriu. — Parecia que ela estava com tudo sob controle.

Quando ouvimos as sirenes dos bombeiros se aproximando, Digby disse:

— O quê? Você ligou para a emergência há menos de cinco minutos.

— O quartel fica na próxima esquina — disse Henry.

As sirenes estavam ficando mais altas.

— Digby — falei. — A gente deixa eles irem embora? Apontei para Silk e o pai.

— Deixar eles irem embora? — perguntou Art. — Por que você faria isso?

Digby pensou por um momento antes de responder:

— Se eu entregar a De Groot o que ele quer, será que ele daria a esses dois idiotas dinheiro e documentos para saírem da cidade e não voltarem mais? — Em vez de descobrir o que aconteceu com sua irmã? — perguntou Art. — Esse não é o acordo original.

— Eu sei — disse Digby. — Estou pedindo para mudar o acordo.

— Então você está dizendo que vai desistir de descobrir o que aconteceu com sua irmã se tirarmos esses dois da cidade? — perguntou Art.

— Isso mesmo.

— Digby! — falei. — Você sabe o que está fazendo?

— Espera, não. Você não pode fazer isso! — disse Henry.

— Henry, me escute — disse Digby. — Se eu não me livrar desses dois, eles nunca vão parar de tentar te pegar. Seus minúsculos cérebros de lagarto nunca vão desistir. E você não pode passar o resto da vida com medo.

— Digby... — disse Henry. — Você não pode fazer isso.

— Claro que posso. Quando você me perguntou o que deveria fazer, fui eu quem disse que não deveria deixá-los escaparem impunes. Eu fiz isso com você. Então me deixe fazer isso *por* você. Quero mudar o acordo.

Art e Jim trocaram olhares que pareceram felizes demais. Achei suspeito. A sensação de que havia algo de errado naquela história ficou ainda maior mais quando Art sorriu e disse:

— Acordo fechado.

— Acordo fechado? Você não precisa dar nenhum telefonema? Perguntar ao seu supervisor? — perguntei. — É simples assim? Acordo fechado e pronto? — Eu me virei para Digby. — Você está vendo isso?

Art olhou para mim e disse:

— Ele gostou do combinado. — Ele agarrou Silk pela nuca e disse: — Ou você prefere discutir isso depois que a polícia chegar?

— Combinado. — Digby cutucou o pai de Silk para que ele se levantasse e disse: — Vamos lá.

Art trouxe o carro até os fundos da lanchonete e forçamos Silk e seu pai a entrarem no porta-malas do sedã. Depois que Digby e eu nos sentamos no banco de trás, Art passou em frente à lanchonete.

— Devagar — pediu Digby.

Art parou e observamos Henry conversar com os bombeiros por um momento.

— Está bem. Vamos.

Sloane e Felix estavam ao lado de Henry e, quando passamos, Sloane levantou a mão para nós disfarçadamente. Ela murmurou um "Obrigada". A Rainha de Gelo entendia exatamente o sacrifício de Digby. Talvez ainda houvesse esperança para ela.

CAPÍTULO VINTE E UM

Silk e o pai passaram um tempo batendo no porta-malas e gritando, mas ficaram em silêncio depois que Art parou o carro, abriu o porta-malas e Jim os silenciou com alguns socos caprichados. Depois disso, pegamos a rampa de acesso da rodovia na expectativa de um passeio tranquilo até o covil do De Groot no topo da colina. Ou assim imaginamos.

— Este não é o caminho para Bird's Hill — disse Digby.
— Precisamos fazer uma parada — declarou Art.
— Oi? — perguntou Digby. — Não vou entregar nada a ninguém, só ao próprio De Groot.
— Relaxa, garoto — disse Jim. — Não vai demorar muito.
— Pare o carro — ordenou Digby.
Art suspirou, mas obedeceu. Ele se virou no banco e disse:
— Digby, sei que você não tem motivo para confiar na gente. Mas, como eu disse... sou o amigo que você não sabia que tinha. Estamos te levando exatamente para onde precisa ir. Pode ser paciente?
— Estamos no meio do nada em um carro que não estou dirigindo — disse Digby. — Não tenho muita escolha.
Art voltou para a estrada.
Cheguei para perto dele e sussurrei:
— Digby? Tem certeza?
Ele manteve a cabeça voltada fixamente para a janela enquanto segurava minha mão com força.

Art olhou para nós pelo retrovisor e perguntou:
— Então, hã... vocês dois estão... juntos agora?
— Até que enfim... — comentou Jim.
— Oi? — perguntei.
Jim explicou:
— Ele quis dizer, é oficial? Porque vocês dois ficam o tempo todo...
— Há quanto tempo vocês estão nos observando? — perguntei.
— Nós acompanhamos sua novelinha desde que Digby voltou para a cidade. Mas hoje foi a primeira vez que vimos vocês se beijarem na frente dos seus amigos — disse Art. — Que, aliás, não pareceram nada felizes com isso.
— É verdade, por que isso? — perguntou Jim.
— Deve ser porque Zoe vai embora ano que vem. Ela entrou em uma escola muito boa. Em Nova York — respondeu Digby.
— Ainda nem decidi se vou — falei.
— O quê? Claro que vai — disse Art.
— E você não devia enganá-lo dizendo que não vai quando sabe que vai — disse Jim.
— Não me sinto confortável em ter essa discussão com vocês dois — falei. — Especialmente porque ainda nem sei se, no momento, estou sendo sequestrada.
— Só estou dizendo que você não devia mentir se já sabe que vai embora — disse Jim. — Que nem quando ficou enrolando aquele cara.
— Austin — disse Art.
— É. Austin — disse Jim. — Pobrezinho.
— Com licença. O "pobrezinho" me largou para ficar com a minha suposta amiga — falei.
— Estava na cara que isso ia acontecer — disse Jim.
Art riu.
— Ah, é? Então como é que não estava na cara que isso ia acontecer quando sua esposa te traiu?

— Mas é isso que estou dizendo. Austin ficou com Allie porque você vivia fugindo com Digby. E, agora que está com Digby, você vai fugir para Nova York — disse Jim. — Você é emocionalmente indisponível. Que nem eu era com a minha esposa.

— Rapaz — admirou-se Art. — O Jim divorciado conhece um monte de palavras complicadas.

— Vocês dois são esquisitos. Têm orgulho desse trabalho, é? De ficar espionando adolescentes? — perguntei.

— O chefe manda, a gente obedece — respondeu Art. — Mas vocês dois parecem uma novela. Ninguém pode culpar a gente por acabar interessado.

— E *por que* ele pediu para vocês nos vigiarem? Se já sabe que vou dar o que ele quer? — perguntou Digby. — Era para vocês arrancarem as informações de mim para ele não precisar cumprir sua parte do acordo? Estou aqui agora, por que não estão tentando fazer isso?

Art e Jim apenas se entreolharam.

— O chefe não mandou a gente vigiar você. Na verdade, provavelmente seria melhor não mencionar que a gente conversou antes de hoje, está bem? — Art disse. — Por favor. Só ouça o que ele tem a dizer.

— Ele sabe que a gente está a caminho? — perguntou Digby.

— Eu não vi você ligar nem nada do tipo.

— Ele sabe que a gente está a caminho — disse Art.

Continuamos em silêncio por mais um tempo até Digby dizer:

— Preciso ir ao banheiro.

Ele me cutucou nas costelas várias vezes, até que eu também disse:

— Eu também preciso ir ao banheiro.

E precisava mesmo, na verdade.

— São só mais vinte minutos. Vocês não podem esperar? — perguntou Jim.

— Olha, toda essa empolgação mexeu com um monte de coisas aqui dentro — disse Digby. — Preciso que a gente pare *agora*.

— Eu tenho uma garrafa de água vazia que você pode usar — disse Art, e então riu.

— Não vai ser fácil de colocar em uma garrafa de água — retrucou Digby. Pegamos a próxima saída.

⁂

Nós paramos em um posto de gasolina e saímos do carro.

— Espera aí. Este lugar está fechado — falei. — Como vamos conseguir as chaves do...

Tanto Art quanto Jim pegaram suas ferramentas de arrombamento.

— É por isso que sempre levamos nossas próprias chaves para todos os lugares — disse Art. — Ei, Digby. Cadê a sua? Eu *sei* que você também tem.

Andando um pouco à frente, Digby apalpou os bolsos, dizendo:

— Ah, droga, acho que as minhas caíram... — E abruptamente deu meia-volta e colidiu com Art. Digby cambaleou para trás, desculpando-se. E então sua mão saiu do bolso, segurando suas ferramentas de arrombamento. — Ah, desculpa. Eu tinha mudado de lugar.

Quando chegamos às portas dos banheiros, Digby começou a arrombar a fechadura do feminino. Jim abriu a porta do banheiro masculino em um piscar de olhos e riu quando viu que Digby estava tendo dificuldades para abrir a minha.

— Vamos lá, garoto. Não quer impressionar a namorada? — perguntou Jim enquanto ele e Art abriam a porta do banheiro masculino.

— Aham — disse Digby. — Estou quase lá.

Assim que a porta do banheiro masculino se fechou atrás de Art e Jim, porém, Digby largou a fechadura e correu em direção às bombas de gasolina.

— O que você está fazendo agora? — perguntei.

Observei-o desmontar a armação de metal da placa no meio-fio que anunciava os preços da gasolina. Ele voltou com duas das hastes mais grossas e as deslizou pela barra da maçaneta da porta do banheiro masculino, de modo que elas atravessavam a abertura da porta. Art e Jim não conseguiriam abri-la por dentro.

— É um truque antigo, mas funciona — disse Digby.

— O que a gente vai fazer? — perguntei, embora já soubesse.

— Vamos embora — disse ele.

Digby voltou para o carro, tirou do bolso as chaves do carro de Art e destrancou a porta do motorista.

— Você agora bate carteiras?

— Felix me ensinou — disse Digby.

— Mas eu preciso mesmo fazer xixi — falei.

— Isso não vai segurá-los por muito tempo. — Digby apontou para as portas do banheiro.

E era verdade. Art e Jim já estavam puxando a porta, tentando soltar as hastes. Então entrei no carro e Digby pisou no acelerador.

::::

A estrada sinuosa subindo até a propriedade do De Groot em Bird's Hill era absolutamente aterrorizante à noite. Não só não havia postes de luz como a primavera havia chegado e as copas recém-renascidas das árvores bloqueavam as curvas adiante, então nossos faróis só conseguiam iluminar alguns metros à frente do carro. Mas, claro, isso não impediu Digby de pisar fundo de qualquer maneira.

Eu teria reclamado por ele dirigir tão rápido, mas estava com medo de atrapalhar sua concentração. Quando chegamos à reta final até o portão principal da mansão, minhas mãos estavam suadas e fazendo o couro do assento ranger.

— Hum, Digby... — falei. — Não seria melhor diminuir a velocidade?

A guarita do guarda não tinha ninguém, nenhuma das luzes da frente da casa principal estava acesa e o portão era uma sólida parede de ferro de cinco metros.

Mas Digby manteve a velocidade e disse:

— Coloca o cinto de segurança, Princeton. Estamos indo com tudo.

Eu me preparei para o impacto, mas então olhei para baixo e vi um cartão-chave laranja sem identificação no painel central. Eu ergui o cartão e gritei:

— Digby!

Ele pisou no freio e paramos com os faróis dramaticamente próximos do portão. A agonia do cinto de segurança apertando minhas costelas de repente quando fui lançada para a frente me deixou extremamente grata por não termos tentado atravessar o portão.

Ao meu lado, Digby engasgou e apertou as costelas.

— Você está bem?

— Estou — falei. Entreguei o cartão para ele. — Tenta isso primeiro.

Chegamos tão perto de bater que Digby teve que dar ré para chegar ao leitor de cartão do controle do portão.

Quando o portão se abriu, Digby se virou para mim e comentou:

— Bem, essa parte acabou sendo muito mais fácil do que imaginei que seria. — Quando passei um tempo ainda em silêncio, ele acrescentou: — O quê? Ficou tão assustada que não está falando comigo?

Balancei a cabeça e acenei com a mão.

— Estou bem. É só que... meu peito está doendo... e ainda preciso fazer xixi.

Chegamos ao fim do caminho, paramos na entrada da casa principal e Digby desligou o motor. Havia luzes acesas em algumas das outras construções secundárias, mas a residência principal estava totalmente apagada.

— Art não falou que De Groot sabia que estávamos chegando? — questionou Digby.

— O que você quer fazer? — perguntei.

— Bem, pensei em tocar a buzina e acordar esses idiotas.

— Talvez a gente devesse esperar um pouco antes de chegar a esse nível de agressão.

Digby e eu saímos do carro e subimos os degraus até a porta. Depois de procurar por um tempo, ele disse:

— Acho que faz sentido... Por que teria uma campainha na porta se há segurança na frente durante o dia? Será que é melhor bater? Está tarde, mas não tanto assim.

A palavra *tarde* me fez perceber que não tinha avisado minha mãe que não voltaria direto para casa depois de mandar uma mensagem para ela da lanchonete.

— É, mas sabe-se lá que horas esse cara vai dormir. Ele parecia muito doente.

Mandei uma mensagem para minha mãe dizendo: "Até daqui a pouco."

Minha mãe respondeu na mesma hora: "Seu pai quer conversar sobre a Prentiss hoje à noite. Que horas vc volta para casa?"

— Argh, caramba, não estou com a menor paciência para isso — falei.

— O que foi? — disse Digby.

— Minha mãe. Fingindo que não está interferindo ao fingir que não contou ao meu pai sobre a Prentiss para ele poder ser o vilão e me obrigar a ir — falei. — Nem vem. Isso está ficando irritante.

— Claro que você vai.

— Tão irritante — falei. — Ai, meu Deus. Acabei de pensar em uma coisa.

— O quê? — disse ele.
— Silk e o pai dele ainda estão no porta-malas — falei. — Sabe, a gente provavelmente teria matado os dois se tivéssemos atropelado aquele portão.

Digby pareceu chocado.

— É engraçado como em um momento esses dois sujeitos eram uma questão de vida ou morte pra gente e, alguns minutos depois, passaram a ser potenciais corpos em um porta-malas — comentou. — Eu sinto que é uma metáfora para a vida ou algo assim.

— Literalmente nenhuma pessoa normal se identificaria com essa metáfora — falei. — Você acha a gente devia ver como eles estão?

— Não, a menos que você queira correr no escuro perseguindo os dois criminosos homicidas que vão nos atacar quando eles escaparem porque abrimos o porta-malas — disse Digby. — Lembra do que a gente fez com o último cara que enfiou a gente em um porta-malas e depois cometeu o erro de abri-lo?

— Certo — falei. — Vamos encontrar alguém para abrir a porta.

Digby e eu descemos os degraus e começamos a andar até que encontramos uma janela entreaberta do outro lado da construção.

— Arrá — disse ele.

— "Arrá" o quê? Você provavelmente vai disparar o alarme — falei.

— Bem, policial, eu teria tocado a *campainha*, mas não tinha nenhuma na casa — disse Digby. — Tive que me contentar com o doce som do alarme de segurança.

— Talvez seja melhor deixar eu falar quando eles nos prenderem — falei. — Desta vez.

Ajudei Digby a empurrar um vaso de concreto para que pudéssemos escalar até a janela que acabou sendo da sala de jantar formal pela qual tínhamos passado da última vez que estivemos na casa.

Digby pegou um cacho de uvas e duas maçãs do centro da enorme mesa de jantar.

— Isso é de verdade? — perguntei.

— Em um lugar elegante como este? — Digby mordeu uma uva, mas imediatamente a cuspiu na parede com tanta força que tive que me abaixar para a bolota não me acertar na cabeça na volta. — Não.

Seguimos pelos corredores acarpetados e refizemos nossos passos até o anexo do hospital branco parecido com uma nave espacial onde havíamos encontrado De Groot na semana anterior. Quando chegamos à antessala do quarto do De Groot, parei Digby e disse:

— Espera aí. Eu preciso ir ao banheiro.

— Sério, Princeton? *Agora?*

— Na verdade, eu já precisava fazer xixi uma hora atrás, mas você não me deixou.

— Isso não vai demorar muito — disse Digby. — E, sinceramente, não sei que tipo de trauma eu sofreria se eles nos pegassem no banheiro e nos expulsassem antes que eu conseguisse falar com De Groot.

— E o que você vai dizer, exatamente? — perguntei.

Quando ele me lançou um de seus olhares, eu completei:

— Só não acho que você devia entrar lá e ter um surto aleatório, só isso.

Digby respirou fundo e disse:

— Está bem. Eu vou dizer... Aqui está o que você procurou todos esses anos... — Ele tirou do bolso do terno a fita magnética que Felix havia copiado para ele. — E o que eu quero em troca é o seguinte... — Eu sinceramente não sabia se ele teria forças para dizer a próxima parte. — Preciso que você dê novas identidades e dinheiro para duas pessoas saírem da cidade.

— Você está tranquilo com essa decisão? — perguntei. — Ajudar Henry? Em vez de encontrar Sally?

— Estou. Mas eu precisava ter certeza.

— Você está me dizendo que está cem por cento tranquilo em chegar até aqui e não descobrir o que aconteceu com sua ir...?

— Assim você me mata, Princeton — interrompeu ele. — Você está do meu lado ou não?

CAPÍTULO VINTE E DOIS

Digby abriu a porta. Quando entramos no quarto do De Groot, ocorreu-me mais uma vez que era incrível o que o dinheiro podia fazer. O conjunto de equipamentos médicos do ricaço era mais branco do que a neve, iluminado pelo vários monitores de LED na sala. Tudo era curvo e sem bordas afiadas e projetado para parecer um ovo. Os ovos serem a inspiração da decoração era o extremo oposto semântico do que acontecia com De Groot no momento: a morte e a decadência.

O corpo do velho De Groot, deitado em uma pilha de travesseiros e dormindo com a boca aberta, não parecia enganado pelas promessas de seus equipamentos. O sujeito estava com uma cara péssima.

— Ele... parece... — começou Digby.

— Uma passa atropelada — completei.

Ele assentiu.

Ficamos observando De Groot dormir, as máquinas apitando a única pista de que ele não estava morto. Depois de um tempo, porém, não consegui mais aguentar.

— Foi mal. Eu sei que este é um momento importante, mas vou fazer xixi nas calças. — Apontei para o banheiro da suíte.

— Espera aqui.

A decoração do banheiro combinava com a estética do quarto. Infinitos tons de branco, barras de apoio e faixas antiderrapantes no chão, e o que só podia ser chamado de trono de mármore branco no meio de um box do tamanho de um quarto de hóspedes normal. Até o vaso sanitário se dava ao trabalho de ser complicado, mas eu já tinha visto aquela engenhoca em particular antes porque, como grande parte dos Estados Unidos, eu secretamente acompanho a vida das Kardashians.

Eu tinha acabado de usar o banheiro e lavar as mãos quando meu celular tocou. Era o meu pai. Talvez eu estivesse me sentindo um pouco invulnerável depois de ter passado por um dia como aquele, ou talvez a euforia da minha selfie incrível no espelho tivesse formado uma combinação tóxica com minha exaustão — sei lá, cara —, mas por algum motivo louco, decidi atender a ligação em vez de ignorá-lo.

— Alô.

— Zoe? Onde você está? — perguntou meu pai.

— Hum... — Subi no trono de mármore do banheiro do De e fechei a porta do box para ter um pouco de privacidade. — Estou em um banheiro.

— Por que você ainda não está em casa? São quase onze horas. — Mas seu tom beligerante mudou na mesma hora. — Comemorando, imagino. Mas enfim. Parabéns. — Ele pigarreou. — Imagino que Shereene e eu vamos ver você com muito mais frequência no ano que vem.

No momento minha vontade de fazer aquela palhaçada de eu-não-decidi-ainda-se-vou e claro-que-você-vai com ele era nula, então apenas fiz um murmúrio que não dizia nada e deixei o momento passar.

— Você vai morar com a gente, é claro — completou ele.

Isso eu não podia deixar passar.

— Na verdade, acho que vou morar no alojamento.

Ouvi um gorgolejar estranho.

— Você acabou de... rosnar?

— Rosnar? *Não* — respondeu meu pai. — Por que eu faria uma coisa dessas? Ah, só porque você vai jogar quinze mil dólares no ralo para dormir em um colchão de plástico e...

Não ouvi muito do resto do discurso raivoso do meu pai porque, a essa altura, abri a porta do chuveiro e percebi que ainda estava ouvindo um som de engasgo. Vinha do quarto. Coloquei o celular no mudo, abri a porta do banheiro e... Digby estava com as mãos em volta da garganta do agora acordado De Groot. O velho estava com os olhos esbugalhados e ofegante.

— Digby! — De alguma maneira, tive a presença de espírito de tirar o telefone do mudo, controlar a respiração e, com uma voz estranhamente calma, dizer: — Já te ligo de volta, pai.

Então desliguei e corri até Digby para arrancá-lo de cima do De Groot.

— O que você está fazendo? Digby, você não quer fazer isso.

Mas então notei que o quarto estava muito escuro porque ele havia desligado os aparelhos que mantinham De Groot vivo. Ele *queria* fazer isso.

— O homem já está quase morto. Seria só meio assassinato — disse Digby. — O que aconteceu com a minha irmã? *O que aconteceu com a minha irmã?*

— Digby. — O que finalmente fez ele soltar foi quando eu disse: — Ele está tentando responder.

Ele parecia de fato estar movendo a boca para formar palavras e, depois que se recuperou o suficiente do ataque de Digby, De Groot começou a falar.

— Eu... eu... eu preciso... — disse. Ele se debateu na direção da sua cadeira de rodas até que percebi que estava querendo usar o tanque de oxigênio.

Passei a máscara para ele e liguei o interruptor. Depois que De Groot respirou algumas vezes, tirei a máscara dele e disse:

— Agora pode falar.

— Policial mau e policial mau, entendi — disse De Groot.

Empurrei Digby para o fundo do quarto para impedi-lo de atacá-lo outra vez, mas algumas das uvas de cera da sala de jantar voaram por cima do meu ombro e acertaram o rosto do De Groot.

— Ele tem maçãs de cera também — avisei. — É bom falar logo, antes que *elas* sejam as próximas.

— Está aí? — perguntou De Groot. — O trabalho da sua mãe? Digby ergueu a fita de dados.

— Ela morreu. Sua irmã morreu. — De Groot parecia tão feliz ao dizer isso que me perguntei por que tivemos tanto trabalho para coagi-lo a falar a verdade.

Não ousei olhar para o rosto de Digby, mas sua voz estava chocantemente inexpressiva quando ele perguntou:

— Me conte como. — Ele se aproximou da cama, pegou a máscara de oxigênio da minha mão e voltou a ligá-la para que De Groot pudesse inspirar algumas respirações profundas. — Me conte tudo.

— Tentei pegar a pesquisa da sua mãe do jeito certo. Mas é claro... — de Groot sorveu oxigênio mais uma vez e fez um gesto de *eu falhei*. — Então, mandei meus homens invadirem sua casa naquela noite...

— Eles fizeram alguma coisa comigo — interrompeu Digby. — Nunca dormi tão pesado. Por que não acordei?

— Sim. Todos vocês... Eles mergulharam suas escovas de dentes em um poderoso tranquilizante... O suficiente para todos vocês dormirem profundamente... — De Groot riu. — Era para levarem você, sabia? Mas você começou a se mexer e os idiotas entraram em pânico.

Digby já sabia que ele deveria ter sido a vítima, Ezekiel tinha lhe contado meses atrás. Mas ouvir outra vez foi como um novo golpe para ele, e sua voz baixa soou mais jovem do que eu jamais tinha ouvido antes:

— Como ela morreu?

De Groot sorveu mais oxigênio.

— Um dos meus homens a sufocou por acidente enquanto tentava fazê-la parar de gritar — disse De Groot.

— Onde? — perguntou Digby. De Groot pareceu confuso, então ele explicou: — Onde esconderam o corpo dela? Fizeram uma grande busca. Nunca encontraram nada.

— Ela está aqui. Na propriedade — disse De Groot. — No topo de um belo outeiro gramado com vista para o jardim de ervas. — Ele falava como se estivesse apresentando uma casa de veraneio na Toscana.

— Que ótimo. É lá que vão colocar você depois que bater as botas? — perguntou Digby. — O que vai acontecer muito em breve, pelo visto...

A mão cadavérica do De Groot se estendeu em direção à fita de dados.

— É por isso que eu quero *isso* — disse De Groot. — O que está aí vai mudar nossa compreensão da vida e da morte...

— Nada nesta fita pode ajudá-lo agora. É tarde demais, velho.

— Eles me dizem isso há mais de uma década — disse ele. E então reuniu todas as suas forças e tentou se sentar na cama para agarrar a fita.

E teria conseguido, se eu não a tivesse arrancado da mão de Digby primeiro.

— Não — falei. — Para receber esses dados, primeiro vamos precisar que você faça algumas coisas.

Pela primeira vez, vi De Groot expressar uma emoção genuína além de desprezo e do prazer da crueldade. Ele olhou para mim, gaguejando, indignado. Sorveu duas doses de oxigênio e disse:

— Sua pilantra. Nós dois tínhamos um acordo.

— Nada disso — falei. — Ele tirou essas informações de você à força. De graça. Para ganhar isto aqui... — Eu levantei a fita de dados. — Você vai ter que negociar comigo.

Então, de repente, um clangor metálico assustou nós três.

As luzes se acenderam e me cegaram, mas pela série de imagens capturadas entre um piscar de olhos e outro, vi que a enfermeira do De Groot havia chegado com sua medicação da noite e nos encontrado.

— Ai, meu Deus. — A enfermeira conectou os aparelhos do De Groot de volta e imediatamente os alarmes estridentes dos monitores abafaram suas palavras berradas. — Quem são vocês?

Ela apertou um botão na parede e um alarme soou por toda a casa.

Digby me agarrou, me carregou até uma janela e a abriu. Estávamos saindo quando ele me parou e disse:

— Ei, Princeton, só para o caso de eu esquecer depois... só queria dizer...

Nesse momento, vários homens chegaram gritando pelo corredor. Digby e eu pulamos no gramado e saímos correndo.

— Acho que nunca me senti mais atraído por você do que neste momento — disse ele.

— Cala a boca. Agora não — falei. Fiz uma anotação mental para talvez passar um tempo na academia, porque só tinha corrido um pouco e já estava sem fôlego. Diminuí o ritmo quando chegamos à frente da casa. — O portão é por aqui. Mas, Digby...

Ele pegou o telefone e ligou a bússola.

— Você ouviu o que ele disse. Jardim de temperos. Eles precisam de bastante sol. — Ele apontou na direção oposta do portão e disse: — Lado sul.

Mas Digby não se moveu até que eu disse:

— Está bem. Vamos lá.

E então corremos pelo gramado da frente até o outro lado da casa, nos escondendo atrás de arbustos e árvores para evitar os seguranças do De Groot, que corriam de seus quartos em direção à casa principal.

Então chegamos a um trecho vazio do jardim que parecia ter sido arado recentemente e preparado para o plantio.

Digby se virou, verificou a localização e disse:

— Perto da cozinha. Faz sentido. — Ele apontou para um galpão e disse: — Pás.

Corremos até o galpão, que estava trancado com cadeado.

— Você consegue abrir? — perguntei.

Imaginei que ele arrombaria a fechadura, mas Digby disse: — Consigo. — E simplesmente recuou e chutou a porta. Então nos revezamos chutando a porta até o cadeado se quebrar.

Levamos duas pás para o jardim e tentamos descobrir o que De Groot queria dizer com *outeiro*.

— Ele disse: "No topo de um belo outeiro gramado" — lembrou Digby.

— O que é mesmo um outeiro?

— Tipo uma colina? — perguntei.

Digby desistiu e procurou no celular.

— "Uma pequena colina natural, baixa e redonda; monte." — Nós olhamos ao redor. Nada correspondia à descrição exatamente.

— Aquela coisa? Ali. — Ele apontou para uma pequena inclinação gramada mais ao lado.

— Parece mais uma grande pilha de terra que colocaram aí para proteger o jardim — falei.

— Os capangas dele podem ter dito que era um outeiro. Duvido que ele gaste muito tempo olhando o quintal — disse Digby. — Até onde ele sabe, podia muito bem ter um monte Everest aqui.

Eu olhei para a elevação de novo. Era menor do que uma colina, mas com certeza muito maior do que qualquer pilha de terra que eu gostaria de cavar no meio da noite. Mas eu não queria ser estraga-prazeres.

— Onde cavamos? — perguntei.

— Ele disse que era no topo — disse Digby. — Então vamos começar por lá.

Subimos a encosta e, sem nenhuma outra pista, apenas começamos a cavar ali mesmo. Em cinco minutos, meus braços já estavam cansados. No segundo que me dei conta disso, senti bolhas começando a se formar na palma das mãos.

Eu estava me perguntando se deveria tirar o moletom e enrolá--lo no cabo da pá quando notei Digby parado, completamente imóvel, olhando para o chão. Ele deixou cair a pá. Então entendi. Lá estava ele, no final da sua insana odisseia de nove anos. Eu me perguntei o que ele estava pensando.

CAPÍTULO VINTE E TRÊS

— Então é assim que a gente se sente quando resolve um assunto inacabado — diz Digby.

Não sei o que responder, então apenas continuo parada ao lado dele.

— Resolver assuntos inacabados é uma droga — completa ele. — E agora?

Ele não está pedindo sugestões; está me dizendo algo que já sei. Várias vezes me perguntei o que ele faria quando tudo acabasse.

— O que eu esperava, não é mesmo? É como dizem. A verdade é quase sempre decepcionante. — Digby se vira para mim.

— Mas... E agora, o que fazer? Além de ficar falando clichês. Eu me pergunto o que isso significa para Digby e eu. Acima de tudo, nós dois somos parceiros de crime, e agora os crimes estão chegando ao fim.

— Não é hora de pensar no que fazer a seguir — digo, entregando a pá de volta para ele. — Agora nós continuamos a cavar.

Estamos prestes a recomeçar quando dois fachos de lanterna surgem da porta dos fundos da casa e vêm na nossa direção.

— É melhor fugir? — pergunto.

Agora já dá para ver que são Art e Jim com as lanternas. Digby e eu enfiamos as pás na terra e nos apoiamos nelas enquanto esperamos que os dois nos alcancem.

— Vocês vão cavar esse outeiro todinho? — pergunta Art.
Eu me sobressalto quando ouço a palavra *outeiro*.
— Então foi você? — pergunta Digby. Quando Art fica em silêncio, Digby pega a pá, empurra a ponta da lâmina no peito de Art e diz: — *Foi* você.
— Fomos nós dois — diz Jim, então faz uma pausa. — Mas, tecnicamente, não foi nenhum de nós.
Digby levanta a pá até a altura do pescoço e a aponta para Jim.
— Eu não estou com paciência para isso, cara.
— Ela não está morta, garoto — diz Art. — A gente estava te levando até o nosso chefe porque ele achou que estava na hora de contar. Ele ia explicar que sua irmã não morreu nove anos atrás.
Digby vai para cima de Art, o rosto próximo ao dele.
— Do que você está falando? De Groot acabou de me falar que ela está morta. Ele me contou que o corpo dela está enterrado bem aqui. — Digby usa o cabo da pá para cutucar o peito de Art. — Aliás, isto aqui *não* é um outeiro. É um monte de terra.
— Não trabalhamos para De Groot... — diz Jim. — Quer dizer, até trabalhamos, mas seguimos as instruções do advogado dele, o Sr. Book. *Ele* é nosso chefe.
— A gente estava te levando para falar com ele — diz Art.
— Quando você trancou a gente no banheiro.
— Espera aí. Sally Digby não está morta? Sally Digby está *viva?* — pergunto. — Então cadê ela?
— É por isso que o Sr. Book precisa falar com você. — Art se vira para Digby e diz: — Se levarmos você até o Sr. Book, pode, por favor, não nos matar no caminho?
Digby o encara, atordoado. Depois de um tempo, diz:
— A noite é uma criança. Não posso prometer nada. — Ele dá um encontrão em Art enquanto desce a pequena elevação e completa: — Eu dirijo.

Felizmente, quando chegamos ao carro, Digby tem noção o suficiente para me entregar as chaves. Em parte, porém, ele me deixa dirigir porque isso lhe permite segurar o cabo da pá — o que ele faz enquanto lança olhares furiosos para Art e Jim no banco de trás.

Por fim, ele não aguenta mais e diz:

— Só me digam logo onde ela está.

Art suspira.

— Você vai querer ouvir a história completa do patrão. O contexto vai fazer *muita* diferença.

— E esse "contexto" vai me ajudar a entender por que vocês destruíram quatro vidas com sequestro, assassinato e extorsão? — pergunta Digby. — Isso *sim* é contexto. Mal posso esperar para ouvir *tudinho*.

— Você vai entender quando o patrão explicar — diz Art.

— Ele tem jeito com as palavras.

— Book. O advogado — diz Digby.

Art assente.

— Estamos indo para o escritório dele? — pergunta Digby.

— Naquele complexo empresarial?

Quando Art assente, Digby completa:

— Bem, já que eu sei quem é Book e onde ele vai estar, não sei por que preciso de vocês dois.

— Hum, Digby?

Metade de mim acha que ele não faria nenhuma loucura, mas a outra metade está insegura o suficiente para me deixar nervosa.

— Eu poderia fazer uma boa ação para a minha saúde mental, pedir para vocês descerem e então atropelar os dois com seu próprio carro — diz ele.

— Garoto — diz Art. — Não me obrigue a usar...

— Sua arma? — Digby tira uma arma de dentro do paletó e a aponta para Art no banco de trás. — *Esta* arma? Por que não me passa a sua também?

Digby acena para Jim, que obedece.

213

— Ei. Cuidado para onde você aponta isso. Se ela cair em um buraco... — avisa Art. — Você vai ter uma sujeirada enorme para limpar.

— Bem, pelo menos estou preparado — retruca Digby, e dá um tapinha no cabo da pá com a mão livre.

— Guarda isso, Digby. O que você está fazendo? — digo para ele. — Guarda isso agora ou vou parar o carro e acabar com essa festa.

Digby guarda as duas armas e diz:

— Sorte de vocês que ela está aqui.

— Não sei por que você está tão irritado, sabe. É uma boa notícia — diz Art. — Você não está feliz por sua irmã estar viva?

— Não, não. — Faço contato visual com Art pelo espelho.

— Não faz isso.

— Cedo demais?

— Cedo demais mesmo — concordo.

╬

Apenas uma sala está iluminada em todo o complexo de escritórios, e o monstruoso Bentley preto brilhante de Book é o único carro no estacionamento quando chegamos. Estacionamos e entramos no prédio numa confusão de um tentando ultrapassar o outro porque, na verdade, ninguém sabe quem está no comando.

— Princeton — diz Digby. — Estou nervoso.

— Tudo bem ficar nervoso — digo. — Mas se você *está* nervoso...

— É melhor passar as armas para você — completa ele. — Sim.

Ele acena com a cabeça e entrega as duas armas para mim. Não gosto de segurá-las — são frias, pesadas e escorregadias —, então jogo as duas no laguinho perto da entrada do prédio.

Jim pragueja.

— Ah, cara — diz Art. — Essa era a minha arma pessoal... e custou mil e quinhentos dólares.

— Mil e quinhentos dólares por uma arma? Um homem com as prioridades tão erradas não merece nem *ter* mil e quinhentos dólares — digo, embora no fundo esteja chocada por ter destruído algo tão valioso.

Book está sentado em sua cadeira, encarando a porta com uma expressão impassível que já vi no meu pai. É a carranca descontente de um homem que acredita que tempo é dinheiro e se viu obrigado a ficar esperando.

— Estou aqui há uma hora e meia — diz ele assim que chegamos.

Com olhos apáticos e tão sem vida quanto os do seu futuro busto de pedra a ser instalado do lado de fora da biblioteca da faculdade à qual ele fizer uma doação, Jonathan Garfield Book tem a arrogância de um coroa bonitão, bem-sucedido e privilegiado que meu pai passou a vida inteira tentando imitar. Esse tal de Book com certeza sabe onde todos os corpos estão enterrados. Ou *não* enterrados, no caso.

Digby pega uma das garrafas de água mineral da mesa de Book e diz:

— É para eu pedir desculpas? — E então Digby derruba o porta-canetas de Book antes de se aproximar para examinar uma das prateleiras de arquivos guardados em pastas.

Dá para ver pelo jeito como Book franze a testa para a bagunça em sua mesa que isso o incomoda. Ele quer desesperadamente endireitar o recipiente e colocar as canetas e os lápis de volta no lugar, mas se controla.

Digby também repara, porque começa a mexer nas prateleiras, derrubando porta-retratos e bugigangas de cristal.

— Por favor. Não faça isso — diz Book. — Você está agindo como uma criança.

— Ah, perdão, o quê? — Digby enfia a pá debaixo do braço para que fique para trás e, em seguida, vira bruscamente, atingindo a parede e deixando uma mancha preta horrorosa antes de acertar e derrubar um carrinho de bebidas cheio. O chão fica cheio de pedaços de vidro. — Minhas orelhinhas de bebê não ouviram.

Book fecha os olhos e respira fundo. Tenho certeza de que fez isso para se acalmar, mas não vejo como isso poderia funcionar, porque o cheiro de álcool das garrafas quebradas é tão forte que começo a tossir.

— Você está com a pesquisa da sua mãe aí? — pergunta Book.

— Você está com a minha irmã? — rebate Digby.

Book sorri e diz:

— Bem, eu não a mantive como um animal de estimação, se é isso que você está insinuando.

— Então onde ela está? — diz Digby.

— Não sei bem — diz Book. — Mas não está morta. Ou, pelo menos, não estava quando a vi pela última vez. Quem sabe o que anda fazendo desde então. Nove anos é muito tempo.

Digby usa a pá para derrubar todas as coisas da mesa e subir no tampo para ficar acima de Book.

— É, nove anos é mesmo muito tempo.

E ele pontua a frase batendo a pá de lado para estilhaçar a janela atrás de Book.

Por entre os dentes trincados, Book diz:

— Se você se acalmar, posso explicar tudo e você verá que, na verdade, fiz um fav...

Vejo Digby começar a ficar tenso e percebo que está na hora de me meter, porque estamos ficando sem objetos inanimados em que Digby pode descontar sua raiva.

— Não, não, não — digo. — Não venha com essa de "olhar pelo lado positivo". Só conte para ele o que aconteceu. — Pego a pá da mão de Digby e digo: — Mas se você não parar de tentar parecer o mocinho dessa história, vou devolver a pá para ele.

Book assente para Art, que começa a revistar Digby.

— Ei — diz Digby. — O que é isso? Procurando um gravador?

De alguma maneira, Book encontra um jeito de transformar seu rosto já taciturno em uma expressão ainda mais sombria.
— Eu cometi traição hoje — continua ele. — Já passamos da fase de fazer gravações e reunir provas para a acusação.
— Certo — diz Book. — A primeira coisa de que você precisa saber é que, quando esses dois me ligaram, nove anos atrás, os acontecimentos já estavam se desenrolando. Eles já haviam capturado sua irmã e a trancado num depósito...
Digby interrompe para dizer:
— Então sua defesa é que você não teve nada a ver com o *planejamento* do sequestro...
— Nada — concorda Book. — Isso foi cem por cento produto da imaginação febril de Hans de Groot.
— Você se tornou cúmplice. Você é advogado. Nós dós sabemos que sabe disso — digo.
— O velho ficou sabendo no que sua mãe estava trabalhando cerca de seis meses depois que o médico deu a notícia de que ele estava doente — conta Art. — Jim e eu ficamos preocupados quando ele nos fez segui-la pela cidade. Mas nós obedecemos mesmo assim...
— Vocês estavam seguindo minha família? — pergunta Digby.
— Foi isso que você quis dizer quando falou que era um amigo que eu não sabia que tinha?
— Não sabíamos mais o que fazer — diz Art. — E eu não durmo direito desde então. Juro por Deus.
— Vai por mim, alguns dos outros caras que trabalharam para o De Groot... — completa Jim. — As coisas poderiam ter sido ainda piores.
Digby se volta para Book.
— O que ele quer com a pesquisa da minha mãe, exatamente?
— Dez anos atrás, Hans de Groot foi diagnosticado com uma forma rara de uma doença neurodegenerativa incomum. Os médicos nunca haviam visto essa variante e, por isso, não puderam lhe dar um prognóstico claro. E essa incerteza levou De

Groot à loucura — explica Book. — Ele acha que o trabalho da sua mãe vai permitir que ele viva para sempre. Alguma fantasia sobre os minúsculos robôs dela consertarem o DNA dele.

— E eles não...? — pergunta Digby.

— Claro que não. É ridículo. Nove anos atrás, sua mãe estava nos primeiros estágios conceituais. Só agora Timothy Fong está começando a resolver os aspectos práticos. Foram gastos mais de duzentos milhões de dólares para chegar até aqui, e o cronograma do Dr. Fong projeta mais quinze anos antes que se produza algo que possa ser testado em seres humanos. — Book ri. — Isso *não* acontecerá durante a vida de Hans de Groot.

— Como você sabe tanto sobre o financiamento e cronograma do Dr. Fong? — questiona Digby.

— Porque três meses depois que meu empregador decidiu encomendar o sequestro da sua irmã, comecei o processo chato, mas juridicamente seguro, de comprar uma parte da Perses Analytics que a pôs sob o controle da família De Groot. Se ele tivesse pedido, eu poderia ter conseguido o que ele queria sem todo esse estardalhaço.

Digby está em silêncio, mas dá para ver pela tensão nos músculos do pescoço que ele está tendo a mesma série de pensamentos que eu.

— Espera aí. Mas, se ele já é dono da empresa, então por que De Groot nos fez roubar esses dados? — pergunto. — Para que todo esse trabalho?

— Ele não sabe — diz Book. — Com a sobrinha de Hans de Groot, consegui comprar a Perses por meio de uma série de empresas de fachada impenetráveis. E nós escondemos esse fato dele desde então.

— Por quê? — pergunto.

— Porque, por mais que se chore sobre o leite derramado, ele não volta para dentro do balde — responde Book. — Sua sobrinha acha, e os médicos em parte concordam, que a crença do De Groot no fato de que a resposta ainda está lá fora estendeu

sua vida muito além de todas as expectativas. Ele até sobreviveu ao médico que lhe deu o diagnóstico.
— Então é isso? — pergunto. — Você nunca vai contar para ele?
— Bem, enquanto ele viver, sua sobrinha tem os seus votos por procuração no conselho, e eu me reporto a ela, então, não, se depender de nós, não acho que o Sr. De Groot jamais descobrirá.
— E aí? Vocês só ficam limpando a bagunça que esses idiotas do De Groot fazem enquanto eles destroem a vida de pessoas inocentes? — pergunta Digby.
Book, Art e Jim trocaram um olhar sofrido.
— Vou te dizer uma coisa, garoto, eu também não quero mais fazer isso — diz Art.
— E você? Você pensou que sua vida seria assim? — pergunta Digby a Book. — Lá na sua sala de aula em Harvard, você ficava pensando "Sim, quando crescer, quero ser o capanga de um traste"?
— Claro que não. Mas passar trinta anos vivendo com o salário de tribunal esperando que uma das nove cadeiras da Suprema Corte lhe seja entregue... — diz Book. — Essa também me parecia uma aposta ruim.
— E esta vida está dando certo para você?
Book não responde.
— Cadê ela? — pergunta Digby.
— Eu já disse. Não sei — responde Book.
— O que você fez com ela?
Book diz:
— Bem, é óbvio que não poderíamos simplesmente devolvê-la. — Ele aponta para Art e diz: — Pedi para ele encontrar um bom lar para ela.
Digby olha para Art.
— E?
— Eu tinha um contato. O telefone de um cara com quem servi no exército. Acho que ele disse que era alguém do depar-

tamento de polícia local — diz Art. — Nunca recebi um nome, nunca ouvi uma voz, nunca vi um rosto, nunca soube qual seria o plano. Tudo só foi resolvido.

— Como?

— Ele me pediu para colocar o dinheiro no cofre num banco no centro e me disse para colocar a chave em um colar que sua irmã usava — explica Art. — Então, uma noite...

Art e Jim se entreolham.

— Você está brincando — solta Digby. — Eles a sequestraram de vocês, seus idiotas.

— Fomos até o quarto dela no dia seguinte e ela... tinha sumido — diz Jim.

— Você precisa entender. Tudo estava acontecendo muito rápido e, no meio disso, nós só queríamos sair daquela situação — completa Art. — Quando ela desapareceu... ficamos felizes por ter acabado.

— Excelente — digo. — E esse é o fim da trilha?

Ninguém discorda. Digby e eu ficamos parados, em silêncio. Todas as velhas perguntas foram respondidas e ainda não estamos conseguindo pensar nas novas.

Então, como um sonâmbulo, Digby vai até Book e lentamente enfia a mão no bolso do advogado.

— Vou pegar seu carro. Você vai esperar uma semana para avisar que ele foi roubado — diz Digby. — Se você falar com a polícia antes do próximo domingo, vou divulgar esta gravação.

Digby guarda as chaves no bolso e puxa o telefone para mostrar a Book que gravou toda a conversa.

— Mas... — diz Book. — Você admitiu traição...

— Sou menor de idade. E fui coagido. — Digby aponta para Book. — Por você, meu querido.

Book aponta para as chaves no bolso de Digby e diz:

— Mas é um Mulsanne. Como você vai explicar ter arranjado de repente um carro de trezentos e cinquenta mil dólares?

— Ah, não vou ficar com ele — responde Digby. — Vou entregar para uns traficantes viciados que precisam de dinheiro para sair da cidade. — Quando isso faz Book empalidecer, Digby dá um tapinha em seu ombro e acrescenta: — Ah, anime-se. Você pode acionar o seguro e arranjar um novo na semana que vem. Até lá, este aqui vai estar em um navio de carga a caminho de Dubai.

CAPÍTULO VINTE E QUATRO

Saímos do prédio.
— Digby, o que você está fazendo? — pergunto quando Digby enfia o braço no lago raso e pega uma das armas que joguei lá dentro.
Digby seca a arma na manga e responde:
— Calma. É só de mentirinha.
Quando chegamos ao sedã de Art, Digby me diz para recuar. Ele aponta a arma e está prestes a abrir o porta-malas quando um jorro de água sai do cano. Ele seca o metal de novo e diz:
— Tudo bem. É por isso que existem ensaios.
Eu aperto a pá com mais força e me preparo para uma luta. Digby abre o porta-malas e está prestes a gritar alguma coisa quando nós dois percebemos...
— Eles estão dormindo? — pergunto.
Silk e o pai estão enroscados, em sono profundo, roncando no porta-malas.
— Como eles conseguiram? Foram enfiados em um porta-malas contra sua vontade — digo. — O relaxamento extremo é um efeito colateral da estupidez?
— Eu zombaria deles, mas não durmo há um tempão — comenta Digby. — Com certeza trocaria alguns pontos de QI para conseguir relaxar assim.

Quando fica claro que Silk e o pai não vão acordar sozinhos, Digby me faz bater no porta-malas com a pá. Finalmente, Silk e seu pai se mexem e sentam.

Silk vê a arma e se encolhe.

— Por favor...

— Saiam do carro — manda Digby.

Digby ouve as súplicas incoerentes de Silk e do pai por um tempo antes de dizer:

— Parem de chorar.

Então joga as chaves do Bentley para Silk.

— O que é isso? — pergunta ele.

— Aperta o botão — ordena Digby.

Silk obedece e leva um susto quando o motor do Bentley liga. Ele se vira para Digby, incrédulo.

— Você tem um contato? — pergunta Digby ao pai de Silk.

Ele sorri, finalmente entendendo.

— Eu tenho um contato.

— Não aceite menos de cem. Esse carro é o seu dinheiro para irem embora e nunca mais voltarem. Comecem do zero. Numa nova esquina. Em alguma outra rua principal muito, muito longe daqui. Onde vocês vão esquecer que River Heights existe.

Digby parece enjoado quando o pai de Silk estende a mão e diz:

— Combinado.

Mas Digby a aperta e repete:

— Muito, muito longe.

— Tenho sentido vontade de passar um tempo num lugar de clima tropical — diz o pai de Silk.

— Você tem uma semana antes que as pessoas comecem a procurar pelo carro — avisa Digby.

— Tempo de sobra — diz o pai de Silk.

Silk ainda parece confuso. Seu pai pega as chaves dele e diz:

— Entra logo no carro.
— E esse cara? — pergunta Silk.
— O cara que está te dando cem mil para esquecer dele de vez? Esse cara? — pergunta o pai de Silk. Quando ele ainda assim não entende, o pai lhe dá um tapa na cabeça.
Finalmente, Silk diz:
— Ah... saquei.
E os dois entram no Bentley e vão embora.
— Simples assim? Você acha mesmo que eles vão ficar longe? — pergunto.
Digby faz um aceno com a mão.
— Sei lá... Um deles vai acabar fazendo o outro ser morto e depois passar o resto da sua curta vida fugindo da pessoa que traiu.
Art e Jim saem a tempo de ver o Bentley de Book se afastando do estacionamento. Digby entrega a arma para Art.
Ele cheira a ponta do cano e geme.
— Cloro...
— Ah, buá... estragamos sua arminha? — provoca Digby.
— Ah, mais uma coisa, vamos levar o seu carro.
Digby já está caminhando em direção ao sedã quando uma ideia lhe ocorre e ele volta para completar:
— Vou mandar alguém falar com vocês na semana que vem. O nome dele é Aldo e vocês vão contratá-lo como motorista.
— O quê? — diz Art.
— Ele precisa de emprego. Não me importo se você pagar a ele para levar seus peidos para darem uma volta. Ele precisa de emprego. Benefícios. Um lugar para morar. Sacou? Comece a expiar um pouco dessa culpa que você sente à noite, *amigo*.
— Isso é brincadeira? — pergunta Art. Mas ele vê que Digby está falando cem por cento sério, então completa: — Tudo bem. Tenho certeza de que tem alguma coisa para ele fazer.

Digby destranca a porta e entramos no carro.

— Espera um pouco, você colocou o dinheiro em um cofre? No centro da cidade? — pergunta Digby.

Art assente.

— Qual banco?

— First Union Atlantic.

— Que agência?

— Esquina da Third com a Catherine. Mas a agência não existe mais. Voltei na semana passada para dar uma olhada...

— Você não voltou lá na época? Não fez perguntas para as pessoas? Não olhou as imagens das câmeras de segurança para ver quem foi pegar o dinheiro?

— Na época, eu só conseguia pensar que queria que tudo acabasse.

— Você nem sabe se a tal pessoa fez o que disse que faria. Podem ter ficado com o dinheiro e afogado a Sally num lago — diz Digby.

— Você não acha que esse é o pensamento que me assombrou todos esses anos? — pergunta Art. — Até me arrisquei para pegar uma cópia dos arquivos da polícia para ver se reconhecia algo que me ajudasse a descobrir quem a levou.

— E? — pergunto.

Art fez que não com a cabeça.

— Sinto muito.

Percebo que Digby quer dizer um milhão de coisas raivosas para Art, mas depois de um tempo ele apenas suspira. Tira a fita de dados do bolso. Joga na direção dele e diz:

— Avise ao Book que acabou. Não quero mais saber de vocês. — Ele para e se dá conta: — Não quero mais saber de nada disso.

— Espera — diz Art. — Vou recuperar meu carro?

Digby olha feio para ele, entra no carro e liga a ignição. Mas então ficamos sentados no estacionamento, o motor em ponto morto. Ele só começa a dirigir depois que Art e Jim finalmente se viram e voltam para o prédio.

— Eu não sabia se ia aguentar não virar o volante e atropelá-los — confessa Digby.

— Eu nem estou acreditando que você não fez exatamente isso — digo. — Eu não teria me controlado.

Ele fica em silêncio por um longo tempo.

— Ninguém acabou bem nessa história, Princeton. De Groot está sentado naquela bolha branca dele, pensando na morte há dez anos. Book compra carros absurdamente caros para não ter que lidar com o fato de ser apenas um menino de recados para um maníaco moribundo. E aqueles dois idiotas... — Digby acena para o complexo comercial se afastando no nosso espelho retrovisor para indicar Art e Jim. — O que temos aqui é um monte de gente tentando ser mais esperta que o outro quando, na verdade, estamos todos vivendo a mesma piada cósmica doentia... mas ninguém vai rir no final.

— Tem a Sally — digo. — Ela ainda está por aí em algum lugar.

Digby suspira.

— Não sei, Princeton. Quando eu disse que não queria mais saber disso, foi o que eu senti, mesmo.

::::

Não tem condições de ele voltar sozinho para casa e, quando chegamos na minha casa, Digby me segue até a sala e se joga no sofá. Ele olha para o teto e ri.

— Você está bem?

— Não me sinto tão bem há nove anos — diz ele. — Por quê? Não pareço bem?

Ele se vira para mim. Seus olhos estão vermelhos, e Digby claramente está com dificuldades para focar a visão. A pele do seu rosto está pálida e úmida.

— Hã... quer um copo d'água ou algo assim? — pergunto. Digby faz um som vagamente grato.

Quando chego à cozinha, de repente me lembro que, tirando os momentos em que belisquei enquanto servia comida na lanchonete, não como faz um tempão. Estou faminta. Começo dando algumas mordidas na pizza que alguém guardou na geladeira, então passo para uma tigela de salada de macarrão e termino comendo direto do pote de manteiga de amendoim enquanto encho uma garrafa d'água para Digby.

Volto para a sala e não me surpreendo ao ver que Digby já está dormindo profundamente. Tudo o que quero fazer é me arrastar até a cama, mas sinto meu próprio futum e vou para o chuveiro. Enquanto as camadas de suor e adrenalina escorrem, penso em Digby parado no jardim do De Groot me dizendo que a verdade é quase sempre decepcionante.

Então percebo que estou tendo dificuldade em aceitar que tudo de fato acabou pelo mesmo motivo que não parei de pensar em Digby dizendo para minha mãe que planejava fazer faculdade de ciências atuariais. Em todas as minhas pesquisas subsequentes sobre o campo, não consegui parar de pensar que essa seria a mais triste rendição à banalidade de todos os tempos. Não consigo aceitar a ideia de que Digby talvez vire o cara que teve seu auge no colégio e do qual todo mundo zomba naquele joguinho de "lembra quando...?" nas reuniões de turma. Esse pensamento é tão trágico que começo a chorar até pegar no sono, meu cabelo molhado ainda enrolado na toalha.

::::

Acordo na manhã seguinte com dor de cabeça, bafo de quem não escovou os dentes e os olhos vermelhos de tanto chorar. Nunca tive uma ressaca depois de beber, mas duvido que possa ser muito pior do que essa sensação.

Olho para o relógio e fico maravilhada por estar tão alerta depois de apenas três horas de sono. Tento voltar a dormir, mas não consigo, então me visto e decido cuidar da dor de cabeça.

Lá embaixo, fico surpresa ao encontrar um bule quase cheio de café fresco na cozinha. Minha mãe está dormindo no quarto e Cooper ainda não voltou do trabalho, então me pergunto se Digby já está acordado. É aí que noto que o pote de manteiga de amendoim sumiu do armário e sei que a resposta é sim.

— Digby?

O sofá está vazio. Eu me pergunto se ele foi para casa, mas então ouço o zumbido da impressora da minha mãe. Entro no escritório e vejo Digby imprimindo algo do laptop de Cooper.

— Ei. — Fecho a porta e repito: — Ei. O que você está fazendo?

Digby olha para mim, os olhos estranhamente brilhantes e descansados.

— Ah, comprei uns sapatos novos. Estou só imprimindo o recibo.

— Ah. — É estranho ficar decepcionada com isso, mas fico.

— Que cor?

— Que cor? — Digby me lança um olhar estranho e me entrega um papel da pilha que acabou de imprimir. — Você acreditou mesmo que eu estava comprando sapatos? Está tudo bem, Princeton?

Levo um tempo para registrar que estou olhando para um documento do Departamento de Polícia de River Heights. O cabeçalho diz FOLHA DE PAGAMENTO, e o restante da página é uma longa lista de nomes e endereços em uma fonte minúscula.

— O que é isso? — pergunto.

— Se partirmos do pressuposto que o contato de Art no departamento de polícia pediu um cofre da First Union Atlantic

na esquina da Third com a Catherine especificamente porque estava na sua área de trabalho ou porque morava ali perto... — diz Digby.
— Você não disse que não queria mais saber disso? — digo.
— Oi? — pergunta ele.
— Ontem à noite, você disse que não ia mais procurar por Sally...
— Eu não comia há horas e não dormia há dois dias — diz ele. — Foi só insanidade temporária. Por que acreditou? — Ele se levanta para examinar a lista comigo. — Está vendo algum nome conhecido?

Quando não encontro o nome rápido o suficiente, Digby aponta para um no meio da página.

— Michael Alphonse Cooper.
— O quê? — pergunto. É absurdo demais para sequer imaginar. — Isso é ridículo. Cooper? *Nosso* Cooper? Ele acha que até os ovos caipiras são crueldade demais. E você já ouviu ele falar sobre a porcaria das abelhas... Não seria capaz de sequestrar uma criança.

— Talvez essa baboseira de veganismo seja sua maneira de expiar a culpa — diz Digby. Quando reviro os olhos, ele acrescenta: — Quer dizer, faria sentido. Por que mais ele sempre nos deixaria escapar impunes?

— Digby, ele economizou seis meses para comprar um desidratador de frutas. Ele *não* tem um montão de dinheiro guardado por aí. Deve ser outra pessoa.

Volto a ler os nomes na folha e, de repente, vejo algo que me dá uma ideia.

— *Este* nome.
— Rosetta Pickles? Aposentadoria antecipada — lê Digby.
— O que tem? Ela não estava no caso. O nome dela não está em nenhum dos relatórios...
— Você não se lembra dela? Aquela mulher com a verruga grande no lábio? — pergunto.

Sei que pareço louca, e não há maneira melhor de explicar o que estou pensando, então corro até o computador de Cooper e faço várias buscas até encontrar o vídeo do noticiário que assisti meses atrás.

— Ela era uma garotinha muito doce — diz Rosetta Pickles no noticiário.

— Ela usou o passado — comenta Digby. — Estranho. Policiais são treinados para não falarem assim quando dão entrevistas.

— Estranho, não é? — concordo.

Faço mais algumas buscas e mostro o apartamento ao lado do Central Park que Rosetta Pickles comprou depois de deixar a polícia de River Heights.

— Quando você viu isso? — pergunta Digby.

— No ano passado.

— *No ano passado?* E nunca comentou nada?

— Eu tinha acabado de te conhecer. Estava só bisbilhotando, tentando descobrir qual era a sua história...

Digby volta ao banco de dados de pensões da polícia e começa a examinar o arquivo de Rosetta Pickles.

— Eu não estou acreditando que você não dividiu essa informação.

— Não parecia nada de mais... — digo. — Eu só achei estranho... a maneira como ela falou no jornal.

Digby para em uma tela.

— Espera — digo. — Aqui diz "falecida"?

Digby aperta a seta para baixo e vê um nome e endereço em Cherry Hill, Nova Jersey.

— A irmã dela é a beneficiária da pensão.

— Nenhuma menção a uma criança. Acho que seria pedir demais — digo. Eu me viro para ele e pergunto: — O que você acha?

Então vejo que Digby já abriu uma nova aba e está procurando voos para a Filadélfia.

— Quando você vai?

Eu o vejo clicar na data de hoje. E então ele seleciona "2" passageiros.

— Vou me arrumar.

CAPÍTULO VINTE E CINCO

— Ah, Cherry Hill — digo.
— Você já foi lá?
— Minha mãe fez faculdade na Filadélfia e costumava ir a Cherry Hill jogar boliche e comer comida chinesa. Ela me levou para conhecer o lugar em uma de suas reuniões de turma.
— Ótimas escolas, trânsito ruim, impostos caríssimos... problemas de primeiro mundo — diz Digby.
— Isso é uma boa notícia, certo? Ela provavelmente está em uma boa situação?
— É? Não sei o que esperar.
Imprimimos nossos cartões de embarque e passamos pelo raio-x. Paramos no Hudson News, onde leio algumas das revistas de fofoca mais constrangedoras antes de comprar um exemplar de *The Economist* para me redimir. Termino de pagar e me junto a Digby enquanto ele olha, imóvel, para uma prateleira de porcarias de princesas da Disney.
— Ela tem treze anos, Digby. — Aponto para a prateleira com protetores labiais e absorventes. — Deve gostar mais desse tipo de coisa agora.
— Nove anos é muito tempo — diz ele.
Entramos no avião e tento relaxar, mas Digby está todo tenso no assento ao meu lado, olhando para a frente. Leio e releio o mesmo artigo sobre algo que esqueço alguns segundos depois

de tirar os olhos da página. Depois de meia hora, desisto e guardo a revista.

— Ei. Você está bem?

Ele assente.

— Digby, você precisa respirar.

— Quer dizer, não havia qualquer menção a nenhuma criança — diz ele. — Então podemos chegar lá e... nada.

Ele parece estranhamente aliviado com a ideia.

— É isso que você quer?

— Não sei o que esperar — ele repete.

****

— Bem — diz Digby. — É uma padaria.

A Skolnik's parece o tipo de negócio familiar respeitado na comunidade. "Desde 1945", anuncia a placa.

— Estamos no lugar certo? — Digby verifica várias vezes o papel com os detalhes do pagamento da pensão da Rosetta Pickles. — Não pode ser.

— Então elas têm uma padaria. Por que não? — pergunto, embora eu própria esteja achando difícil entender. Penso no sequestro, na extorsão, na fuga, na gritaria, nas mentiras. Então olho a lojinha de bagel das antigas sendo gentrificada. Nada faz sentido.

Mas, só para ter certeza, consulto o Yelp e descubro que:

— Sim, aqui diz: *administrado pela família fundadora original, os Pickles*.

— O que mais diz aí?

— Por favor, não me faça ler o Yelp. Os comentários são sempre tão absurdos... — digo, mas não consigo impedir meus olhos de lerem as palavras. — Por exemplo. Duas estrelas porque o bagel simples é *simples demais*. E este aqui que diz que o salmão tem muito gosto de peixe...

Não consigo parar.

— Certo, certo, me desculpe por ter perguntado. Posso?

Digby pega o telefone de mim, desce as resenhas e lê:
— *O atendimento é péssimo. Quando pedi para chamarem o gerente, a garota agressiva no balcão me disse que a família dela era dona e jogou um bagel em mim. Além disso, os bagels são muito duros.* — Digby pensa por um segundo. — Sally?
— Uau. Então você está dizendo que sua grosseria é genética?
Nós ficamos olhando para a vitrine por mais alguns segundos.
— Você está pronto?
Quando ele assente, saio em direção à porta, mas então ele me puxa de volta.
— O quê? — pergunto.
— Me bate.
— O quê?
— Estou nervoso. Preciso que você me bata — pede ele. — O mais forte que puder. Pode ficar à vontade.
— Você está de sacanagem? Não vou fazer isso — digo. — Você está *nervoso*? Ahhh, coitadinho. O bebezinho ficou nervoso? — Faço cócegas no queixo dele para enfatizar a condescendência. — Está tudo bem, neném. Você vai ficar bem...
Digby se recompõe. Ajeita o terno e devolve meu telefone.
— Brutalidade emocional. Obrigado. Funciona tão bem quanto um tapa — diz ele, e vai em direção à porta.

⁖⁖

Digby abre a porta com um enorme floreio que derruba os sinos presos na parte de cima. Todos na loja se viram para olhar enquanto nós dois tentamos prender os sinos caídos de volta na porta.
Finalmente conseguimos, e Digby e eu damos uma olhada em volta.
Digby diz:
— É bem charmosa...
A comida é armazenada em balcões de madeira e vidro que claramente estão lá desde a inauguração da loja. Há uma enorme

bola de barbante pendurada no teto que a atendente ocupada usa para amarrar caixas de doces. Não é de se admirar que os hipsters adorem o lugar.

A fila está longa mas, sem exceção, todos os clientes parecem bem comportados apesar da irritação. Observo a balconista. É evidente que seu jeito mal-humorado é o segredo para a multidão estar tão controlada. O medo do que pode sair da sua boca carrancuda é a única coisa que impede que essa bomba de açúcar exploda.

Um cheiro amanteigado maravilhoso permeia o lugar. Faz muito tempo desde que comi algo tão não vegano. E não como desde o saquinho de mix de castanha e nozes que serviram de lanche no avião.

Estou caminhando para o fim da fila quando ouço Digby dizer:

— Com licença, senhorita?

E a loja inteira explode em gritos.

— Volta para a fila! Nada de furar! — dizem os clientes, em várias versões raivosas diferentes dessas palavras.

Digby tenta se justificar, dizendo:

— Só queria fazer uma pergunta...

Mas a multidão começa a se agitar de verdade.

A balconista, que está sozinha, diz:

— Ei. Pode voltar para a fila. Tem gente esperando.

Eu não consigo identificar se a garota no balcão é tão bonita quanto sua maquiagem pesada insiste que é. Ela claramente é uma cidadã do mundo pós-YouTube que pinta o rosto que você queria ter por cima do seu rosto de verdade, e não consigo ver sua estrutura óssea com clareza suficiente para determinar se é parecida com Digby. Descobrir se ela está na faixa etária certa é ainda mais complicado. Com seus cílios postiços, coque alto apertado e cabelo platinado descolorido, ela poderia ser qualquer pessoa, de qualquer idade entre doze e trinta e dois anos, de qualquer lugar com uma Sephora e acesso à Internet.

— É sério, eu só quero fazer uma pergunta — insiste Digby.
— Todo mundo só quer fazer perguntas — diz a Atendente, e aponta para a loja lotada.
— Digby — chamo. — Psiu. Vem cá.
Mas ele me ignora e diz:
— Eu nem quero comprar nada...
— Então mas que merda você veio fazer na minha loja? — retruca a Atendente.
Eu me adianto e o puxo para longe. Enquanto vamos juntos até o fim da fila, a Atendente levanta dois dedos e diz:
— Essa foi a sua segunda advertência.
— O quê? — diz Digby. — O que eu fiz na primeira?
Eu forço Digby a virar a cabeça e o silencio de novo.
— Você pirou? Não pode furar fila em lugares como este — digo. — Aqui é *Nova Jersey*. Você quer morrer?
— Ela disse "minha loja", então talvez seja ela — diz Digby.
— O que você acha?
— Não sei. — Eu encaro a Atendente, mas toda vez que imagino notar uma semelhança, ela muda a posição e minha certeza desaparece. — É como se ela estivesse meio disfarçada.
— O cabelo loiro está me confundindo — comenta Digby. Ele levanta o dedo e semicerra os olhos, tentando editar mentalmente a cena enquanto a encara.
— O cabelo? O problema para mim são os olhos, acho. Não sei dizer qual é o formato deles de verdade por causa do delineado gatinho — explico. — E as maçãs do rosto e a linha da mandíbula estão maquiadas com contorno. Uma vez vi uma mulher asiática se transformar no Drake só com maquiagem. Esse é o nível do problema com que podemos estar lidando aqui.
Digby levanta o celular e tira uma foto da Atendente bem quando ela vira na nossa direção e o pega no flagra. Sua cara feia se aprofunda e ela o encara por um momento muito longo antes de continuar a falar com o cliente que estava atendendo.

Digby amplia diferentes partes da imagem e as compara com uma antiga foto impressa de Sally que trouxe. Examinamos as duas imagens durante os quinze minutos em que ficamos na fila, mas não chegamos a um veredito.

Finalmente chega a nossa vez. A Atendente parece pronta para uma briga quando diz:

— Posso ajudar?

— Hum. Talvez? — começa Digby. — Eu gostaria de uma fatia de torta de ruibarbo e uma Fresca.

— Torta de ruibarbo? Do que você tá falando? — pergunta a Atendente.

— Então... você não sabe o que é *ruibarbo*? — diz Digby.

— Próximo cliente! — retruca ela.

— Espera, espera. — Digby mostra a fotografia de Sally. — Você já viu essa garota?

Sem olhar para a foto, a Atendente empina o queixo e cruza os braços.

— Você vai comprar alguma coisa? Porque tem uma fila de pessoas atrás de você que preciso atender se não for o caso.

Empurro Digby para fora do caminho e digo:

— Na verdade, você pode pegar meia dúzia de fatias do kugel de cream cheese e dois bagels completos de salmão com queijo para mim, por favor? Com cebola extra. — Digby olha para mim como se pensasse: *Como você pode comer numa hora dessas?*, e eu completo: — E você paga, aliás. Você nunca me leva para sair.

Eu olho para a Atendente e vejo que ela está assentindo.

— É — diz ela. — Esse aí parece mão de vaca, mesmo.

Eu forço uma risada e digo:

— Ah, querida. Você nem imagina. Ele me fez dirigir duas horas hoje atrás de uma garota com quem estudou no jardim de infância e por quem está obcecado ultimamente... — Faço uma pausa para o nojo da Atendente se aprofundar mais um pouco. — Aposto que ele vai encontrá-la e ficar noivo bem na minha frente ou alguma tosquice assim, que vergonha.

— Que partidão. Você devia arranjar outra pessoa, garota. Arruma o cabelo, faz um bronzeamento artificial, bota um cropped e larga esse homem. Você merece coisa melhor.

Estou pensando comigo mesma que tenho que encontrar uma maneira de apresentar Sloane à Atendente quando Digby diz:

— Ah... a primeira advertência foi por causa *dos sinos*. Mas foi um acidente.

A Atendente ignora o comentário e diz o total do pedido.

Digby entrega o cartão de crédito da mãe e tenta mostrar a foto de Sally para ela outra vez.

— Por favor — pede. — Você pode só dar uma olhada?

A Atendente passa o cartão de crédito e deixa Digby no vácuo, a mão estendida segurando a foto, até eu pegar os sacos de comida. Ela então pega a foto da mão dele e, no momento em que vê a imagem, seu rosto assume uma expressão infeliz. Com os músculos relaxados, finalmente tenho a certeza de que, sob a maquiagem, ela é mesmo muito jovem.

Um cara de avental de uns vinte e poucos anos sai dos fundos, vê a Atendente aparentemente sem fazer nada, parada enquanto a loja está cheia de clientes começando a se rebelar, e grita:

— Ei. O que você está fazendo? Tem um monte de gente esperando.

A Atendente tenta mostrar a foto ao cara do avental e diz:

— Ele perguntou se eu...

Digby, encorajado pela reação dramática da garota, diz:

— Espera aí. Por favor. Me diz uma coisa. O seu cabelo é dessa cor mesmo? Você é loira natural?

O Sujeito de Avental ainda não viu a foto e, sem qualquer contexto, fica furioso com a pergunta de Digby.

— O que foi que você disse? Você acabou de perguntar pra minha irmã se o tapete é da mesma cor que as cortinas?

Os clientes arfam de surpresa.

— Ei, Tasha, esse cara está dando em cima de você? Eu já te falei para parar de se maquiar desse jeito. — O Sujeito de Avental aponta para a Atendente e diz: — Ela só tem treze anos, amigo. Digby reage sem pensar.

— Treze? — Ele bate a mão no balcão. — *Perfeito*.

É aí que o Sujeito de Avental sai correndo de trás do balcão, agarra Digby pelo colarinho e o expulsa da loja. Pego a foto e o cartão de crédito das mãos da Atendente, digo algo idiota como "Tenha um bom dia", e vou atrás de Digby.

CAPÍTULO VINTE E SEIS

— Princeton. Era ela? — Digby está com os olhos arregalados. — Deve ser ela. A cara que ela fez quando viu a foto...
— Bem, isso não é prova definitiva de nada.
— Não, mas ela tem treze anos e obviamente sabia que aquela foto era dela... Faz sentido. — Depois de uma longa pausa atordoada, ele acrescenta: — De todas as maneiras que imaginei esse momento, nunca imaginei que fosse ser assim.
— Assim como? Em uma padaria em Cherry Hill? Quer dizer...
— Não, nunca imaginei que não ia gostar dela. Eu me preparei para descobrir que ela estava morta, basicamente...
— Teria sido o desfecho mais provável — comento.
— Uma pequena parte de mim fantasiou que eu a encontraria e nos veríamos e saberíamos imediatamente... — continua Digby.
— Certo. Um felizes para sempre.
— Mas gastei exatamente zero minutos me preparando para... — diz Digby — ... aquela merdinha mal-educada.
Ele me encara, atordoado. Aí, um de nossos estômagos ronca. Nós dois colocamos as mãos na barriga, sem saber de quem o barulho veio. Entrego a ele um dos bagels, vamos para o lado do prédio com sombra e nos sentamos em uma mureta perto dos fundos da padaria. Nós comemos. Olhamos ao redor. Tudo parece tão surreal.

— O bagel está gostoso — diz Digby. — Então aqui é Nova Jersey. Minha primeira vez.

— Bem, estamos em um estacionamento, para ser justo.

— Não, não, eu gostei. A comida é boa... — Ele aponta para o sanduíche e depois para a padaria. — E as pessoas são encantadoras.

Uma van de entrega passa por nós e estaciona numa vaga nos fundos. O motorista buzina. A porta de serviço da padaria se abre um minuto depois e uma garota sai correndo para encontrar o motorista, que desce devagar da van. Ela está vestida com uma calça jeans preta, botas pretas pesadas e um blazer amarrotado e folgado em seu corpo magro.

— Ei, seu idiota, você está atrasado — diz ela. — Ficamos sem blintzes hoje por sua culpa. Eu devia descontar o prejuízo do seu pagamento...

O entregador ouve o comentário e imediatamente se aproxima, gritando em resposta. É uma briga muito desequilibrada, porque ele é quase meio metro mais alto do que ela.

— Uau — diz Digby. — Isso é...

Eu penso a mesma coisa, e nos aproximamos deles.

— Com licença — começa ele. — Está tudo bem aqui?

— Sim, valeu, cara, está tudo sob controle — diz a garota de preto.

— Tem certeza? — insiste Digby.

— Tenho. Qual é o seu problema? — responde ela. — Estamos só conversando.

— Sim, cai fora, idiota. Cuida da sua vida — diz o entregador.

— E a sua vida é o quê? Bater em garotinhas? — pergunta Digby.

Ao mesmo tempo, o entregador repete:

— Bater?

Enquanto a Garota de Preto diz:

— *Garotinha?*

Então os dois se voltam contra Digby e começam a brigar com ele. Eu o arrasto para longe, dizendo:
— Sinto muito. Nos enganamos. Com licença...
Nós recuamos para a mureta e voltamos a comer nossos sanduíches.
— Nova Jersey, hein — comenta Digby.
— Digby... Sabe... *ela*...
Eu aceno para a garota de preto. Ele leva um tempo surpreendentemente longo para entender, mas, quando isso acontece, ele parece aliviado.
— Ah... isso faria mais sentido.
Observamos a garota de preto terminar a discussão com o entregador. É difícil dizer quem saiu por cima, mas o cara bate todas as portas e todas as caixas pela frente enquanto transfere os produtos da van para a padaria com um ar de quem não sabe perder. A garota fica parada ao lado da van enquanto ele faz isso, e eu a pego olhando na nossa direção de vez em quando.
— Ela parece meu pai — comenta Digby.
— Mas ela me lembra você — digo. — Mesmo que o rosto não seja exatamente igual ao seu.
— Ela pode ser só uma funcionária grossa.
A entrega é concluída e a van vai embora.
— Bem, acho que agora podemos perguntar diretamente, porque lá vem ela — digo.
A garota de preto vem na nossa direção e para a alguns metros de distância, como se estivesse em dúvida sobre falar com a gente.
— Vai ficar aí sentado esperando mais gente para resgatar? — pergunta ela. — O que você está fazendo?
Digby fica olhando para ela sem dizer nada.
O clima fica estranho, então eu respondo:
— Parecia que ele ia te atacar. Foi mal.
A garota de preto responde:

— Ele é nosso fornecedor de farinha e faz minha tia de gato e sapato, então ela me mandou cuidar dele. Hoje era meu primeiro dia. Por isso que fiquei chateada quando vocês se meteram.
— A gente só ficou preocupado — digo.
A garota de preto nos mostra um soco-inglês e diz:
— Eu consigo me virar.
Sussurro para Digby:
— São dois de você.
É realmente incrível o quanto ela me lembra Digby. Além da estranha maneira brusca como seus braços se movem e o gosto parecido em roupas *business casual* tipo Johnny Cash, há a expressão de anarquia iminente em seus olhos que já vi em Digby muitas vezes. Já gostei dela.
— Foi mal. Meu nome é Zoe, aliás.
— Shelley — diz a garota de preto.
— *Shelley* — repete Digby. — Escolheram um nome parecido. Inteligente.
— O quê? — diz ela. — Escolheram um nome parecido? Parecido com o quê?
— Shelley, você poderia dar uma olhada em uma foto, por favor?
— Ah... você é o tal cara. Mostrando fotos na padaria. Anthony está lá dentro dizendo que você é um pervertido, mas minha prima Tasha ficou chateada e ela lida com pervertidos o dia todo, então sei que não é isso... — diz Shelley. — Vamos ver essa foto, então.
Digby lhe entrega a fotografia.
Shelley vê a garota na imagem, respira fundo e diz:
— Sou eu? — Shelley segura a foto ao lado do seu rosto para nos mostrar lado a lado. — Acho que sou eu.
Não consigo me conter.
— Pu...ta... merda. É isso.
— Eu sou adotada? — pergunta ela. Quando Digby não responde, Shelley diz: — Eu sabia.

Então percebo que Digby não está mais ao meu lado. Enquanto ele vai até o ponto de ônibus, Shelley grita para suas costas:

— Ei, cara. *Eu sou adotada ou não?* — Shelley olha para mim.

— Hein?

Não cabe a mim contar, então apenas dou de ombros que nem uma idiota e me afasto também.

— Desculpa.

Estendo a mão para a foto, mas Shelley a puxa para longe e diz:

— Tá de brincadeira? Volta aqui.

Um ônibus chega e Digby sobe nele.

— Sinto muito, mas tenho que ir — digo, e saio correndo.

O motorista do ônibus fecha a porta, e, enquanto nos afastamos, observo Shelley parada no ponto de ônibus, olhando para a foto. Sento ao lado de Digby e o observo digitando no celular por um tempo até que não aguento mais e digo:

— Isso foi estranho. — Ele não me responde. Continuo: — Quer dizer, você literalmente fugiu.

— Eu não fugi — diz ele. — Eu me retirei para pensar na situação.

E continua digitando.

— Hããã... Você pode reformular a frase o quanto quiser, mas ainda assim o fato é que deixou sua irmã parada no meio do nada, sem fazer ideia do que está acontecendo, sabendo apenas que as pessoas que ela achava que eram seus pais provavelmente mentiram — digo. — Você precisa se explicar. Além disso, precisa contar pros seus pais.

Mas ele não responde e continua digitando no celular.

— E o que você tanto escreve aí?

— Estou contando aos meus pais que encontrei Sally.

— Por *mensagem?* Você não pode contar esse tipo de coisa assim.

— É por isso que escrevi um e-mail — retruca ele. — Quer dizer, não sou um animal.

— Agora já sei o que esperar quando a gente terminar.
— Terminar? — pergunta ele. — Princeton... — Finalmente, ele guarda o telefone. — Nós estamos *juntos*?
— Não estamos?
— Não sei — diz Digby. — Eu ia falar sobre isso, mas...
— Quer saber de uma coisa? Esse não é o momento.
— Foi você que tocou no assunto.
— Bem, agora estou deixando o assunto de lado — decido.
— Podemos conversar sobre isso depois?
— Qual é o problema com falar disso agora?
— Enquanto estamos em um ônibus da New Jersey Transit indo a caminho de Camden?
— Qual parte te incomoda? — pergunta ele. — Estarmos em um ônibus ou a caminho de Camden?
— Digby.
Eu sei o que ele está fazendo. Prefere falar sobre qualquer coisa que não o fato de ter encontrado Sally.
Depois de um tempo, ele diz:
— É. Eu sei.
O sorriso brincalhão desaparece do seu rosto e Digby olha pela janela em silêncio. Eu o deixo em paz, e ele fica triste e quieto até que uma briga entre o motorista do ônibus e alguém que não quer pagar a passagem o anima de novo.

Da próxima vez que conversamos, nós dois tomamos o cuidado de não mencionar nenhum assunto muito importante. Fazemos isso durante todo o caminho até River Heights, nos limitando a tópicos superficiais, fingindo que, se nenhum de nós olhar para baixo, Digby não cairá no novo poço sem fundo que se abriu sob seus pés.

CAPÍTULO VINTE E SETE

Tínhamos estacionado o pobre carro de Art no aeroporto e agora estávamos voltando de carro para a casa de Digby quando ele disse:

— Espero que não se incomode, mas estou com vontade de dar uma volta. Tudo bem?

Eu estava sendo tão boazinha. Não reclamei quando perdemos o voo saindo de Trenton porque Digby *teve* que parar para comer um sanduíche de carne e queijo de verdade. Era só alguém se reconfortando com comida, pensei, e se alguém precisava de consolo neste momento, era Digby. E não reclamei quando o voo seguinte atrasou e os banheiros não funcionavam. Mas um passeio? Depois das dez horas de viagem infernais desde que saímos de Cherry Hill? Não.

— Estou exausta, cara — digo.

— Vai ser uma caminhada curta, não se preocupe — promete ele.

Quando estamos a alguns quarteirões de distância da casa dele, Digby para no acostamento que dá para o barranco da margem do rio e sai do carro.

Eu vou atrás dele e pergunto:

— Aqui?

Digby olha em volta.

— Parece bom para mim.

— Vamos simplesmente deixar o carro aqui?

— Não. — E então ele se inclina para dentro do carro, coloca a marcha em ponto morto e começa a empurrá-lo em direção ao barranco.
— Digby?
Eu sei o que vai acontecer, mas ainda solto um barulho, chocada, quando o carro derrapa e para no meio do rio. Ele e eu ficamos observando por um tempo.
— Bem, ele provavelmente sabe que merece — digo.

∷∷

Já passa da meia-noite quando Digby e eu chegamos na rua dele.
— Pelo visto minha mãe recebeu o e-mail. — Digby faz esse comentário porque sua casa é a única do quarteirão com as luzes acesas. — Ah, ótimo. Ele chegou antes da gente.
— Quem? — pergunto antes de notar a silhueta de um homem parado ao lado da porta, encostado em um carro e fumando. — Quem é?
E então o homem se endireita e começa a andar na nossa direção. Eu reconheço seu jeito de andar.
— Princeton. Lá vem — avisa Digby. — Meu pai.
Repasso mentalmente as poucas histórias que Digby me contou sobre o pai e me preparo para o coronel da Força Aérea Joel Digby. Engenheiro. Rígido. Alguém que fala em frases curtas e raivosas.
— Você é ela? — pergunta ele.
Em um primeiro momento, fico lisonjeada com a ideia de que Digby contou a ele sobre mim. Então entendo o que o coronel está de fato perguntando.
— Ah... — É tudo o que consigo dizer.
— Esta é minha namorada, Zoe — explica Digby.
— Mas você encontrou sua irmã, *certo*? — pergunta o pai de Digby. — Aquele e-mail não foi algum patético pedido de ajuda?

— Sim, eu encontrei minha irmã — confirma Digby. Ele repara nas roupas do pai. — Você está usando suas roupas de exercício. Você veio direto para cá?

— Onde ela está? — questiona o coronel. — Ela está bem?

— Nova Jersey. Ela não sabe que foi sequestrada.

É estranho ouvir a mudança na sua maneira de falar. O tom brincalhão que em geral envolve todas as suas palavras desaparece quando conversa com o pai.

— Sua mãe lhe contou tudo? Sobre o que aconteceu? — pergunta o pai dele. Quando Digby acena com a cabeça, ele continua: — Então você sabe que não falamos sobre isso abertamente. — Seus olhos se voltam para mim. — Pode ir. Isso é um assunto de família.

O comentário irrita Digby, que se aproxima do pai e diz:

— Zoe sabe de tudo, Joel. E é por causa dela que sei onde Sally está, então, na verdade, talvez você devesse agradecer, em vez de dispensá-la.

O coronel assente com a cabeça, olha para mim, assente outra vez e diz ao filho:

— Não me incomodo se não quiser me chamar de pai. Você é um homem feito agora. Mas me chame de "coronel Digby" ou "senhor" até que eu diga o contrário.

A porta se abre e a mãe de Digby aparece e se junta a nós.

— Você a encontrou — diz Val. Ela está chorando e rindo ao mesmo tempo. — Eu sabia que você conseguiria... e sabia que ela estava viva.

Digby assente. Eu posso vê-lo se esforçando para retribuir a felicidade da mãe sem quebrar a máscara de indiferença fria que colocou para o pai.

Val beija Digby e depois me surpreende com um beijo também.

— Liguei para Fisher — avisa.

— Eu falei para você não fazer isso — diz o coronel. — Para que você precisava chamar aquele picareta?

Faíscas voam quando ele joga o cigarro na parede.

— Picareta? — Val fica indignada. — Fisher foi o único que acreditou que Sally ainda estava viva quando todos os outros, incluindo você...

— Ah, lá vamos nós de novo com *isso*. Não é difícil se importar quando você está recebendo seis mil dólares por semana para isso.

Seis mil dólares por semana? Eu me lembro de Fisher dizendo que eu deveria pensar em entrar na área e penso: *Huuum*.

— Bem, Zoe não precisa ouvir *isso* — diz Digby. — Vou levá-la para casa. A gente faz o interrogatório quando eu voltar.

— Tudo bem. Preciso tomar um banho de qualquer maneira. — O pai de Digby está prestes a se afastar quando para e diz para ele: — Sabe... sempre me perguntei se talvez tivesse sido *você*.

Digby assente.

— Eu sei.

— Preciso de uma bebida — diz o coronel.

Quando ele se afasta, Digby diz:

— Espero que ele goste de achocolatado, porque é tudo o que tem em casa.

— Zoe, você não quer entrar? — oferece Val.

— Não, obrigada, Sra. Digby. Parece que vocês têm muito o que conversar — respondo. — Posso chamar um táxi.

— De jeito nenhum — diz Digby. — Entre um pouquinho. Beba alguma coisa enquanto eu pego as chaves e vou ao banheiro rapidinho.

— Não, se não tiver problema, prefiro esperar aqui... — digo. — Vou acabar dormindo se sentar no sofá e ficar confortável.

Antes de Val seguir Digby para dentro de casa, ela me abraça bem apertado.

— Obrigada, Zoe. Por me devolver meus filhos.

Felizmente, ela volta correndo para dentro de casa, então nenhum de nós precisa lidar com sua reação emocional.

Eu me sento no capô do carro alugado do pai de Digby. O motor ainda está quente e, embora eu saiba que é uma má ideia, deixo meus olhos se fecharem.

∷∷

Não sei quanto tempo durmo, mas acordo me sentindo vulnerável. Levo um segundo para perceber que é porque me sinto vigiada. Eu me ajeito e vejo que de fato estou sendo observada por alguém parado no caminho pavimentado que sobe para a casa.

— Digby? — pergunto antes que a névoa do sono se dissipe, então percebo que a pessoa é baixa demais para ser ele. E feminino demais. — Shelley?

— Zoe, certo?

— Como você chegou aqui? — pergunto. — Faz só duas horas que nós chegamos.

— O quê? — diz ela. — Como? Vocês saíram da padaria horas antes de mim.

— Argh. Eu sei. — Não estou com vontade de contar sobre a idiotice com o sanduíche de carne e queijo, então pergunto: — Como você nos encontrou aqui?

— Liguei para a administradora do cartão de crédito e disse que estávamos fazendo uma conciliação contábil. Eles me passaram o endereço de cobrança do cartão que ele usou na padaria. — Shelley muda de assunto abruptamente. — Eu não sou adotada, sou? Minha tia surtou de um jeito... Anthony pediu para não chamar a polícia.

— Acho que não sou a pessoa certa para ter essa conversa com você.

— Shelley?

Digby sai da casa. Ele e a irmã se encaram.

— Tasha disse que você pediu torta de ruibarbo e Fresca — diz Shelley. — Por que isso?

— Era sua comida favorita. Em vez de bolo, comemos torta de morango com ruibarbo no último aniversário que você passou aqui — diz Digby. — Eu me perguntei se você se lembraria.

— Quando eu estava no jardim de infância, tinha um melhor amigo imaginário chamado Ruibarbo TiscaFresca. Nunca entendi de onde tirei esse nome — diz Shelley. — Quem é você?

— Seu irmão.

— Você me encontrou?

— Sim... — Digby aponta para mim. — Ela e eu fizemos isso juntos.

— Você é minha irmã? — pergunta Shelley.

— Não — digo. — Ele e eu somos...

Shelley assente para Digby e diz:

— Mazel Tov. — Ela olha para a fachada da casa e diz: — Eu costumava ter pesadelos com um lugar que chamava de "a casa dos gritos". Tive problemas para dormir durante anos. Tentei até hipnose. Acho que pode ser este lugar.

— Nosso pai é um alcoólatra em reabilitação e nossa mãe ainda está se recuperando depois de um colapso emocional — diz Digby. — "A casa dos gritos" é um bom nome.

— Digby... — digo. — Isso é um pouco sombrio.

— Ela precisa saber onde está se metendo — diz ele.

— Não tem problema. Não era bem um paraíso lá em Nova Jersey. Não é como se eu fosse a Cinderela de Tasha e Anthony nem nada assim, mas nunca me senti... — diz Shelley — ... em casa.

Digby luta para se controlar, mas não consegue.

— Sabe... sua prima Tasha está roubando da loja.

— Quando ela usa a caixa registradora de trás? — pergunta Shelley.

Lembro-me vagamente de ter pensado que era estranho que um dos caixas ficasse no balcão dos fundos, de frente para a parede, de modo que as costas de Tasha bloqueavam a visão da tela enquanto ela fazia os pedidos dos clientes.

— Tipo, ela cobra do cliente sete dólares por uma dúzia de bagels, depois registra quatro e cinquenta por meia dúzia para poder ficar com os dois e cinquenta da diferença? — diz Shelley.

— É. Por que você acha que minha tia quer que eu comece a assumir o negócio? Além disso, Anthony recebe propina dos fornecedores.

— Meu Deus, são *mesmo* dois de você agora — comento.

— O que aconteceu comigo? — pergunta Shelley.

— É melhor você entrar. Precisamos conversar — diz Digby.

— Qual o seu nome?

— Eu me chamo Philip. Philip Digby.

Shelley assente.

— Então eu *sou* Sally Digby. A menina que foi sequestrada.

— Você pesquisou no Google o nome do cartão de crédito que usamos? Aliás, esse é o nome da nossa mãe — diz Digby.

— Sim, você é a Sally.

— E meus pais estão lá dentro?

Sally aponta para a casa. Digby assente.

— Eles são divorciados, mas os dois estão lá agora. Eles sabem que te encontrei.

Sally encara fixamente a porta da casa dos Digby.

— Isso foi um erro. Não estou pronta. Preciso sair daqui.

Digby fica surpreso por um momento, mas quando se recupera, diz:

— E se você ficasse aqui sem que eles soubessem? Só para você poder se ajustar no seu ritmo?

— Como…? — Então percebo o que ele está querendo dizer.

— Ai, meu Deus, você vai mesmo enfiar sua irmã na garagem?

— Eu morei lá por três meses.

— Parece ótimo — diz Sally.

— Não tem banheiro lá, sabe — aviso. — Você vai ter que fazer xixi na pia.

— Na verdade — começa Sally —, as pessoas têm nojo de xixi, mas é uma substância estéril…

— Como seu irmão já me explicou. Em muitos detalhes — interrompo. — Talvez vocês devessem colocar isso no brasão da família. Casa Digby. Xixi é estéril.

Sally começa a ir até a garagem, nos fundos.

— Ei, eu sou judia?

— Não — responde Digby.

Ela pensa nisso por um bom tempo.

— Talvez mais tarde você possa me levar para comer um cheeseburger com bacon? — E com isso Sally entra.

— Vou chamar um táxi.

— Não quer entrar? — oferece Digby.

— Eu acho que ela quer falar com você. A sós.

— Não precisa chamar táxi. — Digby joga as chaves do carro da mãe para mim. — A gente se fala amanhã?

— Você vai ficar bem? — pergunto.

Digby dá de ombros.

— Não sei... mas pelo menos meus problemas estão prestes a mudar. — Ele sorri. — E mudança é uma coisa boa.

CAPÍTULO VINTE E OITO

Não vou mentir, fico aliviada quando estaciono o carro da Val na minha garagem sem ter dormido ao volante nem batido em nada no caminho para casa. Luto contra a tentação de dormir no banco do motorista mesmo e me convenço a sair do carro com fantasias de deitar na minha cama quentinha e macia e dormir até a manhã de segunda-feira.

Tranco o carro de Val, me viro e encontro Sloane, Henry e Felix saindo do SUV de Sloane. Meu cérebro exausto leva uma eternidade para lembrar que mandei uma mensagem de texto para ela sobre termos encontrado Sally pouco antes de adormecer no capô do carro do pai de Digby.

— E aí? — pergunta Sloane. — Cadê ela?

— Sally?

— Quem mais?

— Hum, até pensei em colocá-la no carro e trazê-la aqui para te mostrar, Sloane — digo. — Mas, por mais estranho que pareça, ela queria se acostumar com os pais primeiro.

— Pais? — diz Henry. — *Joel* voltou?

Eu faço uma careta e concordo com a cabeça. Henry assobia.

— Joel está de volta à cidade.

— É tão ruim assim? — pergunta Felix.

— Você acha que teve uma tarde ruim com sua mãe? Reze para que você nunca tenha que dar notícias ruins para o pai de Digby — diz Henry. — Quando tinha nove anos, eu disse que tinha derramado um pouco de suco no carro dele, então ele se virou e me deu um olhar... acabei fazendo xixi nas calças. Felizmente, ele não percebeu porque o banco já estava molhado de suco.

Tenho medo de perguntar, mas pergunto assim mesmo:

— Felix, por que você teve uma tarde ruim com sua mãe? Ela não descobriu o que a gente fez, né?

— Não, não, ela não sabe de nada — responde Felix. — Nossa. Isso seria ruim. Mas eu disse a eles que seria melhor não comprarem o apartamento em Boston.

Prendo a respiração. Não é à toa que ele parece tão preocupado.

— Como foi?

— Bem, meu pai não disse nada desde que falei a verdade. Minha mãe, por outro lado, disse *muita coisa*. E aí tomou um Rivotril e foi para a cama.

— Então como você está aqui agora? — pergunto. — Você não está de castigo, no mínimo?

— Ah, com certeza estou — responde ele. — Eu pulei pela janela.

— Você está passando tempo demais com a gente.

— Como está o Digby? — pergunta Henry. — E a Sally?

— Sally é *igualzinha* ao Digby. Igualzinha mesmo. Tipo, é assustador — digo. — E Digby... não sei. Ele parece estar bem, mas... você sabe como ele é.

— Impossível ter certeza? — observa Sloane.

— Exatamente — digo.

— E Silk e o pai? — pergunta Sloane. — Eles saíram da cidade?

Eu concordo.

— Nós cuidamos disso.

— Cuidaram, tipo... — começa Henry. — *Cuidaram*?

— Não, não. Nada disso. Eles ganharam um bom dinheiro para esquecer que você existe — respondo. — E a polícia? Como foi com os bombeiros?

— Dissemos que tentaram nos roubar — diz Henry. — Até agora, tudo bem. Vamos dar um depoimento e meus pais vão acionar o seguro depois.

— Ei, Sloane. Eu vi você com aquele extintor — comento. — Achei que você tivesse dito que queria botar fogo aquele lugar...

— Se aquele lugar pegar fogo, vai ser porque *eu* botei fogo nele — diz ela.

— E agora? — pergunta Felix.

— Não faço ideia. Mas preciso dormir um pouco — digo.

— Eu me sinto um zumbi.

Sloane estende a mão e me surpreende com um abraço.

— Sim, você está péssima.

— Nós realmente precisamos trabalhar na sua maneira de se expressar, Sloane.

Estou terminando de dar um abraço em Felix quando a porta de casa se abre e minha mãe sai, comunicando sua fúria com a maneira como planta os pés e cruza os braços. Solto um suspiro profundo.

— Pode se despedir dos seus amigos — diz minha mãe.

Passo por ela e entro em casa.

— Já me despedi.

‡‡‡‡

Ela fecha a porta da frente da casa. Minha vontade é de subir as escadas e apagar, mas não gosto de começar uma briga quando não sinto hostilidade no ar. Então me apoio na parede e me preparo para aguentar os próximos minutos.

— Estou tentando ficar calma porque sei que tentar te dizer de quem você pode ou não ser amiga... ou mais do que amiga... só iria te afastar mais, mas... — Minha mãe joga as mãos para o ar, frustrada. — Isto é ridículo.

— Onde você estava, Zoe? — pergunta Cooper. Acho que a indignação que sinto aumenta e fica visível no meu rosto, porque ele rapidamente acrescenta: — Não vou fingir ser seu pai,

mas somos pelo menos amigos, e até mesmo um amigo ficaria preocupado se você simplesmente sumisse assim.
— Eu não sumi — argumento. — Eu mandei mensagem.
Minha mãe levanta o telefone e lê minha mensagem em voz alta:
— *Estou em Nova Jersey. Já volto.*
Quando a ouço ler minhas palavras, percebo que vai ser impossível me defender e não tenho energia para tentar encontrar uma racionalização, então murmuro apenas:
— Foi mal.
— Você não precisava ir até Nova Jersey, sabe — diz minha mãe. — Tem muitos motéis aqui na cidade...
— Hã... certo... Agora você está meio maluca. — Consigo ver que ela está perdendo as estribeiras, então digo: — A gente pode conversar sobre isso depois que eu dormir um pouco?
Começo a subir as escadas.
— E talvez a gente também devesse conversar sobre o que fazer agora que seu pai está ameaçando não pagar *nada* da mensalidade se você não morar na casa dele no ano que vem? — pergunta minha mãe.
— É só dizer para ele que eu vou morar lá. Aí ele vai pagar as mensalidade até junho e nós mandamos a documentação do alojamento assim que o dinheiro cair — digo. — Se isso não funcionar, podemos entrar na justiça e fazer o oficial de justiça ir lá no escritório dele durante o horário comercial. — Eu abaixo a voz e continuo: — Ou talvez eu devesse simplesmente me poupar e perguntar direto para ele se andou visitando sua conta bancária secreta nas Ilhas Cayman...
Cooper assobia.
— Isso é que é frieza...
Subo as escadas, e o meu corpo é uma coleção vagarosa de dores e sofrimentos.
— Zoe? Tem certeza de que está bem? — pergunta Cooper.

A saída mais fácil seria dizer um simples "Estou", mas, por algum motivo, explico:

— Encontramos Sally Digby. Ela está viva. Estava trabalhando em uma padaria em Nova Jersey.

Então, antes que minha mãe e Cooper tenham tempo de se recuperar do choque, volto a subir as escadas com passos cambaleantes.

— Você o quê? — diz Cooper.

— Ai, meu Deus — diz minha mãe.

— Digby está bem? — pergunta Cooper.

— Ele está bem — respondo. — Sally está em River Heights agora, mas vai ficar na garagem porque é difícil lidar com seus pais malucos.

Minha mãe e Cooper me encaram, boquiabertos. Claramente vão precisar de um tempo para digerir o que acabei de dizer, então continuo a subir para o meu quarto.

— Zoe, espera.

Minha mãe sobe as escadas correndo e me abraça. O abraço dura mais tempo do que eu gostaria.

— Estou bem, mãe — digo.

— Você fez uma boa ação. Digby tem sorte de ter você. — Ela acaricia minha bochecha. — Mas ainda está encrencada por sumir.

CAPÍTULO VINTE E NOVE

Acordo várias vezes depois de desabar na cama totalmente vestida. Na primeira vez, tenho energia suficiente para tirar o casaco e os sapatos. Na segunda, consigo tirar a calça jeans e o suéter. Na terceira, o sol já nasceu e sou capaz de me arrastar da cama e entrar no banho.

Em nenhum momento olhei meu telefone, então quando acordo pela quarta vez e Digby está sentado na minha escrivaninha, jogando ervilhas de wasabi na minha cara, digo:

— Sai daqui... Por que você nunca me deixa dormir?

Digby ri e diz:

— São quatro e meia da tarde. Você dormiu o dia todo.

— Sério? — Digo a mim mesma que deveria me sentir descansada, mas meu corpo discorda. Desabo de volta nos travesseiros. — Não quero nem saber. Estou exausta. — Então me lembro. — Ei. Como está Sally?

— Conversamos tudo o que tínhamos que conversar por enquanto.

Penso na noite de sexta-feira e digo:

— Nossa. Dois dias atrás, estávamos procurando pelo corpo dela e agora... Ela está se escondendo na sua garagem.

— É. É um milagre e tanto, com certeza. Sabe, Sally quer ficar... de vez, imediatamente. Não quer voltar para Nova Jersey.

— Mentira — digo. — E a família dela?

— Bem, tecnicamente... — diz Digby. — Somos nós agora. *Nós* somos a família dela.

— Eu sei — digo. — Mas você entendeu o que eu quis dizer.

— Aquela ali não tem um pingo de síndrome de Estocolmo. Levei horas para convencê-la a não chamar a polícia e denunciar os Pickles — diz Digby. — Eu contei como a encontramos... De Groot e Book. Temos muita coisa para resolver. A última coisa de que a gente precisa é que tudo isso... — ele faz um movimento geral com as mãos — ... venha à tona.

Maravilha. Mais mentiras. Elas estão realmente começando a se acumular.

— Por falar nisso... Acabei de conversar com Henry. Ele vai registrar um boletim de ocorrência — comenta Digby.

— Sim, ele me disse que ia fazer isso — digo. — Preciso de café, acho.

Saio da cama e me sinto estranhamente constrangida por estar de regata. Coloco um moletom.

— Fico feliz por não precisar contar *essa* mentira. A *arma*? Os buracos de bala para todos os lados?

— Henry vai dizer que dois caras tentaram assaltar o lugar e que a arma caiu na fritadeira... blá-blá-blá... O caixa vazio e as imagens borradas do circuito interno de TV que os policiais pegaram no caixa eletrônico do outro lado da rua vão ajudar a deixar a história mais convincente.

— Bem, vou adicionar às várias outras mentiras que preciso decorar para quando Cooper começar a me interrogar mais tarde — digo.

Percebo que Digby está comendo meus lanches velhos que guardo para quando estou estudando, e como sei que ele só vasculha minhas gavetas quando sobe pela janela e não passa pela cozinha, pergunto:

— Você quer alguma coisa de lá de baixo?

E é claro que ele quer.

A cozinha está vazia, e quando olho pela janela vejo que os carros da minha mãe e de Cooper não estão estacionados. Saber que Digby e eu estamos sozinhos em casa de repente me deixa nervosa. No caminho de volta para o quarto, paro no banheiro e escovo os dentes. É uma coisa meio idiota de se fazer, já que a primeira coisa que faço em seguida é tomar um grande gole de café. Volto para o meu quarto e entrego a sacola de compras que enchi com seus vários pedidos de comida.

— Obrigado, Princeton.

— Sabe, você não precisava entrar pela janela. Não tem ninguém em casa — digo. Torço para ele não notar como isso saiu estranho. Mas, infelizmente, não é o que acontece.

— Princeton. Você está vermelha? — Ele ri. — Você está tendo "ideias"?

— Não — respondo. Mas imediatamente me arrependo de ter fechado essa porta. — Quer dizer... talvez? Sei lá. — Cubro o rosto porque não aguento ele me encarando. — Não sei em que pé estamos.

Digby sai da cadeira e se senta ao meu lado na cama.

Ele tira minhas mãos do rosto e diz:

— Acho que nós dois nos sentimos atraídos um pelo outro e queríamos que isso acontecesse há muito, muito tempo, mas sempre havia alguma coisa atrapalhando. Estou certo?

Quando assinto com a cabeça, ele continua:

— Você ficou muito incomodada quando achou que eu tinha transado com Bill.

Eu assinto.

— Eu juro que isso não aconteceu. Você acredita em mim?

Quando assinto mais uma vez, ele diz:

— Mas você fica incomodada por eu ter transado com outras duas garotas...

— Mas estou tentando parar de deixar isso me incomodar — interrompo.

— Como esse projeto está indo?

Quando não respondo, Digby se levanta e diz:
— Foi o que pensei.
Meu coração se aperta quando ele pega o paletó no encosto da minha cadeira.
— Não, não vá embora — peço.
Mas, em vez de se vestir, Digby tira uma latinha de spray do bolso.
— Espero que você não me ache muito presunçoso por isso, mas pensei que essa conversa poderia acontecer hoje, então...
Ele ergue a lata acima da cabeça e começa a borrifar o ar.
— Isso é spray de cabelo? — pergunto. Mas então sinto o cheiro forte. — Que troço é esse?
Digby joga a lata na cama ao meu lado. Eu pego e estou começando a entender por que ele borrifaria uma fragrância chamada CHEIRO DE CARRO NOVO em si mesmo quando ele diz:
— Novo em folha, só para você...
Que é o que a embalagem do spray Cheiro de Carro Novo diz.
Digby pega minha mão, me faz dar uma voltinha e então me inclina para trás.
— Sério, Zoe. Para mim, nunca existiu ninguém além de você.
Ele me beija, mas assim que sinto meus pensamentos se tornando um série de fantasias incoerentes, cedo a um pensamento intrusivo que vem me perseguindo nos últimos tempos.
— Digby, para. Espera — peço. — Tenho que perguntar uma coisa.
— Tudo bem... — Digby ri. — O que seria de um momento romântico com a Princeton sem as suas perguntas embaraçosas? O que foi desta vez?
— Você estava falando sério quando disse pra minha mãe que queria estudar ciências atuariais? — pergunto.
Antes mesmo de eu terminar a pergunta, Digby me solta e se joga na cama, rindo.

— Ai, meu Deus, Princeton. Você estava preocupada com isso desde que eu falei isso pra sua mãe? — Ele olha para mim e volta a gargalhar. — Olha como você está *chateada*...

— Não ria de mim. É sério. Não consigo nem imaginar... você em algum escritório... preenchendo folhas de ponto... — digo. — Só estou tendo um pouco de dificuldade de imaginar.

— Não, você consegue imaginar direitinho. Está imaginando agora mesmo. O que você não consegue é achar essa imagem atraente — diz Digby. — E você está certa, quem *planeja* se vender?

— E aí?

— Bem... fui surpreendido pela sua mãe. Estou tentando namorar a filha dela. Ela já não gosta de mim — explica Digby.

— Era para eu responder que quero ser pobre e possivelmente ser assassinado enquanto tento prender gente que faz tráfico de pessoas?

— É isso que você quer fazer?

— Ajudar pessoas que foram aliciadas e mantidas em algum lugar contra a vontade delas? — pergunta Digby. — O que você acha?

— Bem, por que você não respondeu isso? — pergunto. — Minha mãe teria adorado.

— Primeiro que não, ela não teria adorado. Não vindo do namorado da filha dela. Se algum cara na CNN, se sentindo culpado por ter nascido rico, falasse algo do tipo, aí sim ela adoraria. E eu não disse nada porque achei que não precisava me explicar para ela tanto assim — diz Digby. — Sinceramente, não achei que tivesse que me explicar para você também.

Eu percebo que ele está certo.

— Não. Você não precisa. — Olho para a lata de aromatizador de carro na minha mão. — Digby...

— Princeton.

— Não estou pronta... — digo.

— Eu sei.

— Estou com medo.
Admitir isso é como tirar um peso dos ombros.
— Estou apavorado — concorda ele. — Você é minha melhor amiga. Por um tempo, foi minha única amiga. Não quero te decepcionar.
— Você acha que seria estranho? — pergunto. — Porque somos amigos?
— Acho que seria mais estranho se a gente transasse com nossos inimigos.
Então a coisa que de fato está me incomodando vem à tona.
— Digby, vou para a Prentiss ano que vem.
Digby ri.
— Claro que vai.
— Mas e quanto a...
Não consigo dizer "nós".
— Será que nós ainda...
Também não consigo terminar a frase.
Digby me beija e diz:
— Zoe. Passei nove anos procurando por uma irmã que todo mundo considerava morta. Você acha que eu desistiria de você só porque vai se mudar para Nova York?
Agora sem toda aquela pressão, a atmosfera entre nós está diferente quando voltamos a nos beijar. Quando meus olhos se abrem por um segundo, vejo minha vizinha, a Sra. Breslauer, nos encarando com uma expressão reprovadora da sua janela. Dou um pequeno aceno para ela.
Então Digby se afasta.
— Certo, Princeton, agora é a minha vez — diz ele. — Tem uma coisa que preciso te contar.
Ah, não, penso. Há um olhar sério no rosto dele que me deixa toda ansiosa, achando que Digby está prestes a me dizer algo que não estou pronta para ouvir, tipo *eu te amo*.
— O quê?

Digby enfia a mão no bolso do paletó e tira uma folha de papel, que me entrega.

— O que é isso?

Eu abro o papel e descubro que é uma planilha com uma lista de nomes de alguns alunos da River Heights High School e seus resultados de provas.

— Tirei isso da gaveta da mesa do diretor Granger — diz Digby. — Princeton. Ele está manipulando os resultados das provas para fraudar o distrito escolar e receber o bônus de desempenho.

Lá vamos nós outra vez.

AGRADECIMENTOS

Tenho muita sorte de ter escrito meus três primeiros livros com Kathy Dawson. Tanta sorte. Comecei esse processo sabendo muito pouco sobre mim mesma como escritora, e Kathy teve que ser muito mais do que uma mera editora para mim. Ela me ensinou sobre o processo, o negócio, o público e me deu um treinamento prático inestimável que eu não poderia ter recebido de mais ninguém. Kathy me ensinou a trabalhar e me ajudou a superar os bloqueios, o medo, as tramas falsas que não levavam a lugar nenhum...
    Três livros nos três anos que nos conhecemos. É muita coisa para uma preguiçosa feito eu. Obrigada, Kathy.
    E obrigada a meu agente, David Dunton, por tirar um tempo para me conhecer e aprender minhas peculiaridades na escrita antes de escolher com quem me colocar para trabalhar. Obrigada também a você e Nikki Van De Car por seus comentários sempre excelentes.
    Também gostaria de agradecer a Claire e Regina, da Penguin, por sua paciência (estou sempre atrasada) e pelo cuidado que têm com meus livros. Sempre fico impressionada quando elas encontram inconsistências, porque é nesses momentos que fica claro quanto espaço mental elas dedicaram a mim ao longo dos anos. Agradeço também a Anna e aos muitos outros membros generosos da equipe Penguin que examinam meu trabalho e o colocam no mundo.

Tive uma sorte incrível com minhas traduções para os idiomas estrangeiros e gostaria de agradecer especialmente a Sylke, na Alemanha, por se preocupar tanto em capturar Zoe e Digby. Obrigada também a Veronica Taylor por suas habilidades de narração sensacionais. Muitas pessoas vieram elogiar sua versão do livro.

LT e HB não querem nada meloso, então vou me limitar a dizer um simples "obrigada" e um "sinto muito" geral. Vocês sabem o que fizeram por mim e eu sei o que fiz a vocês, rapazes. Ei, SCPY, adivinhe só? É legal. Para meu irmão, Steve: um pedido de desculpas antecipado por ser uma má influência para Sabrina. E, por fim, aos meus pais: muito obrigada por não insistirem para que eu fosse normal.

Impressão e Acabamento:
LIS GRÁFICA E EDITORA LTDA.